조공원정대

조공원정대

ⓒ 배상민, 2013

초판 1쇄 인쇄 2013년 10월 18일
초판 1쇄 발행 2013년 10월 25일

지은이　　배상민
펴낸이　　황광수
주간　　　정은영
편집　　　하지순
디자인　　조윤주 김희숙
마케팅　　박제연 전연교

펴낸곳　　자음과모음
출판등록　1997년 10월 30일 제313-1997-129호
주소　　　121-840 서울시 마포구 서교동 396-33번지
전화　　　편집부 02) 324-2347 경영지원부 02) 325-6047
팩스　　　편집부 02) 324-2348 경영지원부 02) 2648-1311
이메일　　munhak@jamobook.com
홈페이지　www.jamo21.net
커뮤니티　cafe.naver.com/cafejamo

ISBN 978-89-5707-782-5 (03810)

잘못된 책은 교환해드립니다.
저자와의 협의하에 인지는 붙이지 않습니다.

조공원정대

배상민 소설

자음과모음

차례

안녕 할리	7
조공원정대	39
어느 추운 날의 스쿠터	71
헤드기어 맨	101
유글레나	135
미운 고릴라 새끼	165
악당의 탄생 – 슈더맨과의 인터뷰	189
아담의 배꼽	201
해설 우리 시대의 디오게네스	243
작가의 말	263

안녕 할리

할리 데이비슨을 사던 날, 나는 두건을 쓰고 말보로 담배를 꼬나 문 채 출근을 했다. 그리고 회사 지하 주차장에 할리를 세워놓은 다음 다시 한 번 찬찬히 훑어보았다. 오만하게 높은 핸들, 남자의 잘 빠진 근육을 떠올리게 하는 몸집, 심장을 울리는 엔진 소리. 녀석은 어쩔 수 없는 수컷이었다. 나는 녀석을 그냥 할리라고 부르기로 했다. 할리, 할리라는 이름에는 카우보이모자에 말보로 담배를 피우며 황량을 사막을 내달리는 이미지가 숨어 있다. 그래서 녀석을 몰고 오는 길에 말보로 담배 한 갑과 카우보이모자를 대신할 두건 하나를 샀다. 할리를 완성하기 위해서는 말보로 담배와 두건이 꼭 필요했다.

내가 있던 부서의 S부장은 나의 출근 복장에 충격을 받았는지 아무 말도 하지 못하고 두 눈만 끔벅거렸다. 나는 사직서를 꺼내 그의 책상맡에 던진 다음, 담배를 굳이 사직서 위에 비벼 껐다. 할리를 타는 사람은 왠지 그래야만 할 것 같았다. 나는 부서원들에게 손을 흔들어주고는 여유롭게 자리를 떴다. 등 뒤로 수군거리는 소리가 들렸지만 신경 쓰지 않았다. 어차피 두 번 다시 올 곳도 아니었다.

엄마는 이런 나를 탐탁지 않아 했다. 엄마의 기준에서 보면 할리를 탄 나는 터프한 남자가 아니라 서른두 살 난 양아치였다. 게다가 할리를 사는 것도 모자라 멀쩡한 직장을 때려치우고 오토바이 가게를 열겠다고 했으니 아예 정신까지 나간 양아치였다. 엄마는 어쩌다가 아파트 입구에서 나와 마주치면 절대로 아는 척하는 법이 없었다. 동네 부끄럽다는 거였다.

지난 삼십이 년간 나는 엄마에게 자랑스러운 아들이었다. 엄마는 공부를 잘하는 것은 물론, 부모 말에 단 한 번 토를 달아본 적 없는 착한 아들이라고 온 아파트에 자랑하고 다녔다. 그러나 불행하게도 내 또래 아파트 아이들 대부분은 비슷한 학교를 나와 비슷한 학원을 다닌 결과 비슷한 대학에 들어갔다. 그러자 공부를 잘한다는 걸 내세울 수 없게 된 엄마는 착한 것 하나는 다른 애들과 비할 바가 아니라고 우기고 다녔다.

그런 아들이 양아치 꼴을 하고 나타났으니 엄마 입장에서는 그 착하다는 성품마저 내세울 길이 없어져버렸다. 엄마는 아파트 아줌마들의 손가락질을 묵묵히 견뎌내며 열흘 넘게 상심에 젖어 있다가 강아지 한 마리를 데려왔다. 시베리안허스키 종으로 아파트에서 기르기에는 좀 크다 싶었지만, 엄마에게는 아들 정도의 부피를 차지하는 대체재가 필요했던 모양이었다. 엄마는 강아지를 목욕시키면서 나 들으라는 듯 한숨을 섞어 말했다. 뜻대로 되는 건 그저 개새끼밖에 없다. 엄마가 힘을 주어 내뱉은 '개새끼'라는 말에는 나에 대한 원망이 높은 순도로 응축되어 있었다. 나는 목욕을 하고 엄마에게 몸을 내어 맡긴 채 털을 말리고 있는 녀석을 보면서 엄마의 뜻대로 살아간 또 다른 강아지 한 마리를 떠올렸다. 녀석의 이름은 팔팔이였다.

　팔팔이가 처음 우리 집에 왔을 때는 팔팔 서울 올림픽 열풍이 전국에 불고 있었다. 녀석도 그 열풍을 비켜 가지 못하고 팔팔이라는 이름을 얻었다. 사실 녀석만 올림픽의 영향을 받았던 건 아니었다. 당시 아파트에 살았던 고만고만한 개들은 죄다 팔팔이였다. 심지어 어떤 개는 호랑이랑 비슷하지도 않았는데 호돌이라는 이름으로 불리기도 했다. 예나 지금이나 아파트에 사는 엄마들은 하나의 경향성이 있어서 누군가 어떤 바람을 타기 시작하면 너도 나도 온몸으로 바람을 맞으려 들었다. 앞서 나가지는 못해도 뒤처지지는 않으려는 어떤 강렬한 열망 같은 것이 지금껏 살아온 아파트에는 흐르고 있었다.

사실 따지고 보면 엄마들의 열망을 더 직접적이고 강렬하게 뒤집어쓴 존재는 따로 있었다. 바로 그녀들의 자식들 즉 나와 내 또래들이었다. 우리는 두뇌 발달에 좋다는 이유로 속셈 학원을 다녔고 정보화 시대를 대비한다는 명목으로 컴퓨터 학원을 다녔으며 건강을 위해 운동 하나쯤은 해야 한다는 의무감으로 태권도 학원을 다녔다. 이렇게 해서 우리는 표면적으로 지덕체를 갖춘 조화로운 인격체로 자라날 수 있었다.

　하지만 나는 조화로운 인격체로 자라기보다는 자전거나 신나게 타고 싶었다. 바람을 가르며 달리는 게 너무 좋아서 학원에 갈 때도 아이들과 누가 먼저 도착하느냐를 놓고 내기를 할 정도였다. 나는 엄마에게 크면 자전거 선수나 오토바이 선수가 되고 싶다고 했다. 그러자 엄마는 이제 그만 놀고 공부를 해야 한다고 말해주었다. 두 바퀴 달린 것을 타고 달리는 직업은 아파트 엄마들이 합의한 자식 성공 기준에 따르면 많이 뒤처지는 것들이었다.

　중학교에 입학하면서는 그나마 지덕체를 조화롭게 받쳐주던 학원 교육도 균형을 상실하고 말았다. 덕과 체는 대학을 가고 난 다음에 닦으면 되는 것으로 순위가 밀려나고 오직 암기와 풀이만이 절대적인 학원 선택의 기준으로 자리매김했다. 이때부터 엄마는 '너는 커서 뭐가 되고 싶니?'라는 질문을 더 이상 하지 않았다. 내가 커서 뭐가 되어야 하는지는 미리 정해져 있었다. S대를 나와 S전자 정도 되는 대기업을 들어가는 것이 기본적인 삶의 방향이었다.

엄마들에게 우리는 같은 목표를 향해 부지런히 달리는 일종의 마라토너들이었고, 엄마들은 오직 그 결승선만을 바라보고 달릴 수 있도록 선수를 조련시키고 전략을 짜는 감독들이었다. 당연한 얘기지만 아파트 엄마들끼리 합의한 그 기본 방향을 위해 부지런히 달리려면 선수들에 대한 통제가 필수적이었다. 때문에 우리가 수업 시간에 배우는 헌법에 보장된 행복 추구권이랄지, 어딘가에서 주워들어서 알고 있는 개인의 사생활 보장이랄지 하는 것들은 우리 앞에 놓인 S라인을 따라잡기 위해서 모조리 희생되어야 하는 인권들이었다.

　그 시절에는 내 또래의 사춘기 소년들이 그런 인권에 대해서 자각하는 공통적인 순간들이 있었다. 그것은 책상 서랍 깊숙이 숨겨 놓은 포르노 잡지 내지는 포르노 테이프가 엄마들에게 발각될 때였다. 나 역시 예외는 아니었다. 성견이 된 팔팔이가 끓어넘치는 욕구를 주체하지 못하고 밤마다 늑대 울음소리 비슷한 걸 질러 대던 그 여름의 어느 날이었다. 학원을 마치고 집에 들어왔을 때 엄마는 싸늘한 눈빛으로 나를 노려보고 있었다. 영문을 모르겠다며 순진한 표정을 짓고 있던 나에게 엄마는 책상 서랍 깊숙이 숨겨놓았던 'EBS 교육방송 특강' 테이프를 내밀었다. 하필 중학생이 이해하기에는 너무나 어려웠던 수학 특강 라벨이 붙어 있었던 게 엄마의 의심을 사고 말았다. 조심스레 테이프를 비디오 데크에 꽂았던 엄마는 역시 중학생이 이해하기에는 조금 난해한 듯한 체위를 구사하는 아크로바틱한 정사 장면에 충격을 받고 말았다. 그날부터 일주일간 나는 엄마의 경멸적이고 냉담한 시선을 감내하며 왜 사생활 보호라는 개념이 인권에 포함되어 있는지를 절실하게 느꼈다.

내 포르노 테이프가 산산조각이 나서 아파트 쓰레기통에 버려지던 무렵 팔팔이에게도 성적으로 중요한 위기가 닥쳐왔다. 녀석의 울음소리를 견디지 못했던 엄마는 팔팔이를 동네 동물병원으로 데려가 중성화 수술을 시켰다. 녀석은 그날부터 늑대 울음소리를 내는 대신 텅 빈 성기를 핥아 댔다. 나는 그때 처음으로 팔팔이를 따뜻하게 안아주었다. 평생 텅 빈 성기를 갖고 살아야 하는 녀석과 포르노 테이프 없이 명상을 하면서 자위를 해야 하는 내 처지가 너무 닮았다고 생각했다.

엄마는 수건으로 강아지의 털에 묻은 물기를 훑어내고 녀석을 베란다에 내놓았다. 나는 햇빛에 널어놓은 빨래 꼴로 앉아 있는 녀석에게 다가갔다. 녀석은 두려운 눈빛으로 나를 올려다보았다. 지금은 어른 베개만 한 크기지만 조금만 지나면 녀석은 나의 할리만큼이나 늠름한 수컷이 될 것이다. 그런 의미에서 나는 녀석에게도 할리라는 이름을 지어주기로 했다. 신기한 건 녀석을 할리라고 부르는 순간 녀석은 팔팔이처럼 또 다른 나로 느껴졌다.

내가 '제멋대로' 행동한다고 생각한 엄마는 할리만큼은 엄격하게 기르겠다고 작심한 듯 보였다. 엄마는 신문지를 둘둘 말아 만든 회초리를 들고 다니면서 할리가 정해준 자리에서 변을 보지 않거나 집 안의 물건 따위를 물어뜯을 때마다 콧잔등을 때렸다. 하지만 할리는 의외로 꿋꿋한 녀석이었다. 엄마가 콧잔등을 때리면 녀석은 '흥' 하고 기침 비슷한 소리를 낼 뿐, 엄마의 말은 전혀 들으려고 하지 않았다. 녀석은 물어뜯고 싶으면 아무거나 물어뜯었고 싸고 싶으면 아무 데나 쌌다. 나는 그런 할리의 모습을 보면서 이상하게 통쾌하단 느낌을 받았다. 뭐랄까 내가 한 번도 해보지 못한 걸 남이 버젓이 할 때 그것을 지켜보는 대리만족감 같은 것이었다.

할리의 이런 행동을 보다 못한 엄마는 아파트 반상회에서 할리의 버르장머리를 고칠 방법을 심도 깊게 논의했다. 그 결과 할리에게도 사교육이 필요하다는 데 의견이 모아졌다. 어려서 애견 학교 같은 델 몇 주 보내놓으면 평생 예의 바른 개가 된다는 아래층 아줌마의 조기 교육론이 엄마의 공감을 샀다.

게다가 엄마는 자식의 모자란 점은 모름지기 학원에서 채워야 한다는 신념 같은 게 있었다. 그래서 할리를 애견 학교에 보내는 데 만만찮은 비용이 듦에도 불구하고 주저하지 않았다. 엄마는 아래층 아줌마를 통해 상류층 강아지 다수를 성공적으로 배출해냈다는 명문 애견 학교를 추천받아 그곳으로 할리를 보내기로 했다.

할리가 교육받을 애견 학교는 유격 훈련장 비슷한 곳이었다. 널찍한 자갈밭 곳곳에 훈련받는 개들이 넘어야 할 장애물들이 설치되어 있었고 그 한편에는 내무반 같은 개집들이 늘어서 있었다. 말을 듣지 않는 개들은 총살해버릴 것 같은 살벌한 분위기에 엄마는 고개를 끄덕이며 만족감을 표시했다. 오히려 자식을 군대에 보내는 듯 짠한 느낌을 받은 쪽은 나였다. 조련사에게 끌려가는 할리 너머로 머리를 깎고 훈련소에 들어가던 내가 보였다. 나는 할리가 시야에서 완전히 사라질 때까지 손을 흔들어주었다.

할리가 애견 학교에 가서 버르장머리 있는 개가 되기 위한 준비를 하는 동안 나도 나름대로 오토바이 가게를 열기 위한 준비를 차근차근 해나갔다. 우선은 오토바이 가게 점원으로 일하면서 오토바이 수리하는 법과 유통시키는 방법을 익혔다. 하지만 이 개월 정도 일하고 나자 나는 얼른 내 가게를 차려야겠다는 생각이 들었다. 기름때를 묻혀가며 오토바이 수리 기술을 배우는 일은 생각보다 힘들고 피곤했다.

나는 내게 기술을 가르쳐주던 고참 점원을 데리고 나와 가게를 차렸다. 고참 점원은 나보다 나이는 세 살이 어렸지만 고등학교 때부터 이 바닥에 뛰어들어 십일 년간을 일해온 베테랑이었다. 내가 그와 함께 일하겠다고 마음먹은 것은 그도 나처럼 할리 데이비슨을 좋아했기 때문이었다. 그는 나와 같은 종류의 할리 데이비슨 스포스터 XL883을 갖고 있었다.

가게는 집 근처에서 구했다. 엄마는 남부끄러우니 제발 어디 멀리 가서 가게를 열어달라고 했지만 당분간 집에 얹혀살아야 하는 나로서는 엄마의 부탁을 들어줄 수가 없었다. 가게가 자리 잡을 때까지는 엄마가 해주는 밥을 먹으면서 밥값이라도 아낄 요량이었다. 가게 이름은 할리로 정했다. 앞으로 할리와 같은 오토바이다운 오토바이만을 취급하겠다는 의지를 담은 이름이었다. 할리라는 이름을 붙인 이상 고사도 터프해야 했다. 나는 돼지머리에 두건을 씌우고 주둥이에는 말보로 담배를 물렸다. 담배를 문 돼지의 거만한 미소가 마음에 쏙 들었다.

  한창 오토바이 가게를 열 준비를 하고 있을 때, 애견 학교에서 모든 교육이 끝났으니 할리를 데려가도 좋다는 연락이 왔다. 나는 즉시 엄마와 함께 애견 학교를 찾아갔다. 애견 학교에 들어서자 때마침 할리가 조련사와 함께 마중을 나와 있었다. 석 달 만에 다시 본 녀석은 군기가 잔뜩 든 신병 같은 모습이었다. 엄마가 '할리' 하고 이름을 부르자 신기하게도 녀석이 쪼르르 달려왔다. 엄마는 내친김에 '앉아', '일어서' 따위를 시켰고 할리는 사람 말을 알아듣는 기계처럼 고분고분 따랐다. 엄마는 S대에 합격한 장한 아들을 본 것 같은 표정을 지으며 할리를 안아주었다.

  집으로 돌아온 할리는 습관도 바뀌어 있었다. 녀석은 변이 보고 싶어도 신문지를 깔아주기 전까지는 최선을 다해 참아내는 놀라운 인내력을 보여주었다. 뿐만 아니라 개 껌이 아니면 입도 대지 않았다. 할리는 사람이 키우기에는 더없이 편리한 개가 되었다. 그렇지만 '개 버릇'이 사라진 할리는 어딘지 모르게 간을 하지 않은 콩나물국처럼 맨숭맨숭한 느낌이었다.

사실 학교나 학원 같은 델 열심히 다니다 보면 사람도 맨숭맨숭해지기 마련이다. 포르노 테이프를 뺏기고 저지방 우유 같은 느낌의 담백한 날들을 이어가고 있을 무렵 나는 스포츠에 눈을 돌리기 시작했다. 미친 듯이 농구를 하거나 자전거를 타고 나면 피곤해서 여자의 몸 따위는 떠오르지도 않았다. 하지만 그것 역시 엄마의 노선과는 맞지 않았다. 엄마는 방과 후는 물론 주말까지 빈틈없이 짜여진 학원 스케줄을 내밀었고 그 학원 일정이 끝나면 피곤해서 스포츠 따위는 떠오르지도 않게 해주었다.

나는 엄마의 지나친 학원 스케줄에 반기를 들고 가출을 감행해보기도 했다. 하지만 춥고 배고픈 나날을 보낸 끝에 일주일 만에 다시 집으로 되돌아오고 말았다. 행복 추구권이 왜 헌법에 박혀 있는지 뼈저리게 느낀 다음이었다. 그 이후로 내게 있어 S라는 글자는 Sex와 Sports의 머리글자였던 지위를 거세당한 채 오직 S대와 S전자를 상징하는 자랑스러운 글자로 거듭났다.

그 언저리에 팔팔이는 또 다른 수술을 받았다. 일명 아파트 개 수술이라고 불리던 성대 수술이었다. 엄마는 팔팔이가 징징대는 소리 역시 견디지 못했다. 나는 성대 수술 후 목소리까지 잃은 팔팔이가 너무 불쌍했다. 그래서 가끔 먹다 남은 고기반찬 같은 것을 팔팔이에게 집어주기도 했다. 하지만 엄마는 팔팔이의 똥 냄새가 심해진다며 그것마저 금지시켰다.

성욕과 식욕을 잃은 팔팔이는 묵언 수행을 하는 승려의 모습이 되어갔다. 녀석의 눈을 가만히 들여다보면 끝없는 심연 속에 '달관'이라는 두 글자가 아련하게 떠올랐다. 하루 몇 알의 사료만으로 행복을 느껴야 하는 열악한 상황이 녀석으로 하여금 어떤 경지에 이르게 한 게 아닐까 하는 생각이 들었다. 나 역시 팔팔이와 크게 다를 바 없었다. 성욕을 잠정적으로 중단당한 채 도시락 두 개만 갖고 온종일 학교와 학원에서 버텨야 하는 열악한 상황이 나로 하여금 수능시험의 어떤 경지에 이르게 했다.

그러나 아쉽게도 그 경지는 S대에 갈 정도는 아니었다. 나는 S대보다 더 북쪽에 있는 K대에 들어갔다. 나뿐만 아니라 대부분의 아파트 아이들도 S대 입학에 실패했다. 그제야 아파트의 엄마들은 S대가 우리 사회의 기본이 아니라는 것을 절감하게 되었다. 엄마 역시 예외는 아니었다. 하지만 엄마는 꼭 S대는 아니더라도 그에 못지않은 대학이라는 말로 애써 위안을 찾았다.

게다가 비록 S대는 물 건너갔을지라도 아직 S전자가 남아 있었다. 엄마는 중고등학교 때만큼 치밀하고 적극적이지는 않았지만 지속적이고도 은근하게 토익이라든가 상식 같은 S전자 입사에 필요한 과목들을 공부하라는 잔소리를 했다. 엄마 입장에서 보면 대학에 가서도 덕과 체는 여전히 그다지 중요한 덕목이 아니었다.

내가 대학에 입학하고 얼마 지나지 않아 팔팔이가 죽었다. 녀석은 자기가 죽을 때를 알았는지 가만히 앉은 채로 죽어 있었다. 불심이 깊었던 엄마는 녀석의 장례를 불교식으로 치러주기로 했다. 우리 가족은 서울에서 가까운 절로 가 팔팔이의 다비식을 거행했다. 장례를 주관하는 스님이 녀석을 참나무 단 위에 올린 후에 불을 질렀다. 나는 화염에 휩싸여 사라지는 팔팔이를 보면서 오랜 친구와 헤어지는 듯한 슬픔에 펑펑 눈물을 흘렸다.

내가 눈물을 다 쏟아냈을 무렵 불길도 천천히 잦아들었다. 우리는 다 타버린 재 위에서 놀라운 광경을 목격했다. 녀석은 제 한 몸을 불태워 사리 백 과를 남겨놓았다. 이는 성철 스님의 사리와 맞먹는 숫자였다. 당시 그 다비식을 지켜보던 스님들은 개에게도 불성이 있다는 말이 단순한 화두가 아니라 실체적인 진실이었다는 것에 충격을 받기도 했다.

그런데 팔팔이가 남긴 사리로 충격을 받은 사람은 스님들뿐만이 아니었다. 항상 팔팔이와 비슷한 삶을 살고 있다는 느낌을 받고 있던 나 역시 녀석이 보여준 마지막 모습에 꽤나 심각한 충격을 받았다. 팔팔이의 죽음은 내가 살아온 지난날이 어쩌면 원치 않는 수도생활의 연속이었던 게 아닌가 하고 돌아보는 계기가 되었다. 그래서 결심했다. 이제부터는 더 이상 뭔가를 참으면서 살지 않겠다고. 나는 S라는 글자를 보며 당당하게 Sex와 Sports를 떠올리는 사람으로 되돌아가고 싶었다.

그러나 IMF가 터지면서 나의 결심은 무용지물이 되고 말았다. 기업들이 줄도산을 했지만 빚을 내서라도 자식 공부만은 시켜야

된다는 부모들의 몸부림에 대학생은 줄지 않았다. 그 덕에 취업문은 턱없이 좁아졌다. 이제는 누가 굳이 사생활을 감시하거나 학원 스케줄을 짜주지 않아도 알아서 취업이라는 하나의 목표를 향해 목숨을 걸고 달려갔다. 어떻게 보면 IMF는 아파트 엄마들보다 더 확실한 선수들의 조련사이자 감독이었다. 취업을 하지 못하면 노숙자로 내몰려야 하는 상황을 맞고 보니 S라는 글자에서 Sex나 Sports를 떠올릴 겨를 따위는 없었다. S는 S전자를 가진 S재벌을 대표하는 글자로 더욱 자랑스럽게 우뚝 섰을 뿐이었다.

 내가 군대를 갔다 오고 대학을 졸업하는 동안 나라도 IMF를 졸업했다. 덕택에 취업의 문은 좀더 넓어졌지만 IMF 때문에 전 국민적으로 놀란 가슴은 전혀 진정되지 않았다. 그도 그럴 것이 IMF 이후 비정규직 바람이 불면서 기업들은 너도나도 비정규직을 늘려놓았다. 취업준비생인 우리들은 정규직을 구하지 못하고 비정규직이 될 공산이 컸다. 그렇게 되면 언제든 IMF 때와 같이 하루아침에 직장을 잃어버리는 꼴을 당할 각오를 해야만 했다.

 나는 미친 듯이 원서를 넣었다. '적성에 맞는 직장을 구해야 인생에서 성공한다'든가 '하고 싶은 일에 도전하라!'는 구호는 직장이 그다지 정규적이지 않아도 먹고살 만한 집 자식들에게나 어울리는 말로 치부되었다. 나는 그저 정규직이기만 하면 무조건 직장에 적성을 맞출 마음의 준비가 되어 있었다. 그 결과 S전자는 아니어도 L전자라는 대기업에 취직할 수 있었다. 아파트의 엄마들은 우리가 대학에 들어갔을 때와 마찬가지로 S전자 역시 우리 사회의 기본은 아니라는 것에 공감대를 형성했다. 엄마는 내가 K대학에 들어갔을 때처럼 L전자가 S전자 못지않게 안정적인 직장이라는 것으로 아쉬운 마음을 달랬다.

나를 키우면서 늘 조금씩 아쉽기만 했던 엄마는, 한동안 할리에게서 완벽한 위안을 찾았다. 할리의 예의범절은 엄마의 적극적인 자랑으로 온 아파트에 알려졌고, 얼마 안 가 할리는 모든 아파트의 개들이 반드시 따라야 할 Standard, 그러니까 개들의 'S'가 되었다. 뒤처지지 않기 위해 안간힘을 썼던 엄마로서는 처음으로 앞서 나가게 되었다는 자부심이 이만저만이 아니었다.

하지만 그것은 어디까지나 '한동안'이었다. 어느 여름밤 팔팔이가 그랬던 것처럼 할리도 늑대 울음소리 비슷한 걸 내기 시작했다. 차이점은 할리가 팔팔이보다 덩치가 더 큰 만큼 소리도 더 크고 우렁찼다는 것이다. 나는 수상쩍은 생각에 할리의 다리를 슬그머니 들어 올려보았다. 녀석은 벌써 수컷이 되어 있었.

온 아파트의 자랑이던 할리는 그날부로 아파트에서 반드시 내쫓아야 할 개가 되었다. 이웃들의 항의가 빗발치자 엄마는 주저 없이 할리에게 중성화 수술을 시키겠다고 했다. 하지만 이번에는 내가 나서서 중성화 수술을 반대했다. 할리만큼은 평생 수도승처럼 살다 간 팔팔이의 전철을 밟게 하고 싶지 않았다. 엄마는 그럼 어떻게 할 거냐고 물었다. 나는 암컷을 구해 할리와 교배시켜주자고 했다. 녀석의 욕구를 다스려주면 울음소리를 그치지 않겠냐는 논리를 댔다. 엄마는 미심쩍은 표정을 지었다. 나는 인터넷 카페 같은 데서 교배를 원하는 암컷을 구하면 돈 들 일도 없다고 했다. 엄마는 그렇다면 한번 해보라고 허락해주었다. 하지만 암컷을 구하는 일은 그리 쉽지 않았다. 인터넷 카페 게시판에 글을 올린 지 사흘이 지났지만 댓글 한 줄 달리지 않았다.

그동안에도 할리는 밤마다 울어 댔다. 아파트 주민들의 항의 역시 밤마다 이어졌다. 엄마는 도대체 언제 암컷을 구해 올 거냐고 다그치기 시작했다. 견디다 못한 나는 할리를 데리고 무작정 길거리로 나섰다. 돌아다니다 보면 집 나간 암캐라도 구할 수 있지 않을까 해서였다.

동네 뒷산 약수터 근처에서 기적처럼 할리와 같은 시베리안허스키 종의 암캐 한 마리를 발견했다. 암캐는 나무에 묶여 있었고 녀석의 주인으로 보이는 중년 남자는 말 통에 약수를 받느라 정신이 없었다. 할리는 암캐를 보자 흥분해서 날뛰기 시작했다. 나는 일부러 힘에 부치는 척 줄을 놓았다. 할리는 암캐에게 달려가 꽁무니를 돌면서 몇 번 냄새를 맡더니 이내 그 위로 올라갔다.

얼마 지나지 않아 약수를 받고 난 암캐 주인이 그 광경을 목격하고는 우뚝 멈추어 섰다. 나는 그에게 다가가 이왕 이렇게 된 거 어떻게 하겠냐고 한숨을 섞어 말했다. 그리고 만약 새끼를 갖게 되면 책임을 지겠노라고 했다. 하지만 암캐 주인은 새끼를 낳으면 몽땅 자기 소유라고 못 박았다. 나는 이의를 달지 않았다. 사실 할리 하나도 벅찬데 새끼까지 감당할 자신이 없었다. 오히려 암캐 주인이 고마울 따름이었다.

교배가 끝나고 할리는 만족스러운 표정을 지었다. 나는 녀석의 표정에서 이제 평화의 날들이 이어질 것이라고 조심스럽게 예측해 보았다. 그러나 평화의 날은 일주일도 이어지지 않았다. 할리는 늑대 울음소리를 내다 못해 문까지 긁어 댔다. 밖으로 나가겠다는 강력한 의지의 표현이었다. 나는 할리에게 '앉아'라든가 '일어서'라고 명령했지만 녀석은 들은 척도 하지 않았다. 엄마는 그런 할리를 보면서 날이 밝는 대로 중성화 수술을 시켜야겠다고 말했다.

나는 안쓰러운 마음에 할리를 가만히 안아주려고 했다. 하지만 순순히 운명을 받아들였던 팔팔이와는 다르게 녀석은 좀 적극적인 면이 있었다. 할리는 내게 안기기보다는 내 다리를 붙들고 교배하듯이 허리를 흔들어 댔다. 나는 화들짝 놀라 다리를 뺐다. 녀석은 못내 아쉽다는 눈빛으로 나를 바라보았다. 그 순간 녀석이 다시 예전의 버르장머리 없는 개로 되돌아갔다는 걸 느꼈다.

새벽녘까지 할리와 함께 있었다. 지금의 녀석을 지켜주기 위해서 거리로 내보내야 할지 아니면 중성화 수술을 시켜서라도 데리고 있어야 할지 고민했다. 떠돌이 개로 살면 자유롭겠지만 직접 먹이를 구하고 잠자리를 마련해야 한다. 반면 애견으로 살면 잠자리와 먹이 걱정은 없겠지만 개가 가진 성질은 다 포기해야 한다. 두 가지 삶을 놓고 아무리 장단점을 따져봐도 결론을 내릴 수가 없었다. 나는 현관문을 열어놓고 내 방으로 들어갔다. 팔팔이가 될지, 말지는 녀석이 결정할 일이라고 생각했다.

 아침에 누군가 내 등짝을 후려쳤다. 깜짝 놀라 일어나보니 엄마였다. 엄마는 다짜고짜 현관문을 열어놓고 자면 어떻게 하냐고 잔소리를 퍼부어 댔다. 나는 훔쳐 간 것만 없으면 됐지 이렇게까지 심하게 때릴 필요는 없지 않냐고 조그맣게 항의했다. 엄마는 기가 차다는 표정으로 나를 보더니 할리가 집을 나갔다그 했다.

 취직을 하던 즈음의 세상은 연애 열풍이 뒤덮었다. 텔레비전을 틀면 연애를 이야기하는 연예인들로 넘쳐났고 짝짓기 프로그램이 인기를 끌었다. 심지어 노골적으로 '연애시대'라는 제목을 단 드라마가 나오던 판이었다. 이런 연애 열풍은 내가 사는 아파트에도 어김없이 불어닥쳤다. 결혼 적령기에 있는 자식을 둔 엄마들은 또다시 온몸으로 연애 열풍을 맞았다. 그리고 이번에는 그 엄마들의 자식인 우리들도 함께 이 열풍에 몸을 실었다. 한때 S대와 S전자를 대표하던 글자 S는 잘빠진 몸매를 뜻하는 S라인과 Sexy의 머리글자로 위상 전환을 이루었다.

 나는 주말마다 정신없이 호텔 레스토랑을 돌았다. 엄마들의 조직적인 라인을 통해 들어오는 선과 친구들의 산발적인 소개로 들어오는 소개팅으로 꽉 짜인 일정 때문에 쉴 틈이 없었다. 본격적으로 선과 소개팅 전선에 뛰어들면서 내가 세운 목표는 오직 하나, 바로 S라인을 가진 여자를 만나는 것이었다. S라인을 가진 여자야말로 어쩌면 내가 만날 수 있는 마지막 S일지도 몰랐다. 그러나 수없이 많은 여자를 소개받으면서 S라인을 가진 여자 자체가 희귀할 뿐 아니라, 정작 S라인을 가진 여자를 만나도 그녀들의 기준에 내가 미치지 못한다는 사실을 깨달았다. S라인을 가진 여자 역시 이 사회의 일반적인 기준이 아니었다. 결국 내가 사귀게 된 여자는 엄마의 주선으로 만난 사람인데, 욕심 없이 평평한 I라인을 가지고 있었다. 그래도 나는 좋았다. 그녀와 처음으로 모텔에서 밤을 지새운 날 뜻밖에 I라는 글자에서 Sex가 다시 발기했다.

그러나 그녀와의 관계는 새롭게 부임해온 S부장 때문에 위기를 맞이했다. S부장은 S대를 나와 S전자에서 일하다가 여기로 자리를 옮긴 사람이었다. 부서 회식 자리에서 그는 자기같이 평생 S라인을 타고 자라온 Super한 인재가 여기로 온 건 어디까지나 새로운 도전의 일환이라는 점을 직원들에게 인식시키기 위해 안간힘을 썼다. 하지만 S부장의 말이 길어지면 길어질수록 그가 S라인에서 미끄러진 사람이 아닐까 하는 새로운 인식만 생겨났다.

우리 회사에서 뭔가 도전을 하겠다던 S부장이 선보인 새로운 시도는 모든 일을 'S전자식'대로 하는 것이었다. 그런데 이 'S전자식'이라는 게 무조건 열심히 하고 보자는 '식'이었다. 모든 보고서와 기획안은 천재지변이 일어나도 내일 아침까지 책상 위에 올려놓으라는 '식'으로 업무 지시를 했고 퇴근 시간은 무조건 S부장보다 이르면 안 된다는 '식'이었으며 이런 것들을 지키지 않으면 승진 따위는 꿈도 꾸지 말라는 '식'으로 말했다.

나를 포함한 우리 부서원들은 'S전자식'으로 딱 일주일을 일하고 난 다음에 왜 S전자가 세계 일류 기업이 되었는지 뼛속 깊숙이 느낄 수 있었다. 웬만하면 밤 열한시까지 일하고 툭하면 주말에도 출근해서 일하는 데 세계 일류가 안 되면 그게 더 이상한 거였다. 적어도 내가 겪은 세계 일류 기업은 사원들의 행복 추구권이랄지 사생활 보장 따위를 로열젤리로 바꿔 먹으면서 탄생하는 여왕벌 같은 존재였다.

형편이 이렇다 보니 그녀와의 만남이 순조로울 리 없었다. 일주일에 한 번 얼굴 보기도 힘들고 주말에 데이트를 해도 언제 걸려올지 모르는 S부장의 전화에 신경이 곤두서 있어야 했다. 어쩌다 그녀와 모텔에 가도 미적지근했다. 그저 침대를 보면 자고 싶을 뿐 뭘 어떻게 해야겠다는 의욕이 생겨나지 않았다. 그렇게 내 인생에서 I자가 극심한 발기부전을 겪고 있을 때 그녀가 이별을 통보했다. 그녀는 나와 성격이 맞지 않아서 더 이상 사귈 수가 없다고 했다. 나는 왠지 그 이별의 이유가 내 자존심을 감싸준 그녀의 마지막 배려처럼 느껴졌다.

그녀와의 이별 때문에 나는 한동안 회사 생활을 똑바로 할 수가 없었다. 보고서나 기획안을 작성하다가 키보드에 있는 l자를 멍하니 바라보기도 했고 숫자 1이 눈에 밟혀서 경비 정산서도 제때 제출하지 못했다. 이쯤 되자 S부장은 나를 불러서 지금 나의 근무태도는 S전자에서는 상상도 할 수 없는 것이라고 질책했다. 하지만 나는 오히려 이 모든 게 S부장 때문이라고 대들고 싶었다. 그러나 연말 인사 고과는 지금부터 챙겨야 하지 않겠냐는 말에 입을 꾹 다물고 말았다.

S부장에게 꾸벅 인사를 하고 자리로 돌아왔지만 일이 손에 잡히지 않았다. 회사에서 살아남기 위해서 그녀를 잊어야 한다는 냉정한 현실에 더 마음이 아팠다. 나는 무작정 회사 근처 공원으로 향했다. 이것 역시 S전자에서는 상상도 하지 못할 일이라는 생각이 들었지만 그렇다고 S부장이 보는 앞에서 또다시 우울한 표정으로 앉아 있을 수는 없었다. 일벌이나 개미에게 표정이 없는 것처럼 나 역시 회사에서는 그러해야 했다.

회사 앞 공원에서도 딱히 뭔가를 해야겠다는 의욕이 생기지는 않았다. 그저 벤치에 앉아 산책 나온 사람들을 멍하니 바라보았다. 팔팔이와 같은 종의 개 한 마리가 주인의 손에 이끌려 지나가는 것이 보였다. 그때였다. 환영처럼 그 개의 목줄이 내 목에 옮겨와 걸려 있는 것이 보였다. 목이 말할 수 없이 답답했다. 나는 벌떡 일어났다. 그리고 정신없이 그 자리를 벗어났다.

얼마나 걸었을까. 정신을 차려보니 회사 정문 앞이었다. 사람을 빨아들일 것처럼 회전문이 빙글빙글 돌고 있었다. 얼마 전에 나왔던 문인데도 다시 들어갈 용기가 나지 않았다. 지금 저 문으로 들어가면 나는 또 S라는 글자 하나만을 바라보고 달려야 한다.

가만히 돌이켜보면 내 삶은 무엇 하나 S라인에 걸쳐 있지 않았다. 그래도 남들만큼은 살아왔다. S라인을 갖지 않은 여자를 만났어도 행복하기만 했다. 문득 S라인만 바라보고 살지 않아도 행복할 수 있을 거라는 생각이 들었다.

회사를 관둘까 고민해보았다. 퇴근 시간까지 회사 옆에 우두커니 앉아 있어보았지만 쉽게 결정을 내릴 수가 없었다. 그러고 보니 시험 문제 풀 때를 제외하고는 혼자 뭔가를 결정해본 적이 없었다. 언제나 결정은 엄마나 학교 혹은 IMF가 해주었다. 그래서 일단 회사를 그만두느냐 마느냐 하는 문제는 집에 가서 엄마와 상의하기로 했다.

엄마는 그렇게 회사에 가기 싫다면 공무원 시험 준비를 해보는 게 어떻겠냐고 했다. 요즘은 워낙 경기가 안 좋아서 S대 출신들도 많이 준비한다고 덧붙였다. 엄마의 결정이 썩 마음에 들지는 않았지만 일단 생각은 해보겠다고 했다. 하지만 엄마는 막무가내로 내일 당장 학원을 알아봐주겠다고 했다.

그날 밤. 잠이 오지 않았다. 또다시 엄마의 감독 아래 시험 준비를 해야 한다는 게 영 내키지 않았다. 나는 집을 나와 무엇을 하며 살까 고민하며 정처 없이 거리를 돌아다녔다. 그때 거리가 내게 답을 주었다. 건널목 앞에서 할리 데이비슨을 본 것이다. 심장을 울리는 엔진 소리를 내며 달리는 모습은 어린 시절 자전거를 타고 느꼈던 질주의 즐거움을 다시 일깨워주었고, 남자의 근육같이 탄탄하고 육중한 무게감은 형편없이 쪼그라든 나의 남성을 충분히 대신할 수 있을 거라는 믿음을 주었다. 나는 태어나서 처음으로 결정이라는 걸 했다. 이젠 '저것'을 하면서 살아야겠다고.

그렇다고 지금에 와서 오토바이 선수가 된다는 건 너무나 현실성이 없었다. 더욱이 할리 데이비슨은 경주용 오토바이도 아니었다. 그래서 나는 오토바이 가게를 열기로 했다. 오토바이로 생계를 유지할 수 있는 데다가 매일 오토바이를 탈 수 있는 유일한 대안이 바로 가게를 내는 것이라고 생각했다. 사업 자금은 엄마가 내 월급으로 들어놓은 갖가지 펀드와 적금을 깨서 마련하기로 했다. 만약 가게가 잘 안 되면 내 전 재산이 날아갈 수도 있었다. 하지만 크게 걱정하지는 않았다. 그때가 되면 엄마가 다시 뭔가를 결정해줄 것이다. 오 년 전에 엄마가 내 명의로 사두었던 재개발 아파트 값이 많이 올랐다고 했다. 아직까지 나를 한 번 더 책임져줄 여력은 있는 셈이다. 나는 망설이지 않고 회사에 사표를 냈다.

가게는 생각보다 잘되지 않았다. 가게 이름을 할리로 달았다고 해서 할리 데이비슨이 수리를 받겠다며 꼬리에 꼬리를 물고 들어오지는 않았다. 할리 데이비슨은 가게 앞에 세워져 있는 점원과 나,

두 사람의 것이 전부였다. 그마저도 매일 닦고 조이다 보니 고장 날 일이 없었다. 점원과 나는 할리 데이비슨 이야기를 하며 하루를 보냈지만 그건 공복에 음식 이야기를 하는 것과 같았다. 직접 느껴보지 못하는 허전함은 그 무엇으로도 달랠 수가 없었다.

그나마 직접 만져볼 수 있는 것은 고장 난 스쿠터가 전부였다. 중국집이나 피자 가게에서 막 굴리다가 탈이 난 것들이었다. 이제 그만 좋은 곳에 묻혀도 모자랄 스쿠터들을 수리하고 있자니 마음이 짠했다. 이런 발바리 같은 것들의 생명을 잇겠다고 굳이 오토바이 가게를 차린 것은 아니었다. 속으로 먹고살기 위해서 어쩔 수 없다고 변명해보기도 했다. 그러나 따지고 보면 회사를 다닌 것도 먹고살기 위해 한 어쩔 수 없는 선택이었다. 할리 데이비슨을 만지는 일이 아닌 바에야 스쿠터를 수리하는 일이나 회사를 다니는 일이나 '어쩔 수 없이 하는 일'이기는 매한가지였다. 속으로 이건 아니다 싶었다.

하지만 내 생각과 상관없이 가게에는 점점 더 많은 스쿠터들이 몰려들었다. 내가 데려온 점원의 스쿠터 수리 솜씨가 좋았기 때문이었다. 점원은 이참에 스쿠터를 전문적으로 취급하는 쪽으로 가게 운영 방향을 트는 것이 어떠냐고 제안했다. 하지만 나는 그렇게 할 수 없다고 단호하게 잘라 말했다. 그리고 우리가 할리 데이비슨을 이야기했던 숱한 날들을 일깨워주려고 했다. 우리의 미래는 할리 데이비슨에 있어. 그까짓 돈 몇 푼에 꿈을 포기한다는 건 너무

어리석은 짓이야. 조금만 참아보자고. 점원은 그런 나를 물끄러미 보면서 말했다. 그까짓 돈 몇 푼 때문에 먹고살고 있잖아요. 나중에 기름값 댈 돈도 없으면 할리는 어떻게 타고 다닐 건데요? 나 또한 점원을 물끄러미 바라보았다. 엄마에게 달라고 하면 되지, 라는 말이 떠올랐지만 지금 이 순간 점원에게 해줄 수 있는 말 같지는 않았다. 그래도 안 돼. 나는 되도록 단호하게 말했다. 현실에 또다시 굴복하지 않겠다는 나의 의지를 점원에게도 그리고 내게도 보여주고 싶었다.

점원은 나의 굳은 의지를 확인한 후에 그동안 흔들렸던 자신을 돌아본다든가 내 꿈에 동참하겠다든가 하는 태도를 보이지 않고, 곧바로 가게를 나가버렸다. 그리고 가게 맞은편에 스쿠터 전문점을 냈다. 내 가게로 오던 스쿠터들은 모조리 점원이 차린 가게로 핸들을 꺾었다. 점원의 가게가 번창할수록 내 가게는 한산해졌다. 하지만 오토바이에 대한 미련 때문에 가게를 접고 싶지는 않았다. 나는 될 대로 되라는 심정으로 하루하루를 보냈다. 설령 망하더라도 엄마가 있는데 굶어 죽기야 하겠냐 싶었다.

세 달도 버티지 못하고 나는 명칭만 할리 데이비슨 전문점 '할리'의 문을 닫아야만 했다. 그동안 할리 데이비슨은커녕 발바리 같은 스쿠터 한 대도 가게를 찾지 않았다. 가게 보증금마저 털리고 완전히 빈털터리가 되어버린 내게 남은 것이라고는, 현실에 굴복할지 말지를 결정하는 것은 내가 아니라 전적으로 현실에 달려 있다는 깨달음뿐이었다.

한동안 집에서 빈둥거렸다. 삶의 패턴은 할리나 팔팔이와 거의 비슷했다. 먹고 싶으면 먹고 자고 싶으면 잤다. 브다 못한 엄마는 하루 종일 내 뒤를 따라다니며 잔소리를 했다. 나날이 그 정도가 심해져서 가끔씩 엄마가 내게 퍼붓는 잔소리들 중에는 정상적인 모자지간에 주고받을 수 있는 내용인지 의심스러운 것들이 섞여 있기도 했다. 이를테면 집에서 빈둥거리느니 나가 죽어라와 같은 종류의 것들이었다.

사실 엄마의 잔소리가 아니더라도 슬슬 집 밖으로 나가고 싶기는 했다. 무엇보다 마음껏 달려보지도 못하고 아파트 주차장에 외롭게 서 있는 할리를 생각하면 가슴이 아팠다. 나는 돈도 벌면서 할리도 탈 수 있는 일을 생각해보았다. 한참을 고민한 끝에 선택한 일이 퀵서비스였다. 오토바이를 타고 되도록 빨리 도로를 질주하는 것이 직업인 퀵서비스 맨. 막상 선택을 하고 보니 어떻게 이런 꿈 같은 일이 직업이 될 수 있는지 신기하기만 했다.

그러나 그 신기함은 퀵서비스를 한 지 일주일도 되지 않아 깨졌다. 속도가 생명인 퀵서비스를 하기에 나의 할리는 너무나 적당하지 않은 오토바이였다. 도로가 막힐 때면 차들 사이로 요리조리 빠져나가는 '칼치기'가 필수인데 할리의 커다란 몸집으로는 그게 불가능했다. 나의 할리는 도로가 막히면 막히는 대로 가만히 서 있을 수밖에 없었다. 꽉 막힌 왕복 십육차선 도로 가운데 서 있으면 차라리 할리를 버리고 싶을 정도였다. 그 답답한 마음은 내게 물건 배달을 시키는 퀵서비스 업체도 마찬가지였다. 내게 오던 배달 건수들은 차들 사이를 요리조리 잘도 빠져나가는 스쿠터들에게 나누어졌다.

하긴 할리 데이비슨은 애초에 미국의 넓고 광활한 고속도로를 질주하는 데 어울리는 오토바이였다. 그러니 이 녀석을 타고 한국의 비좁은 도로를 누비겠다는 생각은 그 자체가 글러먹은 것이었다. 그렇다고 할리를 몰고 고속도로로 나갈 수도 없었다. 한국에서는 오토바이가 고속도로를 달리는 것 자체가 불법이었다. 결국 할리는 한국으로 건너오면서 달리는 기능을 거세당한 채, 동호회 사람들과 경치 좋은 국도를 어슬렁거리며 수컷 냄새나 풍기는 액세서리로 전락하고 만 셈이었다. 따져보면 나의 할리는 겉만 그럴듯한 팔팔이였다.

할리를 몰고 계속 퀵서비스를 해야 하나 말아야 하나 고민에 빠져 있을 때 L전자로 보내는 물건을 배당받았다. L전자 입구에서 수신자를 확인해보니 내가 있던 부서의 S부장이었다. 두 번 다시 볼 일이 없을 줄 알았던 S부장을 이런 일로 보고 싶지는 않았다. 자격지심 때문이었다. 복장은 나갈 때 그대로였지만 처지가 달랐다. 그러나 L전자 입구까지 온 마당에 이제 와서 배달을 거부할 수도 없었다.

선뜻 L전자로 들어가지 못하고 문 앞에서 서성거렸다. 번듯한 양복을 입고 오가는 사람들이 보였다. 한동안 그들을 지켜보다 보니 자꾸만 내가 남들보다 뒤처진 삶을 살고 있는 게 아닌가 하는 생각이 들었다. 하지만 그 생각을 인정하고 싶지는 않았다. 지금 나는 하고 싶었던 일을 하는 것뿐이라고 두 번 세 번 속으로 외쳐보았다. 왠지 움츠러들었던 어깨가 조금 펴지는 것도 같았다.

나는 되도록 당당한 걸음으로 L전자 입구에 들어섰다. 마침 점심때였는지 직원들이 우르르 몰려나오기 시작했다. 막 로비를 가로질러 가는데 엘리베이터 문이 열리면서 S부장을 비롯한 부서원들이 차례대로 걸어 나왔다. 나는 순간적으로 그들의 눈을 피해 돌아섰다. 뒤돌아서 있는 내내 그들이 나를 알아볼까 봐 조마조마했다. 다행히 나를 알아보는 사람은 아무도 없었다. 나는 사라지는 S부장과 부서원들의 뒷모습을 물끄러미 바라보다가 엄마들이 만들어놓은 '기준' 즉 퀵 서비스 맨은 회사원보다 못하다는 생각 따위가 본능처럼 몸에 아로새겨져 있다는 걸 깨달았다. 자괴감이 스멀스멀 밀려들었다.

그날 나는 퀵서비스 회사를 관두고 할리를 팔기로 결심했다. 애초에 애완견으로 태어난 개는 유전적으로 절대 야생의 들개가 될 수 없는 것처럼 나 역시 엄마가 정해놓은 길을 벗어나 홀로 살아가기 힘든 유전자를 타고난 것이 틀림없다고 생각했다. 그것에서 벗어났을 때 몸은 부끄러움이라는 경고 신호를 보낸다. 나는 다시 엄마의 부끄럽지 않은 아들이 되기로 했다. 마음이 한결 홀가분했다.

할리를 팔겠다고 내놓은 지 이틀 만에 사겠다는 사람이 나섰다.

할리를 넘겨주기로 한 날 나는 마지막으로 녀석을 쓰다듬어보았다. 잘빠진 근육이 가진 탄탄함이 그대로 느껴졌다. 할리를 타고 시동을 걸었다. 두둥두둥, 심장을 울리는 엔진 소리도 여전했다.

할리를 몰고 아파트 입구 근처에 있는 사거리에서 좌회전 신호를 기다리고 있는데 또 다른 할리가 보였다. 얼마 전에 집을 나간 바로 그 할리였다. 녀석은 살점이 덕지덕지 붙은 뼈다귀를 입에 물고 암컷으로 보이는 개 한 마리와 함께 어슬렁어슬렁 사거리를 가로지르고 있었다. 신호등 따위는 쳐다보지도 않았다. 차들은 거북이걸음을 하며 할리가 지나가기를 기다리고 있었다. 때로 막히지 않은 사거리 오른쪽 모퉁이에서 빠르게 달려오는 차들도 있었지만 모두 할리를 보고 아슬아슬하게 급정거를 했다. 운전자들이 욕을 퍼부어 댔다. 그러나 할리는 고개조차 돌리지 않았다.

가만히 녀석을 지켜보고 있자니 이상하게 녀석이 개가 아니라 인격을 가진 그 무엇으로 느껴졌다. 나는 손을 들어 할리에게 인사를 했다. 할리와 나의 눈이 마주쳤다. 그 순간 나와 할리, 둘 사이를 가르는 바람이 불었다. 할리는 그것이 이별의 표시라고 생각했는지 고개를 돌려 묵묵히 가던 길을 갔다.

그때였다. 트럭 한 대가 사거리 오른쪽 모퉁이에서 과속으로 질주해왔다. 운전사는 너무 늦게 할리는 보았는지 다른 차들처럼 급정거하지 못했다. 트럭은 느닷없이 중앙선을 넘어 나를 향해 덮쳐왔다. 순간 핸들을 오른쪽으로 꺾어야 할지 왼쪽으로 꺾어야 할지 판단이 서질 않았다. 나 자신을 걸고 어떤 판단을 내린다는 것은 언제나 무척 어려운 일이었다. 나는 아예 트럭을 외면했다. 그러자 멀어지고 있는 할리가 눈에 들어왔다. 나는 혼잣말을 했다. 안녕 할리.

조공원정대

버스는 고속도로를 벗어나 강남고속버스터미널로 향했다. 태어나서 처음 보는 서울은 소녀시대의 노래 가사처럼 '너무 반짝반짝 눈이 부셨'다. 그래서 '짜릿짜릿 몸이 떨린' 나는 '오오오오오' 노래를 흥얼거리면서 옆에 있는 친구, 만석이와 칠성이를 깨웠다. 만석이는 눈을 비볐고 칠성이는 기지개를 켰다. 둘 다 우리가 소녀시대와 같은 행정구역에 들어섰다는 사실을 전혀 실감하지 못하는 눈치였다. 녀석들은 출발할 때만 해도 텔레비전에서나 보던 소녀시대를 직접 만나서 선물도 주고 사진도 찍으며 일생일대의 추억을 남기겠다는 꿈에 부풀어 있었다. 하지만 정작 서울에 도착하자 수업 시간에 국어책을 읽는 듯한 표정들을 지었다. 이렇게 소녀시대에 대한 충성도가 낮은 녀석들을 데리고 조공원정을 떠났다는 게 왠지 꺼림칙했다.

 버스가 터미널에 진입하기 위해 신호를 기다리고 있을 때 미선이에게 문자를 보냈다. '잠깐 여행 다녀올게. 루왁커피T10은 내가 가져왔어. 미안.' 그런데 막상 문자를 보내고 나니 좀 불안했다. 애지중지하는 커피를 내가 갖고 사라졌다는 걸 알면 미선이가 충격을 받을지도 몰랐다. 미선이는 임신을 한 상태라 몹시 예민해져 있었다.

 미선이를 임신시켰다는 말은 당구를 치면서 털어놓았다. 만석이와 칠성이는 그리 놀라는 눈치가 아니었다. 만석이가 예의상 왜 그랬냐고 성의 없이 물어주기는 했다. 나는 심심해서 그랬다고 했다. 칠성이가 와서 내 어깨를 툭 쳐주었다. 우리들의 대화는 더 이상 이어지지 않았다.
 사실 우리는 모두 심심했다. 더 정확하게 말하자면 '무슨 도 무슨 군 무슨 읍'이라고 이어지는 이곳이 그랬다. 대체로 읍 단위까지 주소가 내려가면 심심하다고 봐야 한다. 할 일이 없기 때문이다. 몇 년 전에 여기 군수가 지역 젊은이들의 일자리를 창출해주겠다고 공장 부지를 조성한 적이 있었다. 마을 어른들은 이제야 아이들이 할 일이 생기게 됐다며 기대에 부풀었다. 그러나 일 년쯤 지나자 공장 부지에는 소와 염소 들이 슬슬 들어와 풀을 뜯기 시작했다. 어른들은 멀쩡한 땅을 갈아엎어서 소와 염소 들의 먹이를 창출해준 군수를 욕했다.

하지만 선거철이 되자 군수는 또 멀쩡한 목초지를 갈아엎어 공장 부지를 조성했다. 어른들은 붕어처럼 몇 년 전의 일을 까마득히 잊고 압도적인 지지로 그를 당선시켜주었다. 지금은 당시에 새끼였던 소와 염소 들이 어릴 적 풀 맛을 잊지 못하고 다시 공장 부지로 돌아와 풀을 뜯고 있었다. 여기는 지겹게도 군수조차 어지간해서는 바뀌지 않았다.

우리가 이렇게 된 것은 어떻게 보면 처음부터 정해져 있었다. 텔레비전에서는 아이들이 학원과 과외에 시달린다고 난리 치지만, 농사지어서 한 해 먹고살기도 힘든 어른들을 부모로 둔 이 동네의 아이들은 학교가 끝나면 아무 할 일이 없었다. 어른들은 하루 종일 논과 밭을 일구느라 바빴고 우리는 어른들이 일구어놓은 논과 밭에서 술과 담배를 하기에 바빴다. 조숙한 녀석들은 그 밭에서 여자아이들과 더불어 아이 일구는 일을 시작하기도 했다.

중학교를 졸업하고 나면 우리는 대략 경운기를 타고도 갈 수 있는 거리에 위치한 실업계 고등학교를 갔다. 차를 타고 가야 할 정도로 먼 도시에 있는 학교는 갈 수가 없었다. 중학교 내내 과외와 학원으로 단련된 도시의 아이들과 같은 기간 동안 술과 담배로 단련된 우리가 경쟁한다는 것은 불가능했다. 그래도 가끔 개천에서 용 난다는 속담처럼 중학교 시절 술과 담배의 유혹을 끊고 공부에 매진해서 도시에 있는 고등학교로 가는 아이도 있었다. 하지만 우리 동네에서 수재는 도시로 나가 둔재가 되었다. 그는 뒤늦게 술과 담배 맛을 배워 왔다.

고등학교에 가서도 중학교 때와 별반 다르지 않은 생활을 했다. 미선이를 만난 것도 그 무렵이었다. 커피를 좋아하는 미선이는 만날 때마다 항상 아메리카노를 마시자고 했다. 가끔 미선이와 입을 맞추면 혀에서 향긋한 커피 향이 났다. 미선이는 돈을 모으면 바리스타 학원에 등록할 거라고 했다.

고등학교를 졸업하고 나자 우리는 더 이상 갈 곳이 없었다. 얼마 전만 해도 농사지을 땅이 없는 아이들은 근처에 있는 공단에 가서 취직을 했다. 하지만 지금은 공단에 가도 일을 할 수가 없었다. 공장에서 우리를 뽑아주지 않았기 때문이다. 심지어 작년까지 멀쩡하게 돌아가던 공장이 아예 없어져버리기도 했다. 뉴스에서는 미국에서 벌어진 서브프라임 모기지론 부실 사태로 인한 글로벌 경기 침체의 영향 때문이라고 했다. 충격이었다. 전 국민을 상대로 설명하는 그 긴 경기 침체의 이유 중에 내가 알아들을 수 있는 말은 단 한마디도 없었다.

도무지 뭐가 뭔지 모를 이유로 내가 놀게 되었다는 사실이 억울했다. 하지만 할 줄 아는 영어회화라고는 하와유? 파인 땡큐 앤쥬? 가 전부인 나로서는 어떻게 항의할 방법도 없었다. 그저 내가 할 수 있는 일은 술을 먹고 만석이와 칠성이에게 미국이 이럴 줄 몰랐다고 푸념을 늘어놓는 것이 전부였다. 하지만 나보다 고등학교 졸업

석차가 정확하게 이십 등이 처지는 둘은 내게 공장 부지에서 풀을 뜯는 염소 같은 눈망울로 미국이 뭘 어쨌는데? 하고 되물어왔다. 전 국민보다 수준이 떨어지는 나보다 더 수준이 절어지는 녀석들을 상대로 이 사태를 설명할 길이 막막했다. 나는 그냥 씁쓸하게 담배를 한 대 피워 물었다. 그러자 녀석들은 내 표정에서 미국이 우리에게 뭔가 몹쓸 짓을 했다는 걸 읽어냈다.

그러나 이 지독한 경기 침체에도 어디엔가 악착같이 들러붙어 돈을 버는 경우도 있었다. 미선이가 그랬다. 미선이는 적당한 선에서 적성을 살리기로 마음먹고 다방에 나갔다. 최적의 비율로 원두를 섞어 아메리카노를 뽑는 바리스타의 길을 포기한 대신 최적의 비율로 설탕과 프림을 섞어 맥심 다방 커피를 탔다.

미선이는 돈을 벌면서 집을 나와 자취를 시작했다. 나는 거의 매일 미선이의 자취방을 들락거렸다. 미선이가 조금씩 쥐여주는 용돈으로 낮에는 당구를 치고 밤에는 미선이와 자는 생활을 반복했다. 하지만 그 생활도 하루가 지나고 이틀이 지나자 지겨워졌다. 미선이와의 잠자리마저 시들했다. 뭔가 색다른 자극이 필요한 때라고 생각했다. 나는 미선이에게 콘돔을 빼고 해보자고 제안했고 미선이는 안전한 날에 한다는 조건으로 동의했다. 하지만 막상 안전한 날 콘돔을 빼고 한 잠자리는 생각했던 것보다 그리 색다르지 않았다. 그러나 결과는 색달랐다. 한 달이 지나지 않아 미선이는 떨리는 목소리로 임신했다고 말해주었다. 그날따라 유난히 소녀시대

노래의 후렴구가 의미심장하게 들렸다. 지 지 지 지 베이비 베이비 베이비…….

당구를 치다가 중간에 쉬면서 자장면을 먹을 때 나는 만석이와 칠성이에게 미선이를 책임지겠다고 했다. 그제야 둘은 놀란 눈으로 나를 쳐다보았다. 어떻게 먹여 살리려고 그래? 군대도 가야 하잖아. 묻지 않았으면 한 말을 만석이가 굳이 따져 물었다. 문득 나는 공장 부지에서 풀을 뜯고 있는 소와 염소가 떠올랐다. 미선이와 태어날 아기가 풀만 뜯어 먹고 살 수 있으면 얼마나 좋을까 하는 생각이 스쳤다.

식후에 피울 예정이던 담배를 물었다. 그럼 어떻게 해? 새꺄. 공연히 만석이에게 짜증을 냈다. 무안했던지 만석이는 아무 말 없이 담배에 불을 붙여주었다. 나는 진하게 담배 연기를 빨아들였다. 담배 연기가 위로 들어갔는지 속이 답답했다. 그거 안 먹을 거면 나 줘. 벌써 자장면을 다 먹은 칠성이가 먹다 만 내 자장면을 보면서 무신경하게 말했다. 나는 자장면을 건네주면서 속으로 소나 염소 같은 놈이라고 욕해주었다.

저녁쯤에 당구장을 나와 술집으로 갔다. 원래는 미선이에게 가야 했지만 그럴 기분이 나지 않았다. 술자리 분위기는 우울했다. 우리 셋은 술집에서 틀어놓은 소녀시대의 뮤직비디오를 보며 말없이 소주를 마셨다. 나는 소녀시대를 좋아했다. 소녀시대를 보면 내가 백수라는 것도 미선이도 아이도 생각나지 않았다. 오로지 소녀시대만 보였다. 그녀들은 항상 나를 향해 웃어주었다. 내가 대책 없이 놀아도 미선이처럼 화를 내거나 짜증 내지 않았다. 오히려 더 사랑해달라고 애교를 부렸다. 나는 그런 그녀들을 사랑하지 않을 수 없었다. 한 번도 만난 적은 없지만 소녀시대는 미선이 몰래 숨겨놓은 여자 친구처럼 느껴졌다.

미선이랑 합치기 전에 정말 해보고 싶은 게 뭐야? 소녀시대를 보느라 넋이 나간 내게 만석이가 물었다. 말하면 들어줄 거야? 나는 조금 뜸을 들이다가 말했다. 그럼 당연하지. 칠성이가 과일샐러드를 되새김질하면서 고개를 끄덕였다. 나는 아까 들인 뜸의 두 배 정도 더 뜸을 들이다가 말했다. 소녀시대를 만나고 싶어. 순간 칠성이의 되새김질이 멈추었고 만석이의 얼굴이 발그레해졌다. 그날 처음으로 우리 셋은 말하지 않고도 '통'했다.

나는 조공원정대를 꾸리자고 제안했다. 그게 뭔데? 칠성이가 그 어느 때보다 활기차게 되새김질을 하면서 물었다. 염소만큼이나 인터넷을 하지 않는 칠성이라는 걸 알기 때문에 나는 면박을 주지 않고 차분하게 조공원정대에 대해서 설명해주었다. 조공이라는 건 팬들이 좋아하는 스타에게 선물을 갖다주는 걸 뜻해. 그리고 조공원정대는 좋아하는 스타를 찾아가서 직접 선물을 주고 오는 팬들을 뜻하지. 설명이 끝나자 칠성이와 만석이가 동시에 고개를 끄덕였다. 역시, 만석이도 아는 것은 그리 많지 않았다. 그런데 소녀시대를 만나려면 어떻게 해야 하는 건데? 만석이가 아주 근본적인 질문을 했다. 나는 막연하지만 당연한 대답을 했다. 일단 서울에 가봐야지.

소녀시대는 서울에 있다. 그리고 그녀들은 태국이나 일본, 중국에는 가도 여기는 오지 않는다. 유명 연예인들 중에 여기까지 올 사람은 단 한 사람밖에 없다. 송해다. 전국노래자랑 사회자니까 언젠가 한 번은 와야 한다. 안 오면 전국노래자랑이 아니거나 여기가 전국에 포함되지 않거나. 어쨌거나 소녀시대는 전국노래자랑에 출연하지 않는다. 그러니까 여기에 올 일도 없다. 우리가 서울에 가야 한다. 그러고 보면 뭐든 좋은 건 서울에 있다. 심지어 전국노래자랑도 연말 결선은 서울에서 한다.

소녀시대를 만나려면 서울로 가는 수밖에 없지 않겠느냐는 내 말에 만석이와 칠성이는 그러네, 하고 쉽게 수긍했다. 사실 녀석들도 나만큼 답답한 처지들이었다. 때문에 바람만 잡으면 둘은 단번에 내 말에 넘어올 거라 믿었다.

칠성이는 고등학교를 졸업하자마자 아버지를 도와 소를 키울 생각이었다. 하지만 미국에서 값싼 소가 들어온다는 소식에 소 값이 폭락하더니 사료 값마저 두 배로 뛰어올랐다. 서브프라임 모기지론 부실 사태에 따른 경기 침체로 환율이 상승하여, 수입되는 곡물 가격이 올랐기 때문이라고 했다. 이번에도 무슨 소린지 알 길은 없었지만 또 서브프라임 모기지론이 말썽인 것만은 분명했다. 그날로 칠성이네는 모든 소를 팔고 축사 문을 닫았다. 졸지에 생계를 잃은 셈이었지만 칠성이는 아무 말도 하지 못했다. 아는 영어 단어가 나보다도 적었기 때문에 미국에다 입도 뻥긋할 수가 없었다. 물론 삿대질 같은 보디랭귀지를 구사할 수도 있었지만 이 시골에서는 그걸 봐줄 미국 사람조차 없었다.

만석이네는 특용작물을 재배했었다. 처음 특용작물을 시작할 때 만석이네는 많은 빚을 내서 비닐하우스를 짓고 보일러도 해 넣었다. 하지만 그해 전국은 만석이네가 고른 특용작물로 넘쳐났다. 농촌지도소의 지도에 따라 너도나도 똑같은 특용작물을 재배했기 때문이었다. 특용작물 값은 폭락했다. 만석이네는 집을 팔아 빚을 갚고 특용작물이 자라던 비닐하우스로 살림을 옮겨야 했다. 만석이는 온 가족이 특용작물처럼 촘촘하게 모여 살고 있는 비닐하우스를 싫어했다. 그러나 취직할 곳이 없으니 돈을 모아 특용작물 신세를 벗어날 방법도 없었다.

우리는 졸업하고 할 일 없이 지내는 것보다 차라리 군대에 가서 이 경기 침체의 고비를 넘기는 게 나을지도 모른다고 생각한 적도 있었다. 그러나 나는 미선이와 아이 때문에 갈 수가 없었고, 밑으로 동생이 셋이나 딸린 만석이는 한 푼이라도 벌어서 집안에 보태주어야 한다는 책임감 때문에 군대 가기를 주저했다. 그리고 칠성이는 우리가 가면 같이 가겠다고 버티는 중이었다.

어디 오라는 데도 없고 그렇다고 어디 갈 데도 없지만 우리는 항상 우리를 답답하게 하는 것으로부터 벗어나고 싶어 했다. 그때 마침 내가 소녀시대를 보러 가자고 한 것이다. 칠성이와 만석이는 '나를 위해서'라는 구실이 생겼고 나는 미선이와 살기 전에 '마지막으로'라는 구실이 생겼다. 서울로 가지 않을 이유가 없었다.

솔직히 여행을 떠나는 것이 소녀시대를 보기 위해서가 아니어도 좋았다. 하지만 소녀시대를 본다면 더 좋았다. 논, 밭, 과수원, 녹색 소주병 등등 지겨울 정도로 녹색뿐인 삶에 반짝거리고 화려한 추억 하나 정도는 꼭 채워 넣고 싶었다. 지금이 아니면 그런 추억을 만들 기회는 두 번 다시 오지 않을지도 몰랐다.

서울로 가는 것은 합의를 봤으므로 이제는 조공으로 줄 선물을 무엇으로 할 것인가, 이야기할 차례였다. 우리는 텔레비전이나 인터넷에서 소녀시대 멤버들이 좋아한다고 말한 것들을 하나하나 떠올려보았다. 팀의 리더가 냉장고에 쌓아두고 먹는다는 양갱부터 막내가 안고 잔다는 개구리 중사 케로로 인형까지 조공 거리들은 의외로 많았다. 마음 같아서는 이 모든 것들을 다 사다 주고 싶었다. 하지만 우리는 돈이 없었다. 그래서 그중에 하나를 고르는 한이 있더라도 돈을 모아 제대로 된 조공을 하기로 했다.

그러나 셋 모두가 만족할 만한 것을 고르는 게 쉽지 않았다. 각자 좋아하는 멤버가 달라서였다. 내가 고급 양갱 세트를 사자고 하면 나머지 두 명이 시큰둥한 표정을 짓는 식이었다. 우리는 토론 끝에 소녀시대 멤버 전원이 좋아할 만한 걸 주자고 의견을 모았다. 하지만 아무리 생각해봐도 소녀시대 전부가 좋아할 만한 것은 떠오르지 않았다. 인터넷이나 텔레비전에서도 그런 것은 본 적이 없었다.

나는 고민 끝에 차라리 미선이에게 물어보자고 했다. 아무래도 소녀시대가 원하는 것은 같은 또래의 여자인 미선이가 더 잘 알 것 같았다. 만석이와 칠성이도 그게 좋겠다고 입을 모았다. 우리는 조공으로 줄 선물이 결정되면 그 즉시 고속버스터미널에서 만나기로 했다.

녀석들과 헤어지고 난 다음 곧장 미선이의 자취방으로 갔다. 미선이는 잠에 취한 얼굴로 문을 열어주었다. 나는 다짜고짜 누가 선물을 준다면 가장 받고 싶은 게 뭐냐고 물었다. 미선이는 졸린 눈을 끔뻑거리다가 제일 비싼 커피라고 대답했다. 어떤 게 제일 비싼 커피야? 코피루왁. 미선이는 조금도 망설이지 않고 낯선 커피 이름을 댔다. 코피루왁은 인도네시아에서만 나는 건데, 사향 고양이의 배설물에 섞여 있는 커피콩을 채취해서 만든 거야. 마셔봤어? 내 말에 미선이는 대답하지 않고 찬장에서 조그만 봉지 하나를 꺼내 왔다. 루왁커피T10이라는 건데 코피루왁 십이 퍼센트에다가 아라비카 커피 원두를 섞은 거야. 난 이것밖에 못 마셔봤어. 진짜 루왁커피는 너무 비싸거든. 나는 미선이에게서 루왁커피T10을 건네받아서 이리저리 돌려보다가 말했다. 왜 커피를 좋아하는 거지? 그렇게 맛있어? 그러자 미선이는 의외의 대답을 했다. 멋있으니까. 미국 드라마에서 보면 뉴욕 여자들은 항상 브런치에 아메리카노 한잔을 마시잖아. 꼭 패션 잡지 화보 같아. 나는 맛있어서 마시는 게 아니냐고 거듭 물어보았다. 글쎄. 좀 쓰고 향이 좋긴 하지. 그렇지만 그냥 마시기에는 프림이랑 설탕 넣은 게 좋아. 미선이는 현재 직업에서 우러나오는 대답을 했다.

내가 루왁커피T10의 봉지를 뜯어서 향을 맡아보려고 하자 미선이는 기겁을 하며 가로챘다. 미쳤어. 이게 얼마나 비싼 건데. 나중에 특별한 날 마시려고 뜯지도 않고 남겨둔 거야. 손대지 마. 미선이는 나를 한 번 노려보더니 다시 찬장에 루왁커피T10을 올려놓았다. 나는 아무래도 조공은 저것으로 해야겠다고 마음먹었다.

다음 날 고속버스터미널에서 녀석들을 만났다. 만석이는 소녀시대에게 줄 조공이 뭐냐고 물었다. 나는 루왁커피T10의 봉지를 들어 보였다. 요즘 여자들은 커피를 좋아하는데 이게 최고급이래. 어디서 났어? 칠성이가 물었다. 나는 미선이가 빌려줬어, 라고 대답했다. 한번 뜯어서 마시면 그만인 걸 가지고 빌려준다는 말을 쓰는 게 맞는지 모르겠지만 몰래 가져 나왔다는 것보다는 떳떳한 표현이라고 생각했다. 그때 서울로 가는 버스가 승강장으로 들어왔다. 만석이와 칠성이는 더 이상 묻지 않고 버스에 올랐다. 나는 얼른 그 뒤를 따랐다. 미선이가 터미널로 쫓아올 것만 같았다.

나와 만석이 그리고 칠성이는 고속버스터미널을 빠져나왔지만 어디로 가야 할지 알 수가 없었다. 서울로 가는 걸 미선이에게 들키지 않으려고 급하게 올라온 탓에 소녀시대를 만나려면 뭘 어떻게 해야 하는지 미처 알아보지 못했다. 칠성이는 여기서 머뭇거릴 게 아니라 일단 밥을 먹고 소녀시대를 찾자고 했다. 나와 만석이 역시 일곱 시간 동안 버스를 타고 오느라 배가 고팠다. 우리는 근처 식당으로 들어갔다. 밥을 먹고 있을 때 미선이에게서 전화가 왔다. 하지만 받지 않았다. 지금은 소녀시대를 만나는 데에만 집중하고 싶었다. 밥을 다 먹고 나자 체하기라도 했는지 소화가 되지 않았다.

식당을 나섰을 때는 오후 열시가 훌쩍 넘어 있었다. 늦은 시각이라 아무래도 소녀시대를 만나기는 힘들 것 같았다. 우리는 잘 곳을 곰곰이 생각해보다가 우리 동네 출신 중에 서울에서 대학을 졸업한 동수 형을 떠올렸다. 나는 즉시 동수 형에게 전화를 걸어 재워줄 수 있느냐고 물었다. 동수 형은 흔쾌히 그러마 하고 우리를 받아주었다.

동수 형은 중학교를 우수한 성적으로 졸업한 다음 도시에 있는 고등학교에 가서도 실패하지 않고 서울에 위치한 대학 입학에 성공한 유일한 동네 사람이었다. 동수 형이 대학에 입학했을 당시 동수 형의 부모는 요즘 서울에 있는 대학은 전부 다 서울 대학이나 마찬가지라며 동수 형이 들어간 대학이 얼마나 뛰어난 수재들이 들어가는 곳인지 자랑했다. 같은 도내에 있는 대학에 갈 성적도 안 되는 자식을 둔 대부분의 동네 어른들은 서울에 있는 대학의 커트라인이 얼마나 높은지 가늠할 길이 없었다. 때문에 동수 형 부모의 말을 일방적으로 믿어 의심치 않았다. 동네 어른들은 우리만 보면 동수 형 반만큼만 하라는 말을 입에 달고 살았다. 하지만 우리의 성적은 단 한 번도 동수 형 성적의 반을 넘어본 적이 없었다. 우리에게 동수 형은 도저히 뛰어넘을 수 없는, 사실은 단 한 번도 뛰어넘을 생각을 한 적이 없는, 그저 훌륭한, 아는 형이었다.

하지만 현재 동수 형이 사는 모습은 그다지 훌륭해 보이지 않았다. 동수 형은 서울에서 가장 높은 동네에 있는 가장 높은 집의 옥탑방에 살고 있었다. 어지간한 체력으로는 한 번에 올라가기도 힘든 높이였다. 동수 형의 방에 도착했을 때는 나와 만석이 그리고 칠성이 모두 굵은 비지땀을 삐질삐질 흘리고 있었다. 나는 동수 형의 방문을 두드렸다. 그러자 후줄근한 추리닝 바람에 수염이 덥수룩한 동수 형이 얼굴을 내밀었다. 명절에 깔끔한 양복 차림으로 내려와 대기업이나 공기업 쪽으로 취업 자리를 알아보고 있다며 자신만만한 표정을 짓던 것과는 전혀 다른 모습이었다.

우리는 일단 루왁커피T10을 부엌 찬장 위에 올려놓고 동수 형의 방으로 들어갔다. 컴퓨터를 중심으로 펼쳐진 쓰레기가 맨 먼저 눈에 들어왔다. 컴퓨터 왼쪽에는 커피 메이커가 있었는데 그 옆으로 커피가 눌어붙은 빈 종이컵이 잔뜩 놓여 있었다. 그리고 오른쪽에는 담배꽁초가 재떨이 높이 두 배 정도로 수북하게 쌓여 있었다. 전형적인 PC방 폐인의 모습이었다. 나는 자리에 앉자마자 동수 형에게 물었다. 형 요즘 게임 해? 동수 형은 익숙하게 담배를 피워 물면서 대답했다. 아니. 주식 해. 나는 그 말에 배운 사람은 뭔가 다르다는 생각이 들었다. 우리같이 못 배운 사람은 거임으로 폐인이 되지만 동수 형은 주식으로 폐인이 되어 있었던 것이다.

　회사는 안 가? 만석이가 물었다. 동수 형은 길게 담배 연기를 내뿜으며 내가 미선이를 임신시켰을 때와 비슷한 표정을 지었다. 나는 혹시 미국에서 벌어진 서브프라임 모기지론 부실 사태로 인한 글로벌 경기 침체의 영향 때문이냐고 물었다. 동수 형은 뭐 그렇다고 봐야겠지, 라고 짤막하게 대답했다. 역시 우리와는 수준이 달랐다. 동수 형은 그 질문이 무슨 뜻인지 정확하게 알고 있는 눈치였다. 나는 도대체 그게 무슨 뜻이냐고 되물었다. 동수 형은 놀란 표정을 지었다. 뜻도 모르면서 그걸 어떻게 외웠어? 나는 어깨를 으쓱했다. 태어나서 처음으로 받은 암기력 칭찬이었다.

　동수 형이 설명해준 건 이랬다. 미국 은행에서 싼 대출로 미국 사람들에게 집을 사게 했다가 사단이 났다는 거였다. 집값이 오를 때 돈을 빌린 사람들은 너도나도 집을 샀다가 집값이 떨어지자 은행에 빚 갚을 길이 막막해졌다. 은행은 빚을 돌려받지 못하니까 여기저기 돈 빌려준 곳에다가 빚 독촉을 했다. 그래서 은행에서 돈을 빌려 쓴 곳은 전부 막막해져버렸다. 그렇게 미국이 막막하니까 미국에 수출을 해서 먹고사는 우리도 막막해져버렸다고 했다. 솔직히 동수 형이 설명을 해줘도 완전히 알아들을 수는 없었다. 하지만 신기한 것은 미국 때문에 대학을 나온 동수 형이나 나나 둘 다 막막해졌다는 것이다. 그토록 우러러보던 동수 형이 친구처럼 느껴졌다.

우리는 있는 돈을 모아서 소주 몇 병을 사 왔다. 그리고 소녀시대 노래를 나지막하게 틀어놓은 다음 술판을 벌였다. 술이 몇 잔 들어가자 동수 형은 혀가 살짝 꼬인 소리로 억울하다며 넋두리를 늘어놓기 시작했다. 내가 취직을 못 한 건 내 책임이 아니거든. 애초에 우리 같은 시골 출신들은 게임이 안 돼. 부모님은 시골에서 농사지어서 등록금 대면 그걸로 끝이야. 먹는 돈, 자는 돈, 용돈은 죄다 내가 벌어 써야 된단 말이지. 그런데 언제 영어 공부 해서 어학연수 다녀온 것들을 이기냐고. 언제 상식 공부 해서 상식 학원 다니는 것들을 이기느냐 이 말이야. 동수 형은 땅이 꺼져라 한숨을 내쉬었다.

대학을 가본 적도 없는 우리 셋은 딱히 동수 형을 위로해줄 말이 없었다. 나는 묵묵히 동수 형의 술잔을 채워주었다. 동수 형은 그 즉시 비워냈다. 나와 만석이 그리고 칠성이도 동수 형을 따라 술잔을 비웠다. 이번에는 동수 형이 우리의 잔을 채워주었고 나와 만석이 칠성이는 차례로 동수 형이 채워준 잔을 비웠다. 그렇게 잔이 몇 번 돌고 나자 소주는 금방 바닥이 났다. 우리는 내친 김에 차비를 뺀 나머지 돈을 모두 모아 몇 병을 더 사 왔다. 그리고 그걸 다 비워냈을 즈음 차례대로 정신을 잃고 잠이 들었다.

아침, 향긋한 커피 향이 온 방을 채웠다. 동수 형은 '미국식'으로 해장하라며 종이컵에 커피를 따라서 하나씩 건네주었다. 나와 만석이 그리고 칠성이는 술이 덜 깬 채로 일어나 커피를 마셨다. 서브프라임 모기지론 부실 사태 이후로 두번째 겪는 '미국식'이었다. 향은 좋았지만 맛도 쓰고 속도 쓰렸다.

두 모금 정도의 커피를 마셨을 때 어쩌면 소녀시대의 입으로 들어가야 할 게 우리 입으로 들어가고 있는 게 아닌가 하는 섬뜩한 생각이 스쳤다. 나는 동수 형에게 이 커피가 어디서 났냐고 물었다. 어제 너희들이 나 먹으라고 사갖고 왔잖아. 동수 형은 커피를 홀짝거리면서 대답했다. 동수 형의 말이 떨어지자마자 우리는 사색이 되었다. 동수 형은 떨떠름한 표정으로 커피에 무슨 문제가 있냐고 물었다. 나는 우리 셋은 소녀시대를 보러 서울에 왔으며 이 커피는 소녀시대에게 전달할 선물이라고 설명해주었다.

그까짓 커피가 비싸면 얼마나 비싸겠어. 동수 형은 자기가 커피 값을 주겠다고 했다. 하지만 동수 형의 없는 형편을 뻔히 아는 우리로서는 선뜻 커피 값을 받겠다고 할 수가 없었다. 우리 셋은 서로 눈치를 보면서 머뭇거렸다. 얼마야? 동수 형이 좀더 적극적으로 지갑을 열면서 물었다. 만석이와 칠성이가 내게 값을 말하라는 눈짓을 보내왔다. 그러나 나는 대답할 수 없었다. 동수 형을 생각해서가 아니라 정확한 가격을 몰랐기 때문이다. 미선이에게 루왁커피T10이 비싸다는 말만 들었지 값이 얼마라는 얘기는 듣지 못했다. 동수 형은 인터넷으로 가격을 알아보라고 했다. 나는 못 이기는 척 검색을 해보았다. 백 그램에 십오만 원이었다. 뜯겨진 커피 봉지의 겉면에 있는 그램 수를 확인했다. 이백 그램이었다. 그러니까 삼십만 원이라는 계산이 나왔다. 동수 형은 딱딱하게 굳은 얼굴로 슬그머니

지갑을 닫았다.

　잠깐 동안 동수 형 방에는 미국에서 벌어진 서브프라임 모기지론 부실 사태로 인한 글로벌 경기 침체보다 더 침체된 분위기가 흘렀다. 겨우 차비만 남아 있는 우리로서는 소녀시대에게 줄 게 아무것도 없었다. 이래서는 일생일대의 추억을 남기기는커녕 일생일대의 상처만 안고 집으로 돌아가야 할 판이었다.

　넋이 나간 얼굴로 종이컵만 만지작거리고 있는 우리를 보던 동수 형은 그렇다면 갖고 있는 차비라도 내놓아보라고 했다. 나는 무슨 뾰족한 수가 있냐고 물었다. 동수 형은 요즘같이 주가가 바닥을 찍고 상승하는 분위기에서는 아무 주식이나 사놔도 돈을 벌 수 있다고 했다. 분 단위로 단타 좀 하면 조그만 선물 살 돈 정도는 금방 벌어. 단타가 뭐야? 나는 프로야구에서나 쓰는 단타를 왜 주식 하는 데 쓰는지 궁금했다. 있어. 나같이 직장 안 다니고 주식만 하는 프로들이 하는 건데 그때그때 차트 보면서 기술적으로 주식 사고파는 거야. 더 자세히는 설명해줘도 잘 모를 거야. 주식의 주자도 모르는 나로서는 동수 형 말마따나 '단타'가 정확하게 어떤 것인지 이해가 가지 않았지만, 야구나 주식 모두 프로들이 주로 단타를 구사한다는 데서 막연한 신뢰감이 생겼다. 나는 만석이와 칠성이를 돌아보았다. 둘은 어른들이 칭찬해 마지않는 동수 형이 하는 일이니 만치 믿어도 되지 않겠냐는 눈치였다. 우리는 차비를 모두 털어 동수 형에게 건넸다. 동수 형은 돈을 받은 즉시 은행으로 가 계좌에 입금을 했다.

동수 형이 은행에 간 사이 미선이에게서 전화가 왔다. 이번에도 받지 않았다. 소녀시대를 못 만날 수도 있다는 생각에 마음이 심란해서 받고 싶지가 않았다. 지금은 결혼하기 전에 근사한 추억을 만들기 위한 시간이었다. 미선이나 아기 문제는 소녀시대를 만나고 난 후에 신경 쓰기로 했다. 아침부터 커피를 마셔서 그런지 속이 쓰렸다.

은행에 다녀온 동수 형은 컴퓨터 창에 차트를 띄워놓고 본격적으로 주식을 하기 시작했다. 웬만한 프로 게이머 못지않은 현란한 마우스 솜씨가 동수 형이 프로라는 걸 확인시켜주었다. 나와 만석이 그리고 칠성이는 주식 시장이 마감되는 세시까지 동수 형이 편안하게 주식을 할 수 있도록 컴퓨터 주변의 쓰레기를 치워주고 라면도 끓여다 주면서 시간을 보냈다.

오후 세시. 주식 시장이 마감되었다는 음성이 컴퓨터의 스피커를 통해 흘러나왔다. 우리는 기대감을 갖고 동수 형의 컴퓨터 앞으로 몰려들었다. 컴퓨터에는 아무리 봐도 크게 내려갔다고밖에 볼 수 없는, 유난히 긴 파란색 봉이 다크 서클처럼 드리워져 있었다. 가격을 확인해보니 정확하게 차비의 삼분의 일이 날아가 있었다. 어떡하냐? 동수 형이 염소 울음소리를 섞어서 말했다. 갑자기 모든 동네 아이들이 따라야 할 표상과도 같았던 동수 형이 칠성이와 하등 다를 바 없는 인간으로 보였다.

우리는 동수 형 방에 빙 둘러앉아서 이제는 정말 어떻게 해야 할지 의논했다. 만석이가 차비가 두 명 분밖에 없으니 셋 중 둘이 먼저 집으로 내려간 다음 차비를 부쳐주는 게 어떻겠냐고 했다. 지극히 현실적인 제안이고 당장 그 방법밖에 없어 보이기도 했다. 하지만 나는 아직 집에 내려가고 싶지 않았다. 서울에 온 이상 무슨 수를 써서라도 소녀시대를 보고 싶었다. 게다가 커피 값을 벌충하지 않고 빈손으로 내려가면 미선이가 나를 가만 놔둘 것 같지도 않았다.

나는 여기에 있으면서 소녀시대를 보고 가자고 녀석들을 설득했다. 있을 돈이 없잖아. 만석이가 딴지를 걸었다. 나는 당장은 남은 차비로 버티고 조공할 돈은 아르바이트라도 뛰면서 벌면 되지 않겠냐고 했다. 만약에 말이야. 남은 차비도 다 떨어지면 그때 미선이에게 전화해서 우리 차비 부쳐달라고 할게. 곧 부부가 될 사인데 그 정도도 안 해주겠어? 그러니까 나 믿고 소녀시대 보고 가자. 마지막 말을 할 때는 목소리에 짙은 호소력을 실어보려고 노력했다. 그래, 그럼. 만석이와 칠성이는 망설이는 기색 없이 동의했다. 대답하는 어투로 보건대 나의 진심이 통했다기보다 공짜로 차비를 부쳐주겠다는 말에 넘어간 모양이었다.

저녁, 우리는 동네에 뿌려진 생활 정보지를 종류대로 걷어 와서 아르바이트 자리를 찾기 시작했다. 글로벌 경기 침체에도 불구하고 서울에는 의외로 일자리가 많았다. 그중에서 가장 마음에 든 것은 패밀리 레스토랑에서 서빙을 보는 자리였다. 식당 일이니까 먹는 것 정도는 해결할 수 있지 않을까 하는 생각에서였다.

우리 셋은 우선 인터넷으로 이력서를 작성해서 보내고 이튿날 면접을 봤다. 면접 결과 만석이와 나는 합격했지만 칠성이는 떨어졌다. 칠성이는 자기가 왜 떨어졌는지 이해할 수 없다고 항의했다. 하지만 항의하는 칠성이의 곁에 있던 꼬마아이 몇 경이 울음을 터트리는 걸 보고 나는 매장 매니저의 마음을 이해하기로 했다. 칠성이의 외모는 이렇게 밝고 화사한 분위기와는 많이 동떨어져 있었다.

그렇다고 칠성이가 놀지는 않았다. 칠성이는 나와 만석이가 패밀리 레스토랑 직원 교육을 받는 동안 나이트클럽 웨이터 보조 자리를 구했다. 나이트클럽이 워낙 어둡고 시끄러운 곳이다 보니 칠성이의 위협적인 외모는 그다지 문제가 되지 않았다. 오히려 술을 먹고 진상을 부리는 손님들에게 칠성이의 외모는 크게 쓸모가 있었다. 칠성이는 드디어 자기를 알아봐주는 일자리를 찾았다며 무척 기뻐했다.

나와 만석이 그리고 칠성이는 패밀리 레스토랑과 나이트클럽에서 일하며 새로운 이름들을 얻었다. 미국에 가보기는커녕 국내에 있다는 영어마을조차 밟아본 적이 없는 나는 토니, 나와 그다지 다를 게 없는 만석이와 칠성이는 각각 제리와 티파니로 불렸다. 칠성이의 이름이 좀 부담스럽기는 했지만 영업상 제일 잘나가는 이름을 택한 것이라는 말에 이해해주고 넘어가기로 했다.

우리는 하루에 열 시간씩 미친 듯이 일했다. 나와 만석이는 주문을 받기 위해 낮 동안 수십 번 무릎을 꿇었고 칠성이는 밤새 허리가 끊어져라 구십도 인사를 해야만 했다. 시골에 있을 때는 한 번도 누군가를 위해서 무릎을 꿇거나 구십도 인사를 해본 적이 없는 우리였다. 하지만 토니, 제리, 티파니로 거듭나는 순간 그 모든 것이 너무나 자연스럽게 받아들여졌다.

월급을 받으려면 한 달 꼬박 일해야 했다. 때문에 그동안은 서울에 머무를 수밖에 없었다. 애초에 소녀시대만 보고 가려던 계획이 너무 커진 게 아닌가 싶기도 했다. 그러나 한 달 뒤에 반드시 소녀시대를 만나고 집으로 되돌아간다는 초심만 잃지 않으면 문제가 없을 거라고 생각했다. 그렇게 마음을 먹고 나자 서울 생활이 삼십 박 삼십일일짜리 수학여행처럼 느껴졌다.

한 주, 두 주 서울에 머무는 시간이 늘어나면서 우리는 패밀리 레스토랑과 나이트클럽 혹은 우리가 살고 있는 동네의 피자 가게와 미용실 등지에서 꽤 많은 토니와 제리, 티파니 들을 만날 수 있었다. 그들 모두 할 일이 없어 서울로 올라왔다가 이곳에서 이끼처럼 얇게 뿌리내리고 사는 중이었다. 그리고 그 수많은 토니와 제리, 티파니 들은 얇게 내린 뿌리를 뽑히지 않으려고 안간힘을 쓰고 있었다. 그들은 원래부터 서울에 살고 있거나 서울에 살면서 패밀리 레스토랑과 나이트클럽을 수시로 다닐 정도로 자리를 잡은 사람들을 위해 서비스와 봉사 정신으로 무장한 채 하루하루를 살았다. 나는 가끔 그들이 어쩌면 나의 미래가 될 수 있겠다는 생각이 들기도 했다. 하지만 이내 고개를 가로저었다. 내게는 고향으로 돌아가야만 하는 이유가 있었다. 고향에는 미선이가 있다.

 패밀리 레스토랑에서 일을 하는 내내 미선이에게서 거의 매일 전화가 왔다. 예상보다 머무는 기간이 길어졌기 때문에 전화를 받지 않을 수 없었다. 처음 통화를 했을 때 미선이는 도대체 어디서 뭘 하고 있느냐고 물었다. 잔뜩 화가 난 목소리였다. 나는 차마 소녀시대를 보기 위해 서울에 머물고 있다는 말은 하지 못했다. 그래서 잠깐 다른 데서 돈을 벌고 있다고 둘러댔다. 내 음성을 듣고 일단 내가 별 탈 없이 지낸다는 걸 확인한 미선이는 곧바로 커피는 어떻게 했냐고 물었다. 예상한 질문이었다. 나는 준비한 대로 지금 신세를 지고 있는 동네 형에게 선물로 주었다고 했다. 미선이는 긴 한숨을 내쉬더니 툭 전화를 끊었다. 단 한마디 말도 없었다.

 그 후로 미선이는 전화를 할 때마다 빨리 오라고 채근했다. 그때마다 나는 조금만 있다가 가겠다고 대답했다. 이런 식의 통화가 거듭될수록 미선이는 불안해했다. 하지만 나는 소녀시대를 만나기 전까지 내려갈 생각이 없었다. 솔직히 태어날 아기의 기저귀 값이라도 마련하려면 얼마간의 돈을 모아야 하는 것도 사실이었다. 그렇게 삼 주 정도가 지나자 미선이는 더 이상 전화를 하지 않았다. 미선이의 소식이 궁금했지만 한 주만 더 있으면 보기 싫어도 평생을 봐야 하는 얼굴이라는 생각에 나도 굳이 연락하지 않았다.

일을 시작한 지 딱 한 달이 되던 날 아침, 나와 만석이 칠성이는 마주 앉았다. 서로 일하는 시간대가 달라서 아침 외에는 얼굴 볼 기회가 없었다. 나는 이제 월급도 받았으니 소녀시대를 만나고 집으로 가자고 했다. 그런데 둘의 반응이 시큰둥했다. 완전히 초심을 잃은 얼굴로 만석이가 물었다. 왜 돌아가야 되는데? 집이니까 가야지. 나는 너무 당연한 걸 물어보는 만석이가 어이없었다. 가면 할 일 있어? 할 일은 없지. 이 대목에서 나도 모르게 목소리에 힘이 빠졌다. 나는 여기 있을 거야. 열심히 하면 나중에 매장 매니저도 될 수 있다고 했어. 만석이는 이미 결심을 굳힌 듯 말했다. 칠성이도 불쑥 끼어들었다. 나도 가기 싫어. 정식 웨이터만 되면 월 사백만 원도 번대. 가만 보니 내가 눈치채지 못한 사이에 이 높은 동수 형의 방에서 어느새 새로운 이끼 두 송이가 뿌리를 내리고 있었다. 녀석들에게 내려가자는 말은 더 이상 먹히지 않을 성싶었다.

그래도 소녀시대는 봐야지? 나는 우리가 서울에 온 목적을 상기시켰다. 하지만 이번에도 둘은 내키키 않는 표정이었다. 지금 자고 싶어. 칠성이가 졸린 얼굴로 말했다. 그래 나중에 보자. 서울에 있으면 언젠가는 보겠지. 만석이도 거들었다. 녀석들의 무심한 태도에 나는 좀 서운한 마음이 들었다. 너희들이야 서울에 있기로 했으니까 언젠가는 보겠지만 나는 내려가야 해. 그러니까 지금 아니면 볼 시간이 없어. 내 말에 만석이와 칠성이는 난감한 표정을 지었다. 지금은 안 돼. 나도 나가야 되고 칠성이도 저녁에 출근해야 되니까 힘들잖아. 만석이가 나를 달래듯이 말했다.

하지만 만석이가 그러거나 말거나 나는 화가 났다. 둘의 모습은 이제 와서 발뺌하는 걸로밖에 보이지 않았다. 나는 내 소원을 들어주기로 한 사람은 두 사람이었으며 오늘 꼭 그 약속을 지켜야 한다고 언성을 높였다. 그러자 칠성이가 왜 여기까지 와서 소녀시대를 봐야 하는지 모르겠다고 투덜거렸다. 나는 그 말에 더욱 화가 났다. 여기 오기 전에 말했잖아, 새꺄. 소녀시대는 우리 동네에 안 온다니까! 소리를 질러놓고 보니 쓸데없는 말을 했다는 생각이 들었다. 녀석들은 이미 나와 함께 되돌아갈 생각이 없었다 그러니 소녀시대가 우리 동네에 오든 말든 상관할 바가 아니었다.

보기 싫으면 관둬. 나 혼자 보고 내려갈 테니까. 나는 자리를 박차고 일어났다. 만석이가 나를 붙잡으려고 했지만 칠성이가 만류했다. 야, 놔둬. 보든지 말든지 알아서 하라고 해. 우리도 일해야 되잖아. 칠성이의 말에 만석이는 어떻게 그래, 라고 대꾸했다. 하지만 그게 다였다. 더 이상 나를 붙잡으려고 들지 않았다. 나는 만석이와 칠성이를 차례대로 노려본 다음 방문을 걷어차고 나왔다. 저런 놈들을 믿고 서울로 올라온 내가 한심해 보였다.

나는 그길로 소녀시대가 다닌다는 미용실로 향했다. 일을 하는 동안 틈틈이 소녀시대를 어떻게 만날 수 있을까 조사해보았다. 그 결과 숙소나 방송국보다 미용실에서 볼 확률이 더 높다는 걸 알게 됐다. 방송국이나 숙소에는 언제 올지 알 수 없지만 스케줄이 있는 한 미용실은 매일 들를 수밖에 없다는 게 오랫동안 소녀시대를 쫓아다닌 팬들의 결론이었다. 중간에 백화점에 들러 소녀시대에게 줄 조공으로 루왁커피T10도 한 봉지 샀다.

 커피 봉지를 소중하게 끌어안고 압구정동에 있는 미용실에 도착했다. 소녀시대를 볼 수 있는 입구 근처 자리는 이미 고등학생 정도 돼 보이는 여자아이들이 차지하고 있었다. 나는 어쩔 수 없이 소녀시대가 올 때까지 여자아이들 뒤편을 서성거렸다. 얼마나 기다렸을까 검은색 밴 한 대가 도착했다. 미용실 주변에 죽치고 있던 여자아이들이 벌떡 자리에서 일어났다. 소녀시대가 왔다는 느낌이 들었다. 나도 커피 봉지를 옆구리에 단단히 끼고 여차하면 뛰어들 준비를 했다. 마침내 밴의 문이 열리고 심장이 터지도록 예쁜 소녀시대 멤버들이 차례대로 내렸다. 여자아이들이 비명을 지르며 순식간에 소녀시대 곁으로 모여들었다. 나 역시 어떻게든 커피를 전달하기 위해 여자아이들을 비집고 들어가려고 했다. 그러나 완전히 이성을 잃고 덤비는 그들을 가른다는 것은 불가능했다. 내가 여자아이들 뒤에서 커피 봉지를 들고 껑충껑충 뛰는 사이 소녀시대 멤버들은 재빨리 미용실로 들어갔다.

 멍하니 소녀시대가 사라진 미용실 문을 바라보았다. 방금 상황은 차분히 선물을 전달하고 수줍게 미소 지으며 멤버들과 사진을 찍을 줄 알았던 나의 상상과는 전혀 달랐다. 이건 차라리 전투였다. 나는 소녀시대가 미용실에서 다시 나올 때는 반드시 커피를 전달하리라 다짐하며 이를 악물었다.

좀 한산해진 틈을 타서 입구 쪽에 있는 자리를 노려보기로 했다. 하지만 모두들 엉덩이를 단단히 붙이고 앉아 좀처럼 비켜주지 않았다. 나는 아예 입구 쪽 자리는 포기하고 그나마 입구에서 가까운 골목길에 자리를 잡았다. 두 시간 정도 지났을 때였다. 화사하게 꾸민 소녀시대 멤버들이 모습을 드러냈다. 나는 한 번 더 내 앞을 막아선 여자아이들을 파고들어야만 했다. 그러나 여자아이들은 밀집 방어에 단련된 미식축구 선수들처럼 좀처럼 틈을 내주지 않았다. 내가 다시 커피 봉지를 들고 껑충껑충 뛰는 동안 소녀시대 멤버들은 하나둘 밴에 올라타기 시작했다.

마지막 멤버가 올라타기 직전 나는 다급한 마음에 밴 쪽으로 커피 봉지를 내던졌다. 어떻게든 커피만이라도 조달하고 싶었다. 하지만 밴의 문이 닫히면서 커피 봉지는 문짝에 맞고 툭 떨어졌다. 바닥에 커피 봉지가 뒹굴었다. 소녀시대의 입으로 들어가길 바라 마지않던 커피가 여자아이들의 발에 사정없이 짓밟혔다. 나는 소녀시대를 태운 밴이 사라지는 걸 지켜보면서 나의 조공원정이 모두 끝났다는 걸 직감했다.

소녀시대가 떠난 길거리에는 미선이가 그리도 아꼈던 루왁커피 T10의 향이 값싸게 떠돌았다. 그 향에 묻어 미선이와 미선이의 뱃속에 있는 아이가 생각났다. 아울러 내가 아무 할 일이 없는 백수라는 사실도 떠올랐다. 먹은 것도 없는데 속이 거북했다. 나는 맥없이 고속버스터미널로 발길을 돌렸다. 이제 집으로 내려가야 할 시간이었다.

가는 동안 미선이에게 전화를 걸었다. 받지 않았다. 고속버스터미널에 도착해서 버스를 기다리는 동안 몇 번 더 전화했다. 그러나 끝끝내 미선이의 음성은 들려오지 않았다. 갑자기 불안감이 스멀스멀 치밀어 올랐다.

버스를 타기 위해 줄을 섰을 때 문자 한 통이 왔다. 확인해보니 미선이였다. 나 애 지웠어. 지금 서울 가는 중이야. 찾지 마. 휴대폰 액정 화면에는 분명히 그런 글자들이 찍혀 있었다. 머릿속이 새하얘졌다. 나는 서둘러 버스에서 내렸다. 무조건 미선이를 붙잡아야 한다는 생각이 들었다. 그래서 미안하다든가 다시 잘해보자든가 하는 말을 하고 싶었다. 나는 여기서 무작정 미선이를 기다리기로 했다.

집으로 가는 버스를 떠나보내고 하루 종일 미선이를 태운 버스가 도착하기만을 기다렸다. 그러나 밤 열시가 넘어 도착한 마지막 차편에도 미선이는 모습을 드러내지 않았다. 나는 한숨을 푹 내쉬고 승강장 옆 벤치에 걸터앉았다. 그때였다. 고향에서 서울로 오는 방법은 버스만 있는 게 아니라는 생각이 스쳤다. 기차도 있었다. 아마도 미선이는 기차를 타고 서울로 온 모양이었다. 나도 모르게 피식 웃음이 났다. 그와 동시에 거북했던 속이 비로소 편안해졌다. 이런 내가 몹시 비겁하고 잔인하게 느껴졌다.

맥주 두 캔을 사서 고속버스터미널 근처에 있는 한강변으로 갔다. 강 너머 보이는 서울은 여전히 반짝반짝 눈이 부셨다. 저 눈부신 네온사인 아래 미선이는 내일부터 티파니나 저시카라는 이름으로 살아가게 될지도 모른다. 그리고 딱히 집으로 돌아갈 이유가 없어진 나도 토니라는 이름으로 다시 서울 생활을 시작해야겠다고 마음먹었다. 두 캔의 맥주를 모두 비웠다. 차가운 강바람이 얼굴을 스쳤다. 나는 풀밭에 드러누워 소녀시대의 노래를 흥얼거렸다. 바람은 자유론데 모르겠어 다들 어디론지…….

어느 추운 날의 스쿠터

유난히 지독한 추위에도 불구하고 일월의 지구대 안은 짜증스러웠다. 후덥지근할 정도로 틀어놓은 열풍기 탓만은 아니었다. 오히려 그보다 더 짜증을 부채질했던 것은 지구대 안팎의 상황이었다. 지구대 밖에서는 민방위 훈련 때문에 도로가 통제되어, 오가는 차들이 전부 발이 묶인 가운데 민방위 방송이 흘러나오고 있었다. 민방위 방송 출연자들은 국민들이 현재 북한의 포사격 위협에 노출되어 있으니 적들의 돌발적인 위협에 대해 하루 빨리 자각해주기를 간절히 호소하고 있었다. 나는 민방위 방송을 들으면서 치밀어 오르는 화를 꾹꾹 눌러 참았다. 민방위 훈련 때둔에 생업인 피자 배달을 할 수 없어 도로 통제 요원에게 항의를 했다가 그길로 지구대에 끌려왔기 때문이었다. 여기에 들어서던 순간 피자 배달은 완전히 물 건너가버렸다. 어쩌면 피자 가게 사장은 이 일을 핑계 삼아 내 일당에서 피자 값을 제하려고 들지 모른다. 적어도 나에게 있어서 돌발적인 위협은 민방위 훈련 그 자체였다.

지구대 안의 상황도 민방위 훈련만큼이나 짜증스러웠다.

"Fuck you Korea!"

술 취한 두 명의 미국인 중 한 명이 한국말로 왜 배달 오토바이를 훔쳤냐고 묻는 경찰관을 향해 가운뎃손가락을 날렸다. 그는 백인치고는 키가 작고 곱슬곱슬한 머리를 하고 있었는데 마피아 갱단의 똘마니 같은 인상이었다. 다른 한 명도 키가 작고 곱슬머리였지만 남미계인 듯 피부가 가무잡잡했다.

지구대 왼쪽 구석에 있는 벤치에 앉아 있던 나는 배달 오토바이를 훔쳤다는 말에 두 미국인을 바라보았다. 훔칠 게 없어서 배달 오토바이를 훔치다니. 저들은 장난으로 그랬겠지만 오토바이를 잃어버린 배달원은 어쩌면 그 가게에서 잘렸을지도 몰랐다. 미국인들이 무심코 던진 돌에 선량한 배달 개구리가 맞은 꼴이었다.

같은 배달원의 입장에서 분노하지 않을 수 없었다. 나는 두 미국인을 매섭게 노려봤다. 하지만 둘은 이 나라의 수도 한복판에서 경찰을 상대로 'fuck you'를 날린 게 신이 났는지 서로 하이파이브를 하며 낄낄대느라 나의 분노에 찬 눈동자 따위는 신경도 쓰지 않았다.

"소. 속. 이. 어. 디. 예. 요?"

초등학생도 영어를 하는 글로벌 시대가 이 지구대만큼은 비켜갔는지 취조를 맡은 경찰관은 또다시 또박또박 한국말로 물었다. 남미계가 못 알아듣겠다는 듯 이죽거리며 어깨를 으쓱했다. 경찰관은 쑥스러운 듯 머리를 긁적였다. 나는 양아치임에 분명해 보이는 저들이 미국인이라는 이유로 잔뜩 주눅 들어 있는 경찰관의 태도가 못마땅했다.

"Are you US army?"

이번에는 예상을 깨고 취조를 맡은 경찰관이 영어로 된 질문을 했다. 몇 분간 메모지에 영어 문장을 쓰고 외운 결과였다. 짧지만 그로서는 최선의 영어였다는 듯 표정에서는 약간의 자부심마저 배어났다. 하지만 그 짧은 영어는 엄청난 영어 폭풍을 불러왔다. 두 미국인은 이 경찰관이 영어를 알아듣는다고 생각했는지 어마어마한 양의 영어를 어마어마한 양의 욕과 함께 쏟아냈다. 랩처럼 쏟아지는 영어의 반이 'fuck'이라든가 'asshole' 같은 단어로 채워져 있었다. 섣불리 영어로 된 질문을 던졌던 경찰관은 이런 상황을 미처 예상하지 못했는지 얼굴이 하얗게 질려갔다.

두 미국인이 쏟아내는 말은 그들의 뒤에 앉아 있는 내 귀에까지 휘몰아쳐왔다. 대학 시절 힙합 가수를 꿈꿨던 나였다. 욕이 잔뜩 섞인 랩 같은 두 미국인의 영어는 의외로 토익 듣기평가보다 편안하게 들려왔다. 완벽하게 알아듣지는 못했지만 둘의 이야기는 대충, 한때 여기 있는 US army에서 근무하며 목숨을 걸고 지켜준 fucking할 Korea의 stupid한 police들이 asshole 같은 motor cycle을 좀 탔기로서니 경찰서에다가 감금하는 이런 shit한 상황이 말이 되냐는 거였다.

취조를 맡은 경찰관은 평생 한 번 들어볼까 말까 한 영어 욕을 수도 없이 얻어먹고 나자 울 것 같은 표정으로 주위를 둘러보았다. 하지만 주변의 경찰관들도 이런 경우는 처음 대하는지 서로 얼굴만 바라보면서 어떻게 처리해야 할지 모르겠다는 표정들을 짓고 있었다.

그러나 두 미국인의 말을 대충이나마 알아들은 나는 그들이 주한 미군으로 근무한 알량한 경력을 내세워서 훔친 오토바이를 타고 술에 취해 마구 내달린 걸 봐달라고 하는 것은 너무 뻔뻔한 요구라고 생각했다. 나는 가운뎃손가락을 아주 소극적으로 뻗어 그들에 대한 항의를 표시했다. 그리고 폈던 손가락을 달팽이 뿔처럼 재빨리 움츠렸다.

'Fuck you America!'

사실 그들이 단지 뻔뻔하게 굴었기 때문에 가운뎃손가락을 올려준 것은 아니었다. 그들을 보기 전부터 나는 미국에 대해 서운한 감정이 많았다. 돌이켜보면 미국에 대해 그런 감정이 들기 시작한 건 꽤 오래된 일인데, 군대에 있을 무렵 내가 짝사랑하던 그녀가 영어 회화를 배우다가 미국인 강사와 눈이 맞았다는 소식을 전해왔을 때부터였던 것 같다. 그리고 올해, 미국에서 건너왔다는 세계 굴지의 피자 회사 지점이 내가 일하는 피자 가게 옆에 떡하니 자리를 잡고 나서부터는 미국에 대한 서운함이 극에 달했다. 이놈의 피자 회사 지점이 우리 가게 옆에서 피 말리는 배달 경쟁을 유발했기 때문에 나는 늘 배달 시간에 쫓겨야 했다. 이 피자 회사를 떠올리면 자연스럽게 미국이 떠올랐고 어느샌가 나는 미국과 이 피자 회사가 한통속이라고 생각하게 되었다.

내가 일하는 피자 가게 옆으로 세계 굴지의 피자 회사 지점이 자리를 잡은 것은 올해 일월이었다. 원래 우리 동네는 약속이나 한 듯이 뭐든 하나씩만 있었다. 세탁소 옆에 미용실, 미용실 옆에 동네 마트, 동네 마트 옆에 피자 가게가 줄지어 있는 식이었다. 우리 동네는 강변으로 나 있는 도로와 시내로 통하는 도로가 네모 반듯하게 둘러싸고 있어서 마치 섬처럼 고립되어 있다. 그래서 동네 사람들은 뭘 사거나 시켜 먹으려고 할 때 굳이 길 건너에 있는 다른 곳의 가게를 찾기보다 가까운 동네 가게를 이용하곤 했다. 그러니까 우리 동네는 각기 다른 업종의 가게가 하나씩만 있으면 모두 충분히 먹고살 만한 곳이었다. 그런데 예상치도 않게 새해 벽두부터 같은 업종의 가게가 둘이나 생겨버린 것이다.

처음에 우리 가게는 이 피자 회사 지점을 좀 우습게 봤다. 경쟁을 할 필요가 없던 시절에는 주문이 밀려 배달이 조금 늦어도 오히려 손님들이 친절한 미소를 지어주었고 쿠폰이 없어도 피자 중독자인 양 주문을 해 댔다. 그래서 손님들이 그렇게까지 이 피자 회사 지점으로 몰릴 거라고 생각하지 않았다. 그런데 세계 굴지의 피자 회사라는 데서 비굴하게도 '무료 쿠폰 제공' 및 '무조건 삼십 분 내에 배달'이라는 슬로건이 적힌 전단지를 뿌리자마자, 그렇게 친절하던 손님들의 표정이 싸늘하게 식어갔다. 심지어 대놓고 쿠폰도 안 주는 가게라고 손가락질을 하는 손님도 생겨났다. 조금 늦어도 미안한 기색으로 미소만 지으면 모든 사과를 대신할 수 있었던 시대는 순식간에 사라지고, 오직 속도와 쿠폰만이 피자의 모든 것을 결정하는 시대가 되고 말았다.

이쯤 돼서야 피자 가게 사장과 우리 배달원들은 이 피자 회사 지점이 들어섰다는 것 자체가 실로 심각한 위협이라는 것을 눈치채지 않을 수 없었다. 하지만 우리가 이 위협을 깨달았을 때는 이미 매출이 대책 없이 곤두박질치고 있었다. 그야말로 민방위 방송에서 외쳐대는 돌발적인 위협이었다.

사장은 떨어지는 매출에 한숨을 토했고 우리 배달원들은 손님들의 거만함에 울분을 토했다. 그러나 한숨과 울분만으로는 이미 앞서 나간 시대를 되돌릴 수 없었다. 자식하고 마누라만 빼고 다 바꾸라는 어느 대기업 회장님의 말이 기어코 우리 가게 사장의 귀에도 파고들기 시작했다. 장사가 한창 잘될 때는 시시때때로 다방을 들락거리며 마누라 바꿀 계획에 부풀어 있던 사장은 마침내 새 마누라를 포기하고 가게를 바꾸기로 결심했다.

사장은 쿠폰 제공은 물론이고 이십오 분 내에 배달이 되지 않으면 피자 무료 제공이라는 획기적인 제안이 담긴 전단지를 뿌렸다. 그런데 세계 굴지의 피자 회사도 놀라서 주춤거릴 만한 이 제안의 뒤에는 세계 굴지의 피자 회사 배달원들이 뇌졸중으로 쓰러질 만한 파격적인 경영 방침이 정해져 있었다. 떨어지는 매출을 붙잡기 위해 소주로 밤을 지새며 궁리에 궁리를 거듭하던 사장은 마침내 어느 월요일 아침 배달원들을 이열 횡대로 세워놓고 말했다.

"지금부터 무조건 이십오 분 내에 배달하도록. 못 하면 잘릴 줄 알아."

배달원들은 모두 깜짝 놀랐다. 그토록 오랜 시간 동안 경영에 대해 고민을 거듭하던 사장이었다. 그런 그가 피자 굽는 방법을 개선하겠다든가 배달원 수를 늘리겠다는 등의 그 어떤 합리적인 방안을 모두 배제한 채 이런 주먹구구식의 방침을 내놓을 줄은 누구도 예상하지 못했다. 하지만 잘리기 싫으면 따르지 않을 수 없는 방침이기도 했다.

사장의 경영 방침은 크게 두 가지 면에서 가게의 분위기를 바꾸었다. 첫번째 변화는 사장의 눈언저리에서 감지되었다. 매출이 되살아나자 사장의 눈가에는 보톡스 주사도 듣지 않을 눈웃음이 자리 잡았다. 덕택에 계산대 근처의 기운은 항상 밝고 화사했다. 두번째 변화는 우리 배달원들의 눈빛에서 감지되었다. 배달은 곧 목숨을 건 전쟁이 되어버렸다. 피자는 늘 같은 시간대에 굽혀져 나왔기 때문에 시간을 줄이기 위해서는 배달원들이 총알처럼 달려가는 수밖에 없었다. 배달원들의 눈에는 살쾡이 같은 안광이 번쩍거렸다.

갑자기 바뀐 노동 조건은 배달원들의 구성도 바꾸어놓았다. 히

딩크 이전의 한국 축구에서나 강조하던 끈기와 투지를 상실한 배달원들은 벚꽃잎처럼 우수수 떨어져 나갔다. 그리하여 나이 먹고 취직도 되지 않아 여기서나마 붙어 있지 않으면 먹고살기 힘든 생계형 배달원과 스피드를 즐기기 위해 오토바이를 타는 레저형 배달원만이 존재하게 되었다. 나는 어중간한 대학을 몹시 낮은 학점으로 졸업한 후유증으로 말미암아 레저형에서 생계형으로 전환한 경우에 해당했다. 처음에는 노느니 재미 삼아 시작한 아르바이트였을 뿐이었다. 하지만 몇 년간 취업에 실패하고 나자 자연스럽게 배달 일을 직업으로 삼게 되었다.

나와 같은 생계형 배달원들은 용돈만 모으면 나가는 레저형들과는 비교가 안 될 정도의 투철한 직업의식을 갖고 있었다. 우리가 이런 직업의식을 갖게 된 데에는, 우리의 배달 테크닉이 곧 한국 피자의 경쟁력과 직결되고 이를 바탕으로 한국의 피자가 세계 굴지의 피자 회사에 맞설 수 있게 될 것이라는 가게 사장의 애국적 선전 선동 때문이 아니라, 피자를 배달할 사람들이 피자를 주문할 사람들보다 많다는 데 보다 근본적인 이유가 있었다. 내 나름대로 나눈 우리나라의 직업 분류 기준에 따르면 어지간해서는 안 잘리는 정규직이 있고 계약 기간이 만료되면 자를 수 있는 비정규직이 있으며 단 한 번 배달이 늦었다는 이유만으로도 자를 수 있는 피자 배달원이 있었다.

본의 아니게 투철한 직업의식이 주입된 결과 나를 비롯한 생계형 배달원들은 배달에 목숨을 걸었다. 일요일에 쉰다는 건 꿈도 꾸지 못했고 태풍이 온다고 해도 A급이 아니면 배달을 나갔다. 사장이 A급 태풍이 왔을 때 배달을 못 나가게 한 이유는 배달원보다 스쿠터를 보호하기 위해서였다. 사장은 사람은 다치면 알아서 재생이 되지만 스쿠터는 그렇지 않기 때문에 자기 몸보다 더 아껴야 한다는 논리를 갖다 댔다. 법도 어지간하면 보호해주려고 하던 우리의 인권이 돈 앞에서는 스쿠터만도 못했다.

그런데 웬만한 천재지변과 그 어떤 교통난을 뚫고도 묵묵히 배달 일을 완수해내던 내게 뜻밖의 강력한 태클이 걸려왔다. 바로 민방위 훈련이었다. 배달할 피자를 두 판이나 싣고 건널목에서 대기하고 있는데 귓전에 사이렌이 울렸다. 문득 불길한 예감이 들었다. 곧이어 공무원으로 보이는 사람들이 도로 가운데 서서 차량을 통제하기 시작했다. 순식간에 도로는 텅 비고 차들은 도로 한편으로 밀려났다. 곧이어 무슨 경보인가가 발령되고 서울이 현재 북한의 포 사격 위협에 시달리고 있다는 예상치 못한 정보가 동사무소 확성기를 통해 퍼져 나왔다.

사이렌이 울린 다음 신호등이 세 번이나 바뀌었다. 하지만 도로는 여전히 통제되고 있었다. 일월의 추위 속에 무작정 건널목 앞에서 대기하는 것은 몹시 짜증 나는 일이었다. 사람들은 모두 눈살을 찌푸리고 도로를 통제하고 있는 공무원들만 바라보고 있었다. 방송에서는 사람들의 짜증을 아는지 모르는지 북한 포 사격의 위험성을 인식하지 못하는 국민들의 무관심을 개탄하는 안보 전문가의 음성이 흘러나오고 있었다. 내 생각에 위험성을 인식하지 못하는 쪽은 안보 전문가였다. 방송이 길어질수록 사람들은 도로 가운데 서 있는 공무원들에게 당장이라도 포 사격을 가할 것처럼 그들을 노려보고 있었다.

시간이 흘러갈수록 나는 화장실에서 차례를 기다리는 설사병 환자처럼 입술이 바짝바짝 말랐다. 약속된 이십오 분 중 벌써 이십일 분이 지나가고 있었다. 이제는 내 옆에 포탄이 터져서 사람들이 죽어 나가도 피자를 먼저 배달해야 될 판이었다. 나는 서서히 민방위 전체에 대한 적개심을 불태우기 시작했다. 아무리 생각해도 한국 피자 경쟁력을 위해 박한 시급에도 수시로 목숨을 걸고 도로를 달리는 내게 국가가 이런 식으로 태클을 거는 것은 부당했다. 뭔가 강력한 항의를 해야겠다고 마음먹었다.

초등학교 학급 어린이회의 시간 이후 처음으로 뭔가 건의를 해보기 위해 손을 들었다.

"저 좀 지나가면 안 될까요?"

나는 내 앞에 서 있는 대머리 공무원에게 당당하게 말했다. 대머리 공무원은 나를 한 번 힐끔 보더니 냉정하게 고개를 가로저었다. 그의 얼굴에는 짜증스럽다는 표정이 역력하게 떠올라 있었다. 그 표정 때문에 살짝 머쓱해진 나는 당당하게 들어 올렸던 손을 수줍게 내렸다. 그러는 사이 벌써 일 분이 흘렀다. 도로는 여전히 풀릴

기미를 보이지 않고 있었다.

작전을 바꾸기로 했다. 나는 최대한 애처로운 표정을 지으며 다시 손을 들었다.

"저기요. 저 급한데요."

대머리 공무원은 내 표정을 흘낏 보더니 시계를 한 번 봤다. 그리고 내 등 뒤에 있는 지구대 쪽으로 고갯짓을 했다.

"아직 멀었으니까 지구대 가서 싸고 와."

대머리 공무원의 말이 떨어지자 내 주변에 있던 사람들이 나를 안쓰럽다는 표정으로 바라보았다. 어떤 할머니는 어서 싸고 오라는 격려의 말을 건네기도 했다. 나는 대머리 공무원 때문에 주변 사람들이 오해하고 있다는 사실에 당황한 나머지 조금 더 부적절한 말을 건네고 말았다.

"그게 아니라 볼일이 급하다니까요."

대머리 공무원은 울컥 짜증을 내며 말했다.

"그러니까 지구대 가서 싸고 오라고. 젊은 사람이 참 답답하네."

그의 말에 나 역시 기분이 상했다. 말귀를 못 알아듣는 건 내 잘못이라고 쳐도 반말에다 짜증까지 내는 모양새가 영 비위에 거슬렸다. 나의 말도 장단을 맞추듯 삐딱하게 나가기 시작했다.

"아저씨 말귀 못 알아들어요? 지금 배달 때문에 바쁘거든요."

말을 마치자마자 보다 효과적인 항의를 위해 스쿠터 엔진 소리까지 부릉부릉, 내기 시작했다. 대머리 공무원은 삑, 호루라기를 불어서 주의를 줬다. 하지만 나 역시 약이 올라 있던 상태라 그의 주의를 무시하고 건널목을 건너갈 듯 말 듯 액셀을 당겼다가 풀기를 반복했다. 대머리 공무원은 가래를 한 번 뱉은 다음 내게로 걸어왔다.

"민방위가 장난인 줄 알아?"

"누가 장난이래요? 일 때문에 바쁘니까 사정 정도는 봐달라는 거잖아요."

나도 지지 않고 대꾸했다. 대머리 공무원은 나를 위아래로 훑어보기 시작했다. 아마도 내가 만만한 놈인지 아닌지를 확인해보려는 의도 같았다. 나도 지지 않고 그의 대머리를 기분 나쁜 듯 째려봤다. 사실 눈을 마주치기에는 약간 겁이 났다. 하지만 얼마 안 가 그의 대머리가 눈보다 바라보기에 더 힘든 조건을 갖추고 있다는 걸 깨달았다. 일월의 희미한 햇살에도 대머리는 거울처럼 반짝거렸다.

나도 모르게 시선을 움찔거리며 아래로 내리깔았다. 대머리 공무원은 내 시선의 변화를 감지하자마자 나의 기가 꺾였다고 판단했던 것 같다. 그는 다시 한 번 나를 몰아세웠다.

"여기 안 바쁜 사람 있어? 다 국가 방침이 그러니까 참고 따르는 거 아냐? 진짜 전쟁이라도 나면 네가 책임질 거야?"

슬슬 그의 언성이 높아지면서 어투도 충고조로 변했다. 이대로 가다간 완전히 기 싸움에서 밀려버릴 것 같았다. 나도 한 성깔 한다는 것을 보여주기 위해 쓰고 있던 헬멧을 벗고 그를 노려보았다. 둘 사이에 팽팽한 긴장감이 돌기 시작했다.

이때 삑삑, 호루라기 소리가 다급하게 들렸다. 나와 대머리 공무원은 동시에 소리 나는 쪽으로 고개를 돌렸다. 때마침 검은색 세단 한 대가 도로 통제를 비웃기라도 하듯 서서히 도퉁이를 돌아 우리 쪽으로 다가오고 있었다. 대머리 공무원은 나에게 흘낏 시선을 준 다음 본때를 보여주겠다는 듯 검은색 세단 쪽으로 씩씩하게 걸어갔다. 그리고 거세게 호루라기를 불면서 차를 가로막았다. 검은색 세단이 멈추어 서자 그는 뒷문으로 걸어가 창을 내리고 신분증을 제시할 것을 요구했다.

우아하다고밖에 표현할 길이 없는 속도로 검은색 세단의 뒤쪽 창이 열렸다. 그 순간 뒷좌석에 앉은 사람을 알아보았는지 대머리 공무원은 물오른 새우처럼 허리를 탄력 있게 구십도로 접었다. 그리고 어지간한 항공사 스튜어디스보다 훨씬 친절한 미소를 지어 보였다. 세단 뒷좌석에 탄 사람은 대머리 공무원을 보지도 않고 혼잣말로 "지금 좀 바쁜데……"라고 중얼거렸다. 대머리 공무원은 몰라뵈어서 죄송하다는 정중한 사과와 함께 다시 한 번 고개를 숙였다. 그와 동시에 창은 다시 닫히고 검은색 세단은 스르륵 미끄러지듯 대머리 공무원과 내 앞을 지나갔다.

나는 대머리 공무원의 행동을 지켜보면서 더욱 심사가 배배 꼬였다. 자기가 무슨 담배 필터라도 되는 것처럼 사람을 걸러서 내보내는 태도가 영 아니꼬웠다. 갑자기 대머리 공무원에 대한 투지가 불타올랐다. 나는 그에게 다가가 삿대질을 하며 항의하기 시작했다.

"둘 다 똑같이 일 보느라 바쁜데 누구는 되고 누구는 안 되는 법이 어딨어요?"

나의 다그침에 대머리 공무원은 허를 찔린 듯 움찔 놀랐다. 그러나 그는 이내 정색을 하고 호통을 쳤다.

"너, 너같이 피자 배달하는 거하고 국회에서 나랏일 보는 게 같은 줄 알아?"

나는 대머리 공무원의 표정 관리에도 불구하고 그가 흔들리고 있다는 걸 감지했다. 기회를 놓치지 않고 몰아붙이면 도로 통제를 풀어줄지도 몰랐다. 아직 시간은 이 분 정도 남아 있었다. 나는 약을 올리듯 슬슬 빈정거리기 시작했다.

"그래도 공무원이 그러면 안 되지. 법은 공평하게 적용해야지."

대머리 공무원은 약이 올랐는지 머리끝까지 빨갛게 달아올랐다.

"너 몇 살이야? 어디다 대고 반말이야?"

그가 이 말을 내뱉는 순간 나는 일이 쉽게 끝날 것 같지 않다는 예감이 들었다. 이야기가 이렇게 논점을 일탈하면 최소 삿대질에서 최대 멱살잡이까지 고려해야 되는 상황으로 몰린다. 나는 재빨리 상황 판단을 했다. 더 이상 말싸움을 하다가는 피자를 제시간 내에 배달할 수 없을 것 같았다. 그렇기 때문에 일단 화난 척 돌아선 다음, 스쿠터를 몰고 재빨리 건널목을 건너가기로 마음먹었다.

"그만둡시다. 예?"

나는 말싸움 기술상 견제 잽에 해당하는 말을 툭 내던지고 스쿠터에 앉았다. 그리고 기습적으로 시동을 걸고 막 출발하려고 했다. 그때 대머리 공무원이 내 뒷덜미를 잡았다. 그러자 스쿠터는 앞으로 튀어 나가고 나는 뒤로 물러나면서 엉덩방아를 찧었다. 그리고 스쿠터가 비틀비틀 나가다가 힘없이 픽, 쓰러지는 광경을 무력하게 바라보았다. 내 몸에 상처가 나는 건 상관없었다. 가게 사장 말대로 빨간약만 바르면 재생이 가능하다. 하지만 스쿠터가 부서지면 재생이 불가능하다. 그것은 내 배달 인생도 그날로 막을 내린다는 의미였다. 순간 이성을 잃었다. 나는 벌떡 일어서서 대머리 공무원의 멱살을 쥐었다. 대머리 공무원은 뜻밖의 사태에 깜짝 놀란 듯 눈만 끔벅거렸다.

화난 마음에 대머리 공무원의 멱살을 잡기는 했지만 나 역시 누군가의 멱살을 잡고 있는 것이 당황스럽기는 마찬가지였다. 그렇지만 그에게 뒷덜미를 잡혔다는 사실이 생각나서 호락호락 놓아주기도 싫었다. 결국 나는 이러지도 저러지도 못한 채, 속으로 그가 잘못했다고 사과해주기를 바라면서 매섭게 노려보기만 했다. 하지만 대머리 공무원은 사과할 마음이 없는 듯 나의 눈길을 피해 주변을 두리번거리다가, 지구대 앞에서 담배를 피우고 있는 경찰관을 발견하고 다급하게 손짓을 했다. 경찰관은 대머리 공무원의 손짓을 보고는 호기심 어린 표정을 지으며 우리에게 다가왔다. 급작스레 경찰관이 끼어들자 나는 쥐었던 멱살을 슬며시 풀었다.

경찰관은 우리의 이야기를 다 들은 후에 별일도 아니니 서로 화해하라고 했다. 사실 나는 한 번의 전과가 있기 때문에 지구대에까지 끌려가는 걸 원하지 않았다. 그러나 대머리 공무원은 경찰도 같은 공무원이라 자기편이라고 생각했는지 나에게 공무집행방해죄를 물어야 한다고 큰소리를 쳤다. 공무집행방해죄라는 말을 듣자 가슴이 섬뜩했다. 대학 시절 시위를 하다가 전경에게 끌려가 재판을 받은 적이 있는데, 그때 인정된 죄목 중 하나가 공무집행방해죄였기 때문이다. 얌전히 있다가는 공무집행을 상습적으로 방해하는 놈으로 몰릴 것 같았다. 나 역시 대머리 공무원에게 상해죄를 물어야 한다고 큰소리를 치기 시작했다. 얼마 안 가 우리는 다시 고래고래 소리를 지르며 삿대질을 해 댔다.

경찰관은 피곤하다는 눈빛으로 나와 대머리 공무원을 번갈아 보다가 또 다른 제안을 했다.

"이 친구 민방위 끝날 때까지 잠깐 지구대에 붙잡아놨다가 훈방시킵시다."

그 말을 듣자마자 나와 대머리 공무원은 삿대질을 멈추고 서로를 마주 보았다. 나는 전과 때문에 지구대에 붙들려 간다는 게 불안하기는 했지만 어차피 배달은 물 건너간 상황이라 일을 더 크게 만들기 전에 경찰관의 제안을 받아들이고 싶었다. 나는 독 오른 눈빛을 재빨리 선량하게 누그러뜨렸다. 대머리 공무원은 내 눈빛을 읽었는지 이번 한 번만 봐준다는 말로 생색을 내며 그 제안을 받아들였다.

지구대는 예의 두 미국인 때문에 시끄럽고 번잡스러웠다. 가만 보니 마피아 갱단의 똘마니 같은 이는 주로 'asshole' 계열의 욕을 즐겨 사용했고 남미계는 'stupid'라는 말을 입에 달고 살았다. 나는 속으로 마피아 갱단의 똘마니에게는 똥꼬, 남미계에게는 머저리라는 별명을 붙여주었다. 어쨌거나 똥꼬와 머저리의 속사포 같은 욕 덕택에 경찰관들이 내게 신경을 쓰지 못한다는 사실은 무척 다행스러웠다. 하지만 신원 조회라도 하자고 들면 어쩌나 하는 생각에 슬금슬금 경찰관들의 눈치를 보지 않을 수 없었다.

대학교 사학년 때 나는 집시법 위반 및 공무집행 방해와 폭력 행사 등의 꽤 복잡한 죄명을 달고 징역 육 개월에 집행유예 일 년의 형을 받은 적이 있었다. 학생운동이라는 게 꼬리뼈처럼 겨우 흔적만 남아 있던 2000년대 후반 상황을 고려하면 이 죄명은 운동권 쪽으로 당선된 총학생회 회장도 받기 힘든 거였다. 따라서 힙합 가수를 꿈꾸며 군대도 가지 않고 버티던 내가 이런 형을 받을 확률은 길 가다가 벼락을 맞을 확률과 비슷했다. 그런데 하늘은 무심하게도 살면서 한 번 맞을까 말까 한 기적을 끝끝내 경찰서 유치장으로 내리셨다.

그해 겨울, 몇 번에 걸친 미팅과 소개팅 끝에 드디어 나의 이상형을 만나게 된 게 화근이었다. 긴 생머리를 가진 그녀는 무척 청순한 얼굴을 하고 있었다. 그녀가 처음 내 앞자리에 와서 앉을 때는 이런 행운이 굴러 들어온 것이 도저히 믿기지가 않아서 허벅지를 살짝 꼬집어볼 정도였다. 그녀는 보조개가 너무나 귀여운 미소를 지으며 인사를 했다. 그리고 담배에 불부터 붙였다. 너 힙합 한다며? 난 운동해. 그녀가 담배 연기를 내뿜으며 내게 건넨 첫마디였다. 담배 연기에 살짝 휩싸인 그녀의 얼굴은 안개에 가려진 듯 신비로웠다. 나는 제대로 대꾸도 하지 못하고 고개를 끄덕거렸다.

"무슨 운동 해? 요가?"

약 일 분 동안 그녀에게 넋을 잃고 있다가 겨우 꺼낸 말이었다. 그녀는 담뱃재를 톡톡 털며 그런 운동이 아니라고 했다. 그녀는 지리산 반달곰만큼이나 희귀한 운동권 학생이었다. 특히 신자유주의에 맞서 언제든지 투쟁할 각오가 되어 있다고 묻지도 않은 포부까지 밝혀주었다. 나는 그녀의 포부를 떠나서 이렇게 예쁜 애가 똑똑하기까지 하다는 데 깊은 감명을 받았다.

또 그녀는 나처럼 힙합을 좋아한다고 했다. 그러나 우리는 힙합을 좋아하는 이유가 좀 많이 달랐다. 그녀는 힙합이 흑인 하층민의 저항정신을 담은 음악이라 좋아한다고 했지만 나는 들으면 신이 나서 좋아할 뿐이었다. 힙합을 참 좋아하는 그녀는 미국은 극도로 싫어했다. 그녀는 전 세계에서 전쟁이 일어나고 신자유주의 물결 때문에 노동자들의 해방이 요원한 가장 근본적인 이유가 바로 미국의 거대 자본 때문이라고 굳게 믿고 있었다.

힙합 때문에 이야기가 잘 통한 덕분인지 우리는 친구로서 만남을 이어갔다. 나는 그녀가 친구 따위보다는 애인이 돼주길 원했지만 일단 만나주는 게 고마워서 순순히 친구가 되었다. 우리는 의외로 자주 만났다. 그녀가 나를 수시로 집회며 시위에 불러냈기 때문이었다. 그녀는 이렇게 다양한 활동을 하다 보면 언젠가는 나도 의식화될 것이라고 믿어 의심치 않았다. 하지만 나는 늘 이렇게 붙어다니다 보면 언젠가는 입술도 붙여볼 수 있을 거라고 생각하던 중이었다.

그런데 이듬해 봄 촛불 시위가 일어났다. 그녀의 말에 따르면 대통령이 미국에 가서 제대로 검토도 하지 않고 미국 소를 대뜸 수입해버렸기 때문에 일어난 일이라고 했다. 나는 그동안 그녀로부터 정치가라는 사람들은 한심한 자들이 대부분이라는 주입식 교육을 받아왔던 터라 미국산 소가 뭐가 문젠지는 잘 모르겠지만, 여하튼 한심한 자가 저지른 짓이니 좋을 리는 없다고 결론지었다.

당연한 수순이지만 그녀는 나의 손을 꼭 잡고 촛불의 최전선으로 씩씩하게 나섰고 나는 그녀의 손이 너무 따뜻하고 부드러워서 시위에 나서게 됐다. 하지만 그렇게 흐뭇한 기분으로 나선 시위에서 나는 일생일대의 매운맛을 봐야 했다. 그녀와 내가 서 있던 시위대의 맨 앞줄에 갑자기 최루액이 섞인 물대포가 쏟아졌다. 대오는 순식간에 흩어지기 시작했다. 나는 본능적으로 그녀의 손을 잡고 도망쳤다. 그러나 인파에 파묻히면서 그녀의 손을 놓치고 말았다.

지금 생각해보면 어디서 그런 용기가 났는지 모르겠다. 나는 그녀를 찾기 위해 전경들이 진압봉을 휘두르고 있는 아수라장의 가운데로 뛰어들었다. 그리고 전경들에게 머리채를 잡힌 채 몸부림 치며 끌려가고 있는 그녀를 발견했다. 너무나 소중하고 예뻐서 손조차 함부로 잡지 못했던 그녀가 무참하게 끌려가는 모습을 보자 나는 이성을 상실해버렸다. 주변에 버려져 있던 시민단체의 깃발을 들고 전경들을 향해 돌진했다. 하지만 그녀에게 채 다다르기도 전에 다른 전경 네댓 명에게 에워싸여서 죽지 않을 만큼 두드려 맞았다. 나의 눈앞에서 그녀는 머리채를 잡힌 채 닭장차에 실려 사라졌다.

그 후 판사는 내게 군대에 가기 딱 좋을 정도의 형을 언도해주었다. 화가 난 아버지는 판결이 나자마자 손수 입대 영장을 받아놓고 기다리고 있었다. 대가리에 노란 물 들이는 걸로 속 썩이기 시작하더니 끝끝내 빨간 물까지 들어 온 놈 탈색시키는 데는 그저 군대가 최고라는 게 아버지의 지론이었다.

군대에 가기 전에 단 한 번 그녀를 만나보았다. 그녀는 내 손을 꼭 잡고 편지하겠다고 말했다. 결과적으로 보면 나는 그녀의 손 밖에 잡아보지 못했다. 그것도 우정의 악수로서 말이다. 이런 것을 군대에서는 '삽질'이라고 불렀다. 삽질은 해도 해도 전혀 발전이 없는 짓을 일컫는데, 이를테면 짝사랑하는 여자와의 악수 같은 것에 적용하는 말이었다.

그녀는 한동안 꼬박꼬박 편지를 보내주었다. 처음 그녀가 보내온 편지에 따르면 미국에 있는 은행들이 부실한 주택 담보 대출로 인해 갑자기 줄도산을 하면서 세상에는 미국발 금융위기라는 놈이 왔다고 했다. 그리고 이 금융위기라는 놈 때문에 우리나라도 경기 침체가 왔다고 했다. 그 때문에 또다시 노동자들이 IMF 때처럼 무참히 해고당하고 있다고 분개했다.

두번째 편지에서는 정부에서 나라가 어려우니 국론을 분열시키는 불만 따위는 내뱉지도 못하게 한다고 했다. 인터넷에 경제 위기에 대한 글만 올려도 잡아가는 세상이라고도 했다. 결국 운동하기가 너무나도 어려워서 그녀 역시 토익과 영어회화 학원에 등록하지 않을 수 없었다고 했다. 세상에서 둘도 없이 나쁜 나라라고 이를 갈던 나라의 말을 배우는 게 몹시도 괴롭다는 하소연을 덧붙였다.

군대에 간 지 일 년쯤 지났을 때 그녀에게서 마지막 편지가 왔다. 그녀는 너무 괴로운 나머지 마음의 안식을 얻기 위해 성당에 나갔는데, 거기서 원수를 사랑하는 법을 배웠다고 했다. 그리하여 그녀는 성경의 가르침에 따라 그녀에게 영어회화를 가르쳐주던 미국인 학원 강사를 사랑하게 되었노라고 적었다. 그녀는 내가 그녀의 사랑을 축복해줄 거라 믿어 의심치 않는다고 했다 하지만 나는 절대 축복해주지 않았다. 손만 잡아본 여자의 사랑을 축복해주는 것이 삽질에 해당하는 짓인 줄 이미 알고 있기 때문이었다.

지금 와서 곰곰이 생각해보면 내 사랑에 대한 심각한 위협은 그녀가 사랑했던 미국인 영어 강사가 아니라 그녀에게 영어를 배우도록 강요한 금융위기라는 놈이었다. 이놈이야말로 돌발적인 위협이었던 셈이다. 하지만 그때도 누구 하나 경고 사이렌은 울려주지 않았다.

 전역 후에 보니 세상이 그녀를 원망할 수만은 없게 변해버렸다는 사실을 알게 되었다. 한때 정규직이었던 아버지의 친구들은 모두 피자 가게 내지는 치킨 가게 사장님으로 신분 상승을 이루었다가 대부분 일 년 안에 가게를 접고 경비로 전락하는 쓴맛을 봐야 했다. 대학을 졸업할 무렵이 돼서는 어느새 중년 경비, 젊은 노점상, 고학력 청소부, 배울 만큼 배운 백수들로 넘쳐났다. 잘하는 거라고는 힙합밖에 없던 나는 자연스럽게 그들과 합류했다. 졸업 후 딱 한 번 올라가본 면접에서 자신 있는 것 한 가지만 해보라는 면접관의 말에 자신 있게 비트박스와 랩을 선보여 그들을 경악시킨 것이 내 이력의 전부였다.

 지구대에서 멍하니 넋을 놓고 앉아 있는 동안 귓가에 민방위 해제를 알리는 사이렌 소리가 울렸다. 나는 경찰관들의 눈치를 보며 쭈뼛쭈뼛 몸을 일으켰다. 그때까지도 경찰관들은 똥꼬와 머저리 때문에 정신이 팔려 나를 알아보지 못했다. 나는 경찰관들 모르게 지구대를 빠져나갈 요량으로 슬슬 문을 향해 걸어갔다. 내가 막 문을 열려는 찰나 갑자기 똥꼬와 머저리가 문을 향해 달려 나왔다. 그들은 뒤에서 나는 인기척을 못 들었는지 내가 문 앞에 있다는 사실을 알지 못했던 모양이었다. 순간적으로 그들과 나의 몸이 엉키면서 우리는 지구대 문 앞에서 넘어지고 말았다. 똥꼬와 머저리의 몸에서는 술 냄새가 훅 끼쳤다. 그런데 이 돌발적인 상황에 놀란 쪽은 나뿐만이 아니었다. 경찰관들도 다급한 나머지 차고 있던 권총을 일제히 빼 들었다. 똥꼬와 머저리 그리고 나는 반사적으로 손을 번쩍 들어 올렸다. 똥꼬와 머저리의 겨드랑이에서 암내가 훅 끼쳤다.

똥꼬와 머저리는 우리나라 경찰의 무장 상태 역시 미국 못지않다는 사실을 깨닫자마자 몸가짐을 단정히 했다. 나 또한 암내 나는 그들 곁에서 숨도 제대로 쉬지 못하고 다소곳이 앉았다. 뜻밖의 사태로 똥꼬와 머저리가 협조적인 자세로 나오자 둘의 취조를 맡은 경찰관은 다시 조서를 꾸미기 시작했다. 다른 경찰관들은 여전히 똥꼬와 머저리에게 총을 겨냥하고 있었다.

나는 겨우 대머리 공무원과 말싸움한 죄밖에 없는데 이렇게 생명의 위협까지 느껴야 하는 상황과 맞닥뜨리게 된 게 억울했다. 그래서 나를 훈방시키기로 한 경찰관에게 다가가 원래 내가 민방위가 끝나면 풀려나는 조건으로 들어왔음을 상기시켜주었다. 하지만 그 경찰관은 내 말을 한 귀로 흘려들었는지 엉뚱한 말을 물어왔다.

"혹시 대학 다녀요?"

"얼마 전에 졸업했는데요."

내 대답에 그는 한영사전 한 권을 내밀었다. 그리고 단지 내가 대학을 나온 지 얼마 되지 않았다는 이유로 통역을 부탁했다. 토익 점수가 몹시 낮은 탓에 영어는 도저히 자신이 없었다. 하지만 똥꼬와 머저리를 겨누고 있는 총구 중 한두 개는 나를 겨냥하고 있는 듯도

해서 감히 거절하지 못했다.

취조를 맡은 경찰관은 우선 이름이 어떻게 되는지 물어봐달라고 했다. 아무리 나의 토익 실력이 낮아도 그 정도는 한영사전 없이도 충분히 통역이 가능했다. 나는 머릿속으로 영어 문장을 가다듬은 다음 조심스럽게 입을 열었다. 처음으로 하는 미국인들과의 대화라 목소리가 나도 모르게 살짝 떨렸다.

"What's your name?"

"저는 조지입니다. 제 친구는 빌입니다."

뜻밖에도 똥꼬가 한국말을 했다.

"한국말을 할 줄 알아요?"

내 물음에 조지와 빌은 똑같이 고개를 끄덕였다. 그러자 경찰관들이 수런거리는 소리가 들렸다. 미국인과 대화를 하는 데 영어를 쓰지 않아도 된다는 사실에 놀라워하는 수런거림이었다. 하긴 여태껏 군인으로서 또 강사로서 한국에 몇 년씩 체류한 미국인이 한국말을 하지 못할 거라고 생각하고 있었던 게 오히려 말이 안 되는 일이었다.

조지와 빌이 한국말을 할 줄 안다는 사실을 알게 됐음에도 불구하고 취조를 맡은 경찰관은 내가 계속해서 질문을 해주기를 바랐다. 조금 전 영어 욕을 듣고 놀란 가슴이 아직 진정되지 않은 모양이었다. 나는 그의 지시에 따라 간단한 사실 관계를 확인했다. 조지와 빌은 술에 취해 배달 오토바이를 훔쳐 달아났던 사실을 모두 인정했다. 이어서 나는 그들이 왜 배달 오토바이를 훔치게 됐는지도 물어보게 되었다. 조지와 빌은 대답 대신 깊은 한숨을 내쉬었다. 그러고 나서 서로 눈치를 살피다가 빌이 침통한 표정으로 입을 열었다.

"학원에서 일하려면 college diploma 있어야 합니다. 우리는 high school만 graduation 했습니다. 그래서 college diploma 없습니다. 그런데 학원이 우리가 college diploma 없는 걸 알았습니다. 학원에서 쫓겨났습니다. 나하고 조지 갈 데 없습니다. 괴로웠습니다. 그래서 술 마시고 motor cycle 훔쳤습니다."

조지와 빌은 고개를 떨어트렸다. 잠시 잊고 있었던 자신들의 처지가 다시 떠올랐는지 기가 한풀 꺾인 모습들이었다. 그제야 경찰관들은 둘에게 겨누고 있던 총을 내렸다.

살벌하던 지구대의 분위기가 조금 누그러지자 조지가 경찰관들을 둘러보며 부탁했다.

"American embassy에 연락해주십시오. 그곳의 도움을 받고 싶습니다."

취조를 맡은 경찰관이 갑자기 타이핑하던 손을 멈추고 나를 멀뚱멀뚱 쳐다보았다.

"embassy가 뭡니까?"

"대사관 아닐까요?"

"확실해요?"

"추측인데요."

취조를 맡은 경찰관의 표정이 험악해졌다. 나는 재빨리 한영사전을 찾았다. 역시나 대사관이었다. 나는 토익에서 만점이라도 받은 것처럼 어깨를 활짝 펴고 대사관이 확실하다고 말해주었다. 그는 말없이 전화기를 들었다.

취조를 맡은 경찰관이 미국 대사관과 연락을 취하는 동안 나는 두 미국인과의 대화에 자신감을 얻은 나머지 뭣 하러 이렇게 먼 한국에 또 올 생각을 했냐고 시키지도 않은 질문을 했다. 조지와 빌은 이번에도 서로 눈치를 보며 머뭇거리다가 번갈아 가며 떠듬떠듬 입을 열었다. 그들은 한국에 오기 이 년 전에 미국의 한 자동차 공장의 조립 라인 앞에서 이런 이야기를 나눴다고 했다.

"이봐 빌. 우리 공장이 구조 조정한다는 소문이 돌고 있어."

"정말?"

"그렇다는군."

"에이 설마…… 여긴 미국 제일의 자동차 공장이야. 직원들을 자르기야 하겠어?"

"하긴. 뜬소문이겠지."

하지만 한국에 오기 직전, 조지와 빌은 단골 술집인 Mo's Bar에서 맥주를 앞에 놓고 다음과 같은 이야기들을 이어갔다고 했다.

"어떻게 살아야 할지 모르겠어……"

조지가 머리를 감싸 쥐고 말했다. 그러자 빌도 힘없이 고개를 끄덕거렸다.

"공장은 사라지고 피자 배달로는 집 살 때 받은 대출 이자 갚기도 힘들고…….."

"빌어먹을 경기 때문에 집을 내놓아도 팔리기를 하나…….."

"동네 꼴이 말이 아니야. 이사 가면서 버린 개들이 온 동네에 똥을 싸질러놔서 집을 보러 오다가도 돌아간다는 거야."

"집값이 이렇게 떨어질 줄 알았으면 무리하게 대출받는 게 아니었는데."

"맞아. 집만 사놓으면 한몫 잡는 줄 알았지…….."

"똥꼬 같은 공장."

"머저리 같은 은행."

이쯤 해서 조지와 빌은 맥주잔을 힘없이 부딪치며 건배를 했다.

"그런데 말이야. 한국에 있을 때 거기서 영어를 가르치면 돈을 좀 만질 수 있다는 이야기를 들은 적이 있어."

빌의 말에 조지가 귀를 쫑긋 세웠다.

"정말이야?"

"정말이래. 적어도 여기서 피자 배달하는 것보다는 낫다던데."

"하지만 그런 데서 일하려면 대학 졸업장 같은 게 필요하지 않을까? 우리는 고등학교 졸업장밖에 없잖아."

"그건 걱정하지 마. 대학 졸업장을 위조해주는 브로커가 있대. 아주 감쪽같다는 거야."

"그런 식으로 취직해도 정말 괜찮을까?"

"별수 없잖아. 다른 뾰족한 수라도 있어?"

빌의 물음에 조지는 아무런 대답을 할 수가 없었다고 했다.

"별일 없을 거야. 미국이라고 하면 환장하는 한국이잖아."

"하긴……."

그렇게 해서 조지와 빌은 한국에 오게 되었다고 했다. 둘의 이야기를 듣던 나는 그들도 한때 피자 배달원이었다는 사실에 묘한 동질감을 느꼈다. 나도 모르게 손을 들어 곁에 있던 빌의 어깨를 두드려주었다. 빌이 나를 향해 엷은 미소를 지어주었다.

대사관과의 이야기가 잘 풀렸는지 취조를 맡은 경찰관은 나에게 그만 가도 좋다는 말을 했다. 나는 조지와 빌의 앞내가 가뜩이나 거북했기 때문에 그 말을 천사의 복음처럼 받아들였다. 조폭같이 구십 도로 인사를 한 후에 총총걸음으로 지구대를 빠져나왔다.

지구대에서 나오자마자 가장 먼저 스쿠터를 살펴보았다. 다행히 약간 긁힌 흔적을 제외하고는 특별히 부서진 곳은 없었다. 시계를 봤다. 이미 배달 시간은 삼십 분이나 초과한 상황이었다. 나는 가게로 되돌아가기로 했다. 스쿠터에 시동을 걸면서 지구대 안을 흘끔 들여다보았다. 조지와 빌은 고개를 떨군 채 말없이 앉아 있었다. 나는 스쿠터의 시동을 껐다. 그리고 배달 박스에서 아직 온기가 남아 있는 피자와 차가운 콜라를 꺼냈다.

헤드기어 맨

달동네 꼭대기에 몰린 철거민들의 저항이 심상치 않았다. 철거를 시작한 지 한 시간도 안 돼 돌에 머리를 맞은 철거 용역 두 명이 들것에 실려 내려가는 모습이 보였다. 철거 반장이 우리 조를 향해 눈짓을 했다. 나는 천천히 헤드기어를 썼다. 엄가의 목소리가 귓가에 들려왔다. 얘야. 너는 이제 슈퍼 파워를 가지게 되었단다. 그 순간 배터리에 전기가 충전된 듯 온몸에 힘이 넘쳐흘렀다. 나를 선두로 우리 조는 플라스틱 방패와 각목을 단단히 움켜쥐고 철거민들이 농성 중인 이층짜리 건물로 전진했다. 머리 위로 돌멩이들이 날아들었다. 우리 조는 일제히 플라스틱 방패를 들어 머리를 보호했다. 나 역시 방패를 머리 위로 치켜들었다. 헤드기어를 썼지만 머리는 가장 약한 부분이라 막지 않을 수가 없었다. 곧이어 몸통으로도 돌멩이들이 날아왔다. 하지만 몸에 맞는 돌멩이 따위는 전혀 아프지 않았다. 헤드기어를 썼을 때 나는 이미 슈퍼 파워를 가진 초능력 인간이 됐기 때문이다.

우리 조는 하나 둘 하나 둘 호흡을 맞춰 건물 담벼락까지 진입했다. 내가 맨 앞에서 날아오는 돌들을 다 막아주었기 때문에 다친 사람은 아무도 없었다. 발로 대문을 걷어찼다. 문은 안에서 잠겨 있어 열리지 않았다. 나는 잠깐 생각을 하다가 뒤로 돌아 들어가보기로 했다. 보통 이런 산동네의 이층 건물은 평평한 동네의 그것과는 다른 데가 있다. 산을 깎아서 건물을 지은 탓에 건물 뒤쪽의 지대가 앞쪽보다 더 높다. 이럴 경우 뒤쪽의 지대 자체가 담벼락 구실을 해주므로 산동네의 건물 뒤편은 대개 담이 야트막하거나 아예 없다. 그래서 뒤로 돌아가면 좀더 쉽게 건물 안으로 들어갈 수 있다.

예상대로 뒤쪽 담은 무릎 정도의 높이에 불과했다. 나는 손쉽게 담을 타고 넘어가 대문을 열었다. 대기하고 있던 우리 조원들이 쌍욕을 내뱉으면서 일제히 이층으로 뛰어 올라갔다. 얼마 지나지 않아 새까맣게 그을린 중년 남자 다섯 명과 그들의 아내인 듯한 여자들이 머리채를 휘어잡힌 채 끌려 나왔다. 여자들은 끌려 나오면서 철거 용역들을 향해 악다구니를 써 댔다. 그까짓 이주 보상금 구십만 원으로 어디 가서 살 집을 구하냐는 거였다. 맞는 말이었지만 우리 같은 철거 용역들에게 해봐야 소용없는 말이기도 했다.

마지막까지 농성을 하던 철거민들을 끌어냈으니 이제 철거는 끝난 것이나 다름없었다. 건물을 부수는 건 기계가 알아서 하면 되는 일이다. 나는 포클레인이 이층 건물을 향해 오는 걸 보면서 헤드기어를 벗었다. 돌멩이에 맞은 자리가 비로소 아파왔다. 초능력 인간에서 평범한 사람으로 되돌아왔다는 신호였다.

땀이 뚝뚝 떨어지는 헤드기어를 들고 천천히 동네를 내려가는데 우르릉 소리가 들렸다. 고개를 돌려보니 포클레인이 막 이층 건물을 무너뜨리고 있었다. 자욱한 먼지와 함께 건물의 지붕이 풀썩 내려앉았다. 그 순간 철거 용역을 하는 내내 나를 괴롭혔던 어린 시절의 기억이 또다시 되살아나기 시작했다.

어릴 때 엄마와 함께 단 둘이 살았던 곳도 판잣집이 다닥다닥 붙어 있는 달동네였다. 아마추어 권투 선수였던 아빠는 내가 태어나기도 전에 헤드기어 하나만 달랑 남긴 채 교통사고를 당해 하늘나라로 갔다고 했다. 엄마는 항상 헤드기어를 선반 위에 올려놓았는데 힘들 때마다 그것을 보면서 넋두리를 하곤 했다. 그 모습은 꼭 아빠에게 하소연을 하는 것 같았다.

달동네에 사는 엄마들은 대개 일을 나갔다. 그래서 학교가 끝나면 아이들끼리 모여서 엄마들이 올 때까지 노는 경우가 많았다. 하지만 나는 아이들과 어울려 놀아본 적이 별로 없었다. 따돌림을 당했기 때문이었다. 또래들보다 키가 유난히 작은 탓도 있었고 누군가 나를 놀렸을 때 그 녀석들을 혼내줄 아빠가 없었던 탓도 있었다.

이유 없이 맞고 들어올 때마다 엄마에게 나도 다른 아이들처럼 아빠가 있었으면 좋겠다고 투정을 부렸다. 하지만 아빠는 엄마 혼자 만들어낼 수 있는 존재가 아니었다. 엄마는 나를 달래며 한숨을 내쉬는 게 고작이었다.

하루는 내가 머리를 몹시 심하게 다쳐서 집에 들어온 적이 있었다. 동네 아이와 싸움이 붙었는데 그 녀석의 형이 나타나 나를 떠미는 바람에 머리를 찧었다. 나는 대문을 박차고 들어와 고래고래 울면서 아빠가 없으면 형이라도 내놓으라고 했다. 엄마는 속상한 얼굴로 머리에 연고를 발라주다가 갑자기 선반에서 헤드기어를 꺼냈다. 또다시 아이들이 괴롭히면 이걸 써라. 아이들이 아무리 네 머리를 때려도 아프지 않을 거야. 이걸 쓰면 항상 아빠가 네 곁에 있는 것과 같은 거야. 알았지? 그 말에 나는 울음을 그치고 엄마가 건넨 헤드기어를 가만히 바라보았다.

다음 날 헤드기어를 쓰고 골목으로 나갔다. 아이들은 내가 이상한 모자를 썼다고 놀려 댔다. 나는 아이들의 놀림에는 아랑곳하지 않고 그중 골목대장 노릇을 하는 녀석에게 다가가 정강이를 걷어찼다. 전혀 예상하지 못한 사태에 아이들은 놀라 입을 쩍 벌렸다. 녀석은 아픈 듯 인상을 쓰면서 정강이를 어루만지다가 내 얼굴에 주먹을 날렸다. 나는 미처 피하지 못하고 그대로 얻어맞았다. 그런데 신기하게도 전혀 아프지 않았다. 계속해서 얼굴을 맞았지만 이미 헤드기어를 쓴 내게 녀석의 주먹은 면봉보다 약하게 느껴졌다.

갑자기 자신감이 솟구쳐 올랐다. 나는 이를 악물고 녀석에게 달려들어서 코피를 터트려버렸다. 그걸로 끝이었다. 골목대장은 내 차지가 되었다. 그날 이후로 헤드기어는 누구도 가져가서는 안 될 소중한 물건이 되었다. 나는 헤드기어를 눈에 띄지 않게 장롱 깊숙한 곳에 숨겨놓았다.

 헤드기어를 볼 때마다 나는 막연히 그것이 내게 알 수 없는 초능력을 준다고 생각했다. 그런데 어느 운명적인 토요일 밤에 슈퍼맨이라는 영화를 보면서 그 생각이 확신으로 바뀌었다. 슈퍼맨은 나와 비슷한 점이 참 많았다. 슈퍼맨의 아버지는 하늘나라에 있는 외계인이었고 행성 간 충돌이라는 사고를 당해 죽었다. 아빠도 하늘나라에 있는 사람이었고 자동차 간 충돌로 죽었다. 그 후 지구에서 평범하게 자라던 슈퍼맨은 자신이 외계인이라는 사실을 깨닫고 비로소 아버지가 마련해둔 쫄쫄이 바지를 입게 된다. 진정한 초능력 인간으로 거듭난 것이다. 아빠도 하늘나라로 가면서 나를 위해 마련해두었다고밖에 설명할 길이 없는 헤드기어를 남겨두었다. 나 역시 그 헤드기어를 썼고 달동네 골목의 대장으로 거듭났다.

 나는 엄마에게 아빠가 어떤 사람이었으며 저 헤드기어의 비밀이 무엇인지 물어보고 싶었다. 만약에 엄마를 통해 내 출생의 비밀이 밝혀진다면 나도 진정한 초능력 인간이 될지도 모른다는 기대감에 밤잠까지 설쳤다. 그러나 다음 날 아침에는 아무런 대답도 들을 수 없었다. 엄마는 내일 이사를 나가야 한다며 분주하게 짐을 쌌다. 우리 동네가 철거된다고 했다. 나는 짐을 싸는 엄마를 졸졸졸 따라다니면서 아빠도 초능력자였는지 저 헤드기어에는 무슨 비밀이 숨겨져 있는지 대답해달라고 졸랐다. 엄마는 대답 대신 내 엉덩이를 힘껏 때리고 얼른 나가 놀라고 호통을 쳤다.

철거는 이른 새벽부터 시작되었다. 사람도 오르기 힘든 이 높은 동네에 육중한 몸뚱아리를 가진 포클레인이 용케도 기어 올라왔다. 동네 사람들은 모두 포클레인을 막아섰다. 그들은 제대로 된 이사 비용도 주지 않고 무작정 내쫓으려 한다며 분해했다. 하지만 가진 거라고는 빈주먹뿐인 동네 사람들이 그 육중한 기계를 막아내는 건 애초부터 무리였다. 엄마와 나는 눈앞에서 우리의 보금자리가 부서지는 것을 지켜봐야 했다.

포클레인이 지붕을 떠받치고 있던 축대를 막 무너뜨리려고 하던 순간이었다. 문득 장롱 속에 있는 헤드기어를 미처 챙기기 못했다는 생각이 들었다. 나는 재빨리 집으로 뛰어 들어가 장롱 서랍을 열고 헤드기어를 꺼냈다. 이때 엄마가 나를 감싸는 게 느껴졌다. 내가 집 밖으로 튕겨져 나왔을 때 지붕이 내려앉았다. 머리가 멍했다. 도대체 내게 무슨 일이 일어났는지 짐작조차 가지 않았다. 정신을 차렸을 때 엄마는 머리만 빼고 온몸이 지붕 아래 깔려 있었다. 나는 엉금엉금 기어서 엄마에게 다가갔다. 엄마는 창백한 얼굴로 가늘게 숨을 쉬고 있었다. 엄마의 얼굴이 너무나 깨끗해서였을까, 나는 엄마가 엄청난 사고를 당했다는 사실을 깨닫지 못했다. 그래서 엄마에게 참았던 질문을 했다. 엄마, 아빠는 초능력자야? 힘이 셌어? 엄마는 나를 잠깐 보다가 고개를 축 늘어뜨렸다. 내 눈에는 엄마가 고개를 끄덕인 걸로 보였다. 드디어 출생의 비밀이 밝혀졌다는 기쁨에 엄마를 안아주었지만 엄마는 초점 없는 눈으로 가만히 땅만 바라볼 뿐이었다.

  집으로 돌아오는 길에 포장마차에 들렀다. 철거를 끝낼 무렵 떠올랐던 어릴 적 기억 때문에 마음이 착잡했다. 혼자 소주잔을 기울이며 헤드기어를 바라보았다. 아빠가 저 헤드기어를 물려주었을 땐 슈퍼맨처럼 지구를 지키고 악당을 물리치기를 바랐기 때문이지 철거에 쓰라고 한 건 아니었을 것이다. 찌르르 가슴이 아팠다.
  하지만 솔직히 말하자면, 아빠가 물려준 초능력이라는 게 몹시 어중간해서 슈퍼맨처럼 지구를 지키기에는 많은 무리가 있었다. 내게는 날아다니거나 눈에서 광선을 쏘는 정도의 능력은 없었다. 그저 헤드기어를 썼을 때 조금 덜 아픈 게 전부일 뿐이었다. 그것도 헤드기어를 쓰고 있을 때만 효과가 있지 벗으면 맞은 데 아프기는 남들하고 똑같았다. 이런 초능력으로는 지구를 지키기는커녕 집에서 나만 바라보고 있는 아내와 앞으로 태어날 아이 건사하기도 힘들었다.
  만삭인 아내를 생각하며 또 한 모금 소주를 삼켰다. 그리고 철거를 하는 나란 존재도 같이 꿀꺽 삼켜버렸다. 지구를 지킨답시고 철거를 그만둔다면 우리 가족은 굶어 죽을 수밖에 없다. 어떻게 보면 지금 철거나 하고 있는 내 운명은 아빠가 헤드기어를 물려주었을 때 결정된 게 아니라 이 포장마차에서 아내와 처음 데이트를 할 때 결정된 거나 마찬가지였다.

결혼하기 전 나는 한 미시 클럽에서 웨이터로 일했고 아내는 그 업소에서 도우미 아가씨로 있었다. 아내는 못나가도 한참 못나가는 도우미였다. 룸에서 손님들 술 시중을 들기보다는 대기실에 홀로 앉아 화투 패나 떼는 시간이 훨씬 많았다. 처음에는 이렇게 못나가는 아내를 업소에서 데리고 있는 게 의아했다. 그런데 한 달쯤 일하다 보니 아내도 나름대로 이곳에 있을 만한 이유가 있다는 걸 깨달았다.

업소에서 아내는 다른 아가씨들을 돋보이게 하기 위해 활용되고 있었다. 일단 손님이 오면 아내는 맨 먼저 호출이 돼서 룸으로 들어간다. 이마 가운데 솟은 커다란 사마귀를 필두로 넉넉한 평수의 얼굴, 숨을 쉬거나 냄새를 맡는 용도 위주로 생긴 납작한 코, 아무리 숨을 참고 힘을 줘도 감출 길 없는 아랫배까지 두루 갖춘 아내를 본 손님들은 열이면 열 퇴짜를 놓는다. 그와 동시에 우리 업소의 아가씨들에 대한 기대치를 대폭 낮추게 된다. 이 타이밍에 아내 다음으로 들어가는 아가씨들은 대부분 초이스가 되게 마련이었다. 이런 방법으로 우리 업소는 아무리 까다로운 손님이라도 비교적 수월하게 아가씨들을 대왔다. 그렇다고 우리 업소에서 아내에게 공로패를 준다든가 매상의 일부를 나눠주는 일은 절대 없었다. 오히려 업소 사장은 오갈 데 없는 여자를 대기실에 앉혀주는 것만으로도 고마워하라는 태도였다.

그렇지만 사장의 태도가 못마땅하다고 해서 아내가 다른 곳으로 갈 수 있는 것도 아니었다. 아내는 사장에게 천만 원가량의 빚을 지고 있었다. 마른하늘에 날벼락이 치는 빈도로 초이스가 되는 아내에게 천만 원은 영원히 갚을 길이 없는 돈이었다. 겨우 번 돈으로 생활비를 제하고 나면 남는 게 없었다. 빚은 원금에 이자를 더해 꾸준히 쌓여갔다.

나는 일하는 중간 짬이 날 때면 아내에게 다가가 손님들이 남기고 간 우롱차를 건네곤 했다. 아내는 그때마다 산냥하게 미소를 지어주었다. 이상하게 아내의 미소는 나의 마음을 포근하게 했다. 언젠가 같이 일하는 웨이터 형에게 아내에 대한 마음을 털어놓은 적이 있었다. 웨이터 형은 담배 연기를 내뿜은 후에 심각한 표정으로 말했다. 남들이 회를 집어 먹으려고 할 때 넌 영양가 없는 무채를 집어 먹겠다는 발상이지. 이런 걸 전문 용어로 블루오션이라고 해. 블루오션이 뭐야? 내가 물었다. 웨이터 형은 남들이 거들떠보지도 않던 데를 혼자 뛰어들어서 무슨 수를 내는 것이라고 대답해주었다. 그러면서 내 어깨를 툭 치고 말을 이었다. 큰 결심 했다.

하지만 웨이터 형의 말처럼 내가 아내를 좋아하기까지 그렇게 '큰 결심'이 필요하진 않았다. 아내를 보고 있으면 엄마가 떠올랐다. 엄마도 아내처럼 이마에 커다란 사마귀가 있었고 틈만 나면 화투 패를 뗐다. 나는 엄마가 화투 패 떼는 걸 좋아했다. 엄마는 그걸로 오늘 일이 잘될지 그렇지 않을지를 점치곤 했는데 잘되는 쪽으로 점괘가 나오면 어김없이 과자나 자장면 따위를 사주었다. 엄마는 내가 먹는 걸 지켜보는 게 너무나 좋다고 했다. 나도 그런 엄마가 좋았다. 왠지 아내와 있으면 그때의 단란하고 행복했던 생활을 다시 시작해볼 수 있을 것 같다는 생각이 들었다.

새벽 네시. 일이 끝나고 웨이터 형과 업소를 나서려는데 아내가 살짝 미소를 지으면서 지나갔다. 웨이터 형이 내 등을 밀었다. 블루오션은 말이야 남들이 뛰어들기 전에 개척해야 하는 거야. 지금 나가서 출출한데 국수라도 먹자고 해. 그 말을 듣자마자 나는 후다닥 밖으로 달려 나갔다. 아내가 걸어갔음 직한 방향으로 한참을 뛰어갔지만 아내를 찾을 수가 없었다. 도대체 어디로 사라진 걸까. 힘이 쭉 빠진 채, 사거리 빌딩에 걸려 있는 전광판 광고를 허망하게 바라보고 있는데 뒤에서 아내의 목소리가 들렸다. 출출한데 국수 드실래요? 나는 움찔 놀라면서 뒤를 돌아보았다. 아내가 조금 부끄러워하는 표정으로 서 있었다. 거기 있었어요? 별로 의미도 없고 적절하지도 않은 말이 입 밖으로 튀어나왔다. 댁이 내 앞을 쑥 지나갈 때부터 여기 있었어요. 그 말을 듣고 나서야 비로소 내가 너무 급하게 달린 나머지 아내를 지나쳤다는 걸 깨달았다.

국수나 드실래요, 하던 아내는 정말 출출했던지 국수 두 그릇에 김밥 두 줄 그리고 떡볶이와 순대를 시켰다. 내가 사귀자는 말을 어떻게 꺼낼까 고민하는 동안 아내는 국수 하나와 김밥 한 줄 반 그리고 순대와 떡볶이를 다 먹어 치웠다. 영원히 꺼지지 않던 아내 아랫배의 비밀은 여기에 있었다. 하지만 내가 보기에 볼록하게 솟아오른 아내의 아랫배는 글래머 모델의 가슴만큼이나 매력적으로 보였다. 저 배에 나의 이세가 자라고 있다면 어떤 기분일까, 상상을 하자 나도 모르게 입가에 미소가 지어졌다. 먹기 싫어요? 아내의 말에 정신이 돌아왔다. 아내가 사냥감을 주시하는 독수리 같은 눈으로 내 국수 그릇을 바라보고 있었다. 나는 나무젓가락을 빨면서 선선히 국수 그릇을 내놓았다. 이 여자랑 살려면 돈을 많이 벌어야겠다는 생각이 언뜻 스쳐 지나갔다.

아내는 국수를 사준 것에 대한 답례로 차를 대접하겠다며 자기의 자취방으로 나를 이끌었다. 반지하에 간신히 세 사람 정도가 누울 수 있는 조그만 방이었다. 방 한편에는 미처 다 말리지 못한 아내의 속옷 빨래들이 건조대에 널려 있었다. 내가 곁눈질로 흘끔흘끔 속옷들을 훔쳐보는 동안 아내는 물을 끓였다.

한여름에 겨우 어른 손바닥만 한 창이 하나 나 있는 반지하 방은 후텁지근했다. 가만히 있어도 이마에 땀이 맺혔다. 아내는 내 곁에 바짝 다가와 앉더니 더운데 윗도리라도 벗고 있으라고 했다. 나는 약간 주저하다가 주섬주섬 윗도리를 벗었다. 그러자 아내는 또다시 독수리 같은 눈으로 나를 바라보았다. 이미 차를 끓여서 접대하겠다는 아내의 의지는 날아간 듯 보였다.

그날 새벽은 어떻게 지나갔는지 모르겠다. 아내는 내 온몸에 침을 바르며 게걸스럽게 나를 먹어 치웠다. 아침이 희붐하게 밝아왔다. 나는 아내의 가슴에 얼굴을 묻으며 말했다. 우리 같이 살래요? 아내는 대답 대신 나의 엉덩이를 꽉 움켜쥐더니 다시 위로 올라왔다. 그 순간 아내가 나의 프러포즈를 받아들였다는 생각이 들었다. 이제 아내는 내 사람이 되었으니 최선을 다하리라 굳게 다짐했다. 바로 그때 코피가 터졌다.

옥탑방 하나를 구해서 아내와 살림을 합쳤다. 그러고 나서 나는 아내에게 더 이상 업소에 나가지 말라고 했다. 아내가 업소에 진 빚을 걱정하자 내가 다 알아서 하겠노라고 큰소리를 쳤다. 하지만 나에게도 아내의 빚을 한 번에 갚을 수 있는 뚜렷한 방법이 있었던 건 아니었다.

웨이터 형에게 이 고민을 털어놓았다. 웨이터 형은 늘 하던 대로 담배 연기를 내뿜으면서 심각한 표정으로 말했다. 세상에 돈을 모으는 방법은 두 가지가 있어. 첫번째는 금융이고 두번째는 부동산이지. 하지만 우리같이 없이 사는 사람들은 목돈이 들어가는 부동산은 힘들어. 그러니까 금융업을 해야지. 금융 쪽이 위험성이 크기는 해도 아무래도 부동산보다는 들어가는 게 적거든. 웨이터 형의 말은 그럴듯했지만 내게 금융과 관계된 일이란 아내가 진 사채 빚이 전부였다. 형 난 금융을 할 돈도 없어. 웨이터 형은 내 어깨를 툭

치면서 말했다. 내가 하려던 일이 있어.

그렇게 해서 웨이터 형과 같이 하게 된 금융업은 사채 추심을 하는 일이었다. 그중에서 우리가 맡은 일은 채무자가 보는 데서 자해 공갈을 하는 것이었다. 채무자를 가해하는 건 불법이기 때문에 새롭게 고안된 수법이라고 했다. 나는 이게 정말 금융업일까 하는 의문이 들었다. 하지만 웨이터 형의 말에 따르면 진입장벽이 낮아서 그 어떤 금융업보다 시작하기가 수월하고, 자금의 흐름과 관계된 일이라 웨이터 일을 하는 것보다는 수입이 좋다고 했다. 나는 진입장벽이 낮다는 말이 무슨 뜻인지 웨이터 형에게 물었다. 그러자 웨이터 형은 독한 마음과 어떤 충격에도 버틸 수 있는 건강한 몸만 있으면 누구나 할 수 있는 일이라는 뜻이라고 대답해주었다.

지금 생각해보면 진입장벽이 낮든지 말든지 간에 그 일을 하지 말았어야 했다. 본래 약자 편에 서서 악당들을 혼내주는 것이 초능력 인간의 역할이다. 하지만 자해 공갈은 강자 편에 서서 약한 자들을 괴롭히는 일이었다. 그러니 자해 공갈이라는 일 자체가 당최 초능력 인간의 콘셉트와 맞지 않았다. 때문에 이 일을 나갈 때는 절대 헤드기어를 쓰지 말아야겠다고 다짐했다. 솔직히 자해 공갈을 하겠다는 자가 헤드기어를 쓰고 있는 것도 우스울 것 같았다.

나와 웨이터 형을 고용한 사채업자는 우리 업소의 사장이었다. 업소 아가씨들에게 돈을 빌려주고 받는 모습을 자주 봤던 터라 그리 놀라지는 않았다. 면접 자리에서 사장은 대뜸 나의 노고를 크게 치하해주었다. 그도 그럴 것이 대기실에서 자리만 차지하고 있던 아내를 데려가주었을 뿐 아니라 그 빚까지 대신 갚겠다고 나섰으니, 사장의 입장에서는 내가 제복만 입지 않은 구세군 정도로 보였을 것이다. 면접은 합격이었다. 사장은 내게 펀드 매니저라는 직함이 찍힌 명함까지 파주었다.

 웨이터 형은 사장님처럼 되는 게 꿈이라고 했다. 사장님은 말이야 업소도 가지고 있으면서 금융업을 겸하고 있고 시의원이기도 하셔. 그야말로 돈과 권력을 다 쥐고 있는 격이지. 조금 있다가 부동산 업계에도 진출하실 거라는 소문이 파다해. 재개발 쪽으로 바쁘게 움직이신대. 사실 얼마 전 회식 때 사장님께서 하신 말씀이 있어. 내가 사장님 눈에 들 정도로 열심히 일해준다면 그쪽 정보를 좀 주시겠대. 사장님은 시의원이시니까 개발 정보가 정확할 거 아냐. 사장님 말씀대로 투자만 하면 반드시 목돈을 쥘 수 있을 거라고 생각해. 이런 걸 두고 고급정보라고 하지. 나는 그 말을 들으면서 무슨 일이 있어도 웨이터 형을 따라 움직이기로 결심했다. 갑자기 하늘에서 예상치 못한 희망이 드리우는 듯한 느낌을 받았다.

 자해 공갈 일이란 이런 식이었다. 우선 나와 웨이터 형은 사장 밑에서 일하는 어깨들과 함께 채무자의 집에 투입된다. 어깨들이 채무자나 그 가족들을 방 가운데 몰아넣고 빙 둘러싸면 나와 웨이터 형이 나섰다. 우리는 일부러 별로 값이 나가지 않는 가재도구를 부수거나 욕지거리를 내뱉으며 공포 분위기를 조성했다. 그런데 이상한 것은, 이러다 보면 실제로 감정이 북받치기 시작하고 채무자들에게 없던 악감정이 생겨났다. 점점 화가 나서 미칠 지경이 되었을 때는 벽에다가 머리를 찧거나 주먹으로 유리창 따위를 깼다. 이 정도로 공포 분위기를 조성하고 나면 어지간한 부녀자들은 용서를 빌면서 돈을 갚겠다는 공수표라도 날리게 된다. 그때 어깨들이 다시 한 번 나서서 웨이터 형과 나를 말리는 척하고 이자에 이자를 더 얹어 재수금할 날짜를 정했다. 우리는 돌아오는 차 안에서 수고비와 약값의 일부를 받았다.

모든 자해 공갈 일이 머리와 주먹에 타박상을 입는 정도에서 마무리된다면 나는 내 꿈인 헤드기어 맨이 되는 것을 포기하고 이 일을 평생직장으로 삼을 용의도 있었다. 하지만 강심장인 채무자를 만났을 때는 얘기가 달라졌다. 아무리 자해를 해도 배 째라는 식으로 바닥에 드러누우면 나와 웨이터 형도 답이 없었다. 그리고 그런 날이면 우리는 몸만 축나고 일당 한 푼 건지지 못했다. 이런 채무자들이 한 달에 한두 명 정도면 그래도 봐줄 만했다. 그런데 비슷한 패턴의 공갈이 반복되다 보니 채무자들의 심장 역시 강철같이 단련되어갔다. 갈수록 바닥에 드러눕는 채무자들이 많아졌다. 점점 이자 회수율은 떨어지고 타박상에 붙이는 파스 값만 늘어갔다.

보다 못한 사장이 웨이터 형과 나를 불러들였다. 그러고는 녹화해두었던 권투 경기 하나를 보여주었다. 일 라운드가 시작되자마자 도전자가 챔피언을 거칠게 몰아붙였다. 하지만 챔피언은 링을

빙빙 돌면서 도전자의 주먹을 피해버렸다. 잦은 헛손질에 약이 오른 도전자는 갑자기 챔피언을 껴안더니 귀를 깨물었다. 챔피언의 귀에서 피가 철철 흘러넘쳤다. 경기는 곧바로 중단되었다. 입에 피 칠을 하고 챔피언을 노려보는 도전자는 꼭 식인상어 같았다. 당연한 얘기겠지만 도전자는 실격패를 당했다.

권투 경기를 다 보여주고 난 다음 사장은 말했다. 저 도전자가 진 이유는 말이야 권투 경기를 했기 때문이야. 룰이 있었기 때문에 진 거지. 실제로 싸움이 붙었다고 생각해봐. 먼저 귀를 깨물고 급소를 걷어차는 놈이 이기는 거야. 그래서 말이지. 난 진정한 승자는 저 챔피언이 아니고 도전자라고 봐. 그런데 세상살이는 권투보다 실제 싸움에 가깝거든. 돈을 버는 데 법이나 따지고 점잖게 공갈이나 쳐서야 누가 돈을 내놓겠어. 안 그래? 잘 생각해봐. 돈 버는 게 쉽지는 않지만 방법이 없는 것도 아니라고. 열심히 해서 목돈을 모아야 더 큰 데 투자도 할 수 있지 않겠어. 말을 마친 사장은 의미심장한 미소를 지어 보였다. 우리는 '더 큰 데 투자'라는 말에 귀를 쫑긋 세웠다. 그 말 뒤에 고급정보의 그림자가 일렁거리고 있었다.

사장과의 대화가 끝난 다음 막 사장 방을 나서려는데 아내에게서 전화가 왔다. 다소 들뜬 목소리였다. 나 임신한 것 같아. 축하해 줘. 그 말을 듣자마자 나는 전속력으로 아내에게 달려갔다.

아내는 기쁨에 겨워 어쩔 줄 몰라 하는 나를 보면서 뜬금없이 어떻게든 아파트를 구해서 살자고 졸랐다. 나 역시 아이를 이 비좁고 더운 옥탑방에서 기를 수는 없다고 생각했다. 하지만 아내의 빚도 다 갚지 못한 상태라 아파트에서 산다는 건 꿈도 꾸지 못할 일이었다. 넌지시 이런 말을 아내에게 흘려보았다. 하지만 아내는 막무가내였다. 내가 밖에서 아파트 전세금을 벌어 오지 못하면 그 돈을 모을 때까지 자기도 먹지 않겠다고 버텼다. 아이가 건강하게 태어날 생각 따위는 꿈도 꾸지 말라는 엄포까지 놓았다. 왠지 자해 공갈을 당하는 기분이었다.

　나와 웨이터 형은 업소 대기실에서 머리를 맞댔다. 회의 내내 둘 사이에는 비장함이 흘렀다. 웨이터 형은 사장처럼 되기 위해 고급 정보가 필요했고 나는 아기를 아파트에서 기르기 위해 고급정보가 필요했다. 그러려면 사장의 눈에 들어야 했고 또 그러려면 돈을 잘 토해내게 해야 했다. 나는 눈을 감고 사장이 보여준 권투 장면을 머릿속에 그려보았다. 입가에 피 칠을 하고 챔피언을 노려보던 도전자의 모습이 떠올랐다. 문득 그 도전자처럼 우리도 피를 봐야 한다는 생각이 들었다.

　형. 우리의 문제점은 말이야, 프로답지 못했다는 거야. 웨이터 형이 아마추어다운 진지한 눈빛으로 나를 바라봤다. 우린 자해를 하면서 찰과상이나 타박상 정도로 그치려고 요령을 피웠잖아. 하지만 사장님이 보여준 그 도전자를 봐. 일단 입에 피를 물고 있으니까 얼마나 끔찍해 보여? 그런 생생한 모습이 관객들에게 어필하는 거야. 그럼 우리도 피를 보자는 거야? 웨이터 형이 프로다운 손놀

림으로 담배에 불을 붙이면서 물었다. 이제 어설픈 연기로 관객에게 어필하던 시대는 지났어. 짜고 치는 프로레슬링도 피를 보는 시대야. 우리도 생생하게 피를 흘리는 모습으로 채무자에게 다가가야 해. 실제로 피 흘리는 걸 보면 그 사람들이 얼마나 소름 끼치겠어. 웨이터 형은 다시 아마추어다운 진지한 표정으로 고개를 끄덕였다. 라이브로 하자는 얘기군.

그날부터 우리는 프로레슬링과 차력 쇼를 구해다 보면서 피 흘리는 타이밍과 고통을 최대한 표현할 수 있는 자세를 연구했다. 아울러 화가 난 표정이라든가 분노에 찬 표정 따위도 맹렬하게 연습했다. 문자 그대로 살을 찢고 뼈를 깎는 고통의 연속이었지만 고급정보가 가져다줄 미래를 생각한다면 참을 만했다.

연습은 실전에서 충분히 효과를 발휘했다. 한번 벽에 머리를 박으면 이마가 찢어져서 피가 날 때까지 계속했고 야구 방망이를 정강이로 차서 부러뜨리기까지 했다. 심지어 웨이터 형은 너무 연기에 몰입한 나머지 커터 칼로 아랫배를 찔러 응급실에 실려 가기도 했다. 그때 원한에 차서 채무자를 노려보던 웨이터 형의 표정은 잊을 수가 없다. 채무자는 앞으로 우리에게 제공될 현금과 약값 그리고 고급정보를 갉아먹는 암적인 존재였기 때문에 나는 웨이터 형의 표정에 충분히 공감했다. 어느새 나는 인생이란 규칙 없이 벌이는 싸움과 같다는 사장의 말을 충실히 따르고 있었다.

이자 회수율이 올라가자 사장은 기뻐서 어쩔 줄을 몰랐다. 특히 웨이터 형의 커터 칼 자해에는 감동을 받은 눈치였다. 일본 사무라이들도 커터 칼로 배를 가르기는 힘들었을 거라며 이건 자해 공감의 예술이자 숭고한 희생정신의 발로라고 치켜세웠다. 사장이 따뜻하게 웨이터 형을 감싸 안는 걸 지켜보면서 고급정보가 웨이터 형의 미래까지 따뜻하게 감싸기 시작했다는 걸 느꼈다. 이왕 버린 인생, 나도 힘껏 노력해서 사장에게 인정받고 떳떳하게 고급정보를 공유하는 일원이 되고 싶었다.

일이 끝난 저녁, 집으로 오는 길에 시내 사거리 빌딩에 걸려 있는 전광판 광고를 봤다. 행복은 아파트에서 완성된다고 여자 탤런트가 속삭이고 있었다. 뒤이어 여자라서 행복한 냉장고와 세탁기 광고가 흘러나왔다. 행복이 완성되는 아파트에 여자라서 더욱 행복하게 해줄 냉장고와 세탁기를 채워 넣는 모습을 상상해봤다. 아내와 내 아이는 광고보다 환한 웃음을 지으면서 나에게 안겨올 게 틀림없다. 나는 무슨 일이 있어도 가족들을 저기 저 전광판 속에 밀어 넣어야겠다고 결심했다.

한동안 어떤 자해를 해야 사장에게 벅찬 감동을 안겨줄 수 있을까 고민했다. 독창적이면서도 처절하게 피를 흘릴 수 있는 방법이 필요했다. 그러나 딱히 이거다 싶은 게 떠오르지 않았다. 자해가 거듭될수록 웨이터 형을 따라잡을 만한 새로운 뭔가를 보여줘야 한다는 강박관념에 시달렸다.

시장 통의 과일 가게를 찾은 날이었다. 자해를 하는 동안 이상하게 오래된 텔레비전의 브라운관이 눈에 밟혔다. 점점 감정이 올라와 막 과일 가게 주인이 미워질 찰나였다. 분에 겨운 나는 밑도 끝도 없이 머리로 브라운관을 들이받았다. 머리가 텔레비전으로 쑥 들어가 박혔다고 느끼는 순간, 내가 왜 이런 짓을 했을까 하는 때늦은 의문이 들었다. 그러고는 이내 정신을 잃고 말았다.

깨어나 보니 병원이었다. 머리와 얼굴에는 미라처럼 붕대가 칭칭 감겨 있었다. 얼마나 누워 있었는지 짐작조차 가지 않았다. 입안이 텁텁했다. 나는 낮고 쉰 목소리로 물을 달라고 했다. 곁에서 부스럭거리는 소리가 들리더니 아내가 내 얼굴 위로 고개를 내밀었다. 울어서 눈이 퉁퉁 부어 있었다. 괜히 아내에게 미안했다. 깨어났어? 아내는 아직 울음기 남아 있는 목소리로 물었다. 나는 고개를 끄덕였다. 참 내 정신 좀 봐. 아까 뭘 달라고 했지? 물. 물 좀 줘. 아내는 침대맡에 놓인 생수를 컵에 따라주었다. 그런데 물컵을 받았을 때 사단이 났다. 입으로 컵을 가져와야 되는데 손이 떨려서 말을 듣지 않았다. 아내가 걱정스러운 표정으로 내 손을 잡아주었다. 그러자 이번에는 팔이 떨리기 시작했다. 덜컥 심장이 내려앉았다. 뭔가 제대로 잘못되었구나 싶었다. 아내가 의사를 부르며 병실 밖으로 달려 나갔다.

이것저것 검사를 하고 난 다음 의사와 마주 앉았다. 혹시 직업이 프로 권투 선수인가요? 의사가 예상 밖의 질문을 했다. 아닌데요. 이번에는 내 대답이 예상 밖이었는지 의사가 고개를 갸웃거렸다.

이건 펀치 드렁크 현상입니다. 머리에 오랜 시간 동안 지속적으로 충격을 받았을 때 생기는 병이죠. 헤드기어 없이 경기를 하는 프로 권투 선수처럼요. 프로 권투 선수가 아님에도 불구하고 나는 의사의 설명에 고개를 끄덕거렸다. 프로 권투 선수는 주로 글러브를 낀 주먹으로 머리를 맞을 뿐이지만 나는 벽이나 텔레비전 브라운관 같은 것에 머리를 박았다. 프로 권투 선수들에게 펀치 드렁크 현상이 왔다면 내게도 오는 게 당연했다. 그건 마치 슈퍼맨이 쫄쫄이 바지도 입지 않고 악당과 싸우다 머리에 미사일을 맞은 격이었다.

당분간은 별 이상이 없겠지만 머리에 충격을 더 받으면 안 됩니다. 치매 증상이 올 수도 있으니까 각별히 조심하세요. 의사가 해준 마지막 당부의 말에 마음이 무거웠다. 머리에 충격을 받지 않겠다고 헤드기어를 쓰고 자해 공갈을 할 수는 없었다. 채무자에게 공포를 안겨줘야 할 내가 웃음을 안겨줘서는 안 되는 거였다. 이제는 헤드기어를 쓰고도 할 수 있는 일을 찾아봐야 했다. 사실 진작 그랬어야 했다. 태생이 헤드기어 맨인 내가 헤드기어를 쓰지 않고 일을 한다는 것 자체가 말이 안 됐다.

퇴원을 하고 사장을 찾아갔다. 펀치 드렁크 현상이 와서 더 이상 자해하는 일을 할 수가 없다고 말했다. 그 즉시 사장은 다른 일거리를 주었다. 이번에는 부동산 쪽 일이었고 헤드기어를 쓰고 해도 괜찮은 일이었다. 새 일은 재개발 지역의 건물을 철거하는 것이었는데 항상 철거를 반대하는 주민들을 강제로 몰아내는 일이 뒤따랐다. 뉴스에서는 우리를 철거 용역이라고 불렀고 사람들은 철거 깡패라고 불렀다.

처음 철거 용역 제의를 받은 날 나는 헤드기어를 붙들고 펑펑 울었다. 초능력 인간의 맞수인 초능력 악당으로 전락하는 순간을 맛봐야 하는 자괴감 때문이었다. 적어도 자해 공갈을 하는 동안에는 헤드기어를 쓰지 않아도 됐다. 때문에 사람들에게 헤드기어 맨이 나쁜 놈이라는 인상을 심어줄 염려는 없었다. 하지만 지금은 달랐다. 이미 펀치 드렁크에 걸린 나로서는 철거를 할 때 헤드기어를 쓰지 않으면 안 된다. 사람들은 이제 헤드기어 맨을 나쁜 놈으로 생각하고 손가락질을 할 것임에 틀림없었다. 게다가 나는 철거 때문에 엄마를 잃은 기억까지 있었다. 이래저래 나로서는 이 일이 온당치가 않았다. 하지만 하겠다고 했다. 어떻게든 살아서 내 자식을 키워야 했다. 내가 끝끝내 헤드기어 맨이 되지 못한다고 해도 내 자식을 잘만 키운다면 그 아이는 약한 자들을 위해 그 어떤 초능력 인간보다 많은 일을 할 수 있을지도 모른다고 생각했다.

누가 손가락질을 하건 말건 나는 이 일에 최선을 다했다. 한때 자해 공갈계를 주름잡던 나였다. 그런 이력에 더해 초능력을 주는 헤드기어까지 썼으니 무적일 수밖에 없었다. 철거민들이 던지는 돌멩이에 맞아 살이 찢어져도 눈 하나 깜짝하지 않았다. 오히려 피를 철철 흘리면서 꿋꿋하게 덤벼드는 나를 보고 철거민들이 두려움에 떨었다. 피 흘리는 모습은 업종이 바뀌어도 통했다. 그러나 이 일을 끝내고 나면 늘 마음이 무거웠다. 가끔씩 폐허가 된 동네를 내려다볼 때마다 폭삭 내려앉은 지붕들 어디쯤에 엄마가 깔려 있을 것만 같았다.

철거 일에 대한 회의가 들 때는 아파트 광고를 보며 마음을 달랬다. 정원과 분수가 멋진 유럽형 아파트, 주문한 대로 내부를 꾸며주는 아파트, 헬스클럽에서 몸매를 가꾸고 텃밭도 가꿀 수 있는 아파트, 사는 사람의 품위를 결정해주는 격조 있는 아파트. 그리고 그 아파트에 살면서 행복해 죽겠다는 탤런트들. 광고를 보다 보면 나는 어느새 골프 연습장에서 골프를 치는 아내와 아파트 도서관에서 책을 읽는 아이를 둔 가정의 가장이 되어 있었다. 그러면 아주 잠깐 술에 취한 것처럼 기분이 좋아졌다.

철거를 한 지 한 달쯤 되었을 때 웨이터 형이 합류했다. 왜 여기에 오게 됐는지는 묻지 않아도 알 수 있었다. 웨이터 형은 담배를 피울 때마다 손을 심하게 떨었다. 펀치 드렁크가 온 모양이었다. 우리에게 있어 철거 용역은 자해 공갈의 막장인 셈이었다. 나는 웨이터 형에게 나와 같은 빨간색 헤드기어를 선물해주었다. 그리고 헤드기어에 얽힌 나의 정체에 대해서도 살짝 이야기해주었다. 이건 형만 알고 있어야 돼. 사실 나 헤드기어만 쓰면 초능력이 생겨. 아버지한테 능력을 물려받은 거지. 형도 이 헤드기어를 쓰면 나만큼은 아니어도 힘이 솟아날 거야. 그러니까 기죽지 마. 나의 위로에 웨이터 형은 짧게 대꾸했다. 미친놈.

철거 현장에서 웨이터 형과 나는 단연 돋보였다. 일단 빨간색 헤드기어를 쓴 모습부터 남달랐고 어지간히 맞아서는 절대 물러나지 않는 맷집은 더더욱 남달랐다. 사실 우리에게 남은 건 악밖에 없었다. 여기서마저 밀려나면 갈 곳이 없었다. 자해 공갈을 할 때보다 더 절실하고 더 절박하게 철거에 매달렸다. 아마추어 정신으로 프로답게 일한 덕분인지 우리는 밤낮없이 철거 현장으로 불려 다녔다. 어느새 웨이터 형과 나는 철거계에서 엘리트 요원으로 평가받는 북파 공작원 출신들보다 더 많은 일당을 받게 되었다.

하지만 내가 아무리 잘나가도 철거 용역은 어디까지나 그날 벌어먹고 사는 인부일 뿐이었다. 남들보다 조금 더 많이 받는 일당으로 아내의 빚을 갚고 남는 돈으로 약간의 저축도 할 수 있었지만 더 큰 투자를 할 여력은 생기지 않았다. 수십 동의 아파트가 들어설 수 있을 정도의 동네를 철거해왔음에도 정작 내가 살 단 한 채의 아파트는 꿈도 꿀 수 없었다. 내가 재개발한 땅 값은 내가 받는 임금보다 훨씬 더 빨리 뛰었다.

술값을 내고 포장마차를 나왔다. 버스를 타기 위해 정류장으로 걸어갔다. 여전히 전광판에서는 아파트 광고가 나오고 있었다. 술김에 손을 전광판 쪽으로 뻗어보았다. 아무리 내밀어도 아파트는 신기루처럼 그 자리에서 맴돌 뿐 움켜쥐어지지가 않았다. 어쩌면 나는 영원히 악한 헤드기어 맨이자 아파트 하나 장만 못 한 아버지가 될지도 몰랐다. 절실하게 고급정보가 필요했다.

그렇게 기다리던 정보는 아주 고급스러운 장소에서 뜻하지 않게 흘러나왔다. 다음 날, 사장으로부터 전화가 왔다. 그동안 수고했다며 나와 웨이터 형에게 밥을 사겠다고 했다. 시내 가운데 있는 고급 일식집으로 우리를 부른 사장은 술을 한 잔씩 돌렸다. 이어 한 번도 보지 못했던 다금바리라는 생선이 뼈와 내장을 철거당한 채 테이블 위에 올라왔다.

들어, 라는 말과 함께 사장은 우아한 손짓으로 회를 권했고 우리는 임금과 겸상한 신하처럼 고개를 조아렸다. 술이 몇 잔 돌았다. 사장은 갑자기 나직한 목소리로 입을 열었다. 내가 자네들 능력에 비해 일당도 많이 못 주고 미안해서 그런데 좋은 정보 하나 주지. 이 말을 듣는 순간 다금바리급의 고급정보라는 입질이 왔다. 나는 숨소리마저 죽이고 귀를 활짝 열었다. 지금 시의회에서는 우리 시 동쪽에 있는 달동네 재개발을 추진 중이야. 표결이 될 가능성은 거의 구십 퍼센트 이상이지. 목돈이 좀 있으면 거기에 투자를 해봐도 좋을 거야. 웨이터 형과 나는 서로 마주보며 마른 침을 꿀꺽 삼켰다. 어때, 생각 있어? 사장이 물었다. 우리는 기다렸다는 듯이 고개를 끄덕거렸다.

웨이터 형과 나는 철거를 해서 모은 돈과 셋방 보증금까지 합쳐서 사장이 미리 확보해놓은 달동네 무허가 컨테이너 집 하나를 샀다. 집이라기보단 커다란 플라스틱 상자에 가까웠지만 어차피 철거가 될 것이므로 전혀 신경 쓰지 않았다. 알고 보니 그 동네에는 우리 말고도 집이나 땅을 산 사람이 꽤 많았다. 사장의 친척이 주최한 부동산 강연회에 갔다가 정보를 듣고 온 사람들이 대부분이었다. 우리만 은밀하게 고급정보를 들었다고 생각했는데 아예 사람들을 불러놓고 공개했다는 얘기를 들으니 흔해 빠진 고등어를 다금바리로 착각하고 먹은 듯한 느낌이 들었다. 하지만 웨이터 형과 나에게 한없는 신뢰를 보내던 사장이 준 정보였다. 고등어급의 정보일 리가 없다, 우리는 그렇게 믿었다.

옥탑방 보증금을 뺐기 때문에 아내와 나는 월세만 받는 달동네로 이사를 했다. 그곳은 웨이터 형과 내가 투자해놓은 동네 바로 옆이었다. 아내는 아파트에 가기로 해놓고 이제 와서 옥탑방만도 못한 곳으로 간다고 몹시 못마땅해했다. 나는 투자해놓은 곳이 개발만 된다면 그까짓 아파트 전세가 아니라 아예 사버릴 수도 있으니 조금만 참으라고 설득했다. 그 즉시 아내의 튀어나왔던 입이 쏙 들어갔다.

계약하는 날 알아보니 이사를 간 집도 사장이 주인이었다. 사장은 분명히 옆 동네가 재개발된다고 했는데 왜 그 동네 집을 팔고 여기에 있는 집들을 사들였는지 궁금했다. 급히 웨이터 형을 찾아갔다.

내 말을 들은 웨이터 형은 담배에 불을 붙였다. 손이 유난히 심하게 떨렸다. 혹시 말이야, 이거 기획 아닐까? 기획이라니? 기획 부동산 말이야. 기획 부동산이라는 말을 처음 들었음에도 불구하고 불길한 예감이 들었다. 그게 뭔데? 불길한 예감의 정체를 알기 위해 또다시 물었다. 그건 말이야. 업자가 부동산 땅값이 싼 지역을 미리 사놓은 후에 그 지역이 개발된다는 사기 정보를 흘려. 그러고 난 다음 그 정보를 믿고 온 사람들에게 사놓았던 땅을 비싼 값에 되파는 거야. 웨이터 형의 설명을 들으면서 모든 상황이 정리되었다. 우리는 기획 부동산의 공식 그대로 당한 게 틀림없었다.

　웨이터 형과 나는 흥분해서 사장을 찾아 업소로 갔다. 하지만 업소에는 사장이 없었다. 시의회에도 없고 철거 용역 사무실에도 없었다. 심지어 집에도 없었다. 전화 연락조차 되지 않았다. 세상에서 증발해버린 사람 같았다. 동시에 나의 전 재산과 아파트에 대한 꿈도 증발해버렸다. 아내에게는 차마 이 사실을 여기할 수 없었다. 매일 아파트 전단지를 보며 단꿈에 젖어 있는 아내의 희망마저 잃게 하고 싶지는 않았다.

　그래도 먹고살아야겠기에 철거 용역은 계속했다. 물론 사장 밑에서 하지는 않았다. 이제 사장은 철천지원수였다. 더 이상 그의 재산에 보탬이 되는 짓은 하고 싶지 않았다. 생각 같아서는 사장 명의로 되어 있는 지금의 월세방에서도 나가고 싶었다. 하지만 여기를 나가면 갈 곳이 없었다. 전 재산이 모두 컨테이너 집에 묶여 있어 월세 보증금을 구할 수가 없었고 내놓은 컨테이너 집은 팔리지도 않았다.

　사정이 어려워지긴 했지만 다행히 나는 유능한 철거 용역이었기에 나를 쓰겠다고 드는 업체는 많았다. 다른 업체에 가서도 변함없이 열심히 일했다. 그러나 철거를 할 때마다 불안하고 초조한 마음은 점점 커져만 갔다. 지금 하고 있는 일은 언젠가 나에게 닥칠 미래였기 때문이었다.

동네에 철거 계고장이 나붙었다. 아내는 이게 도대체 어떻게 된 일이냐고 따졌다. 올 게 왔다는 생각이 들었다. 나는 아내를 앞에 불러다 놓고 무릎을 꿇었다. 그리고 기획 부동산에 당했다는 사실을 털어놓았다. 아파트는커녕 당장 이 동네를 떠날 보증금도 없다고 했다. 그 말을 듣고 사색이 된 아내는 털썩 자리에 주저앉았다. 급히 아내를 부축했을 때 아내는 갑자기 배를 붙잡으면서 아프다고 소리를 질렀다.

아내를 데리고 정신없이 병원으로 달려갔다. 의사는 충격 때문에 유산이 된 것 같다고 했다. 아내는 수술대에 올라갔고 몇 달간 소중하게 키워온 아이는 울음소리 한번 내지 못하고 이 세상을 떠났다. 그와 동시에 아이에게 헤드기어 맨을 물려주겠다는 나의 꿈도 날아갔다. 이주 보상금 조로 나온 구십만 원은 아내의 병원비로 몽땅 털어 넣었다. 꿈도 재산도 아이도 잃은 나는 더 이상 갈 곳이 없었다.

우리 동네에서 철거가 시작되던 날, 나는 아직 회복이 덜 된 아내를 컨테이너 집에 데려다 주었다. 폐가나 다름없는 집에 누워 있는 아내를 보니 안쓰러워 눈물이 날 것 같았다. 나는 이를 악물고 다시 헤드기어를 썼다. 그리고 더 이상 물러날 곳이 없는 철거민들 사이를 비집고 들어갔다. 헤드기어를 물려받은 이후 처음으로 약자의 편에 선 셈이었다. 우리의 요구는 간단했다. 다시는 이런 철거촌을 전전하지 않아도 될 정도의 월세 보증금만이라도 달라는 거였다. 하지만 시에서는 세입자는 아무런 권리가 없다는 원칙적인 답변이 되돌아왔다. 우리는 곧바로 농성에 들어갔다.

정해진 수순처럼 철거 용역들이 동네에 들이닥쳤다. 나는 철거 용역을 하면서 쌓은 모든 노하우를 철거를 막는 데 쏟아부었다. 아줌마들과 아저씨들은 동네에서 가장 높은 상가 건물에다 망루를 짓고 돌을 던지도록 했고 나와 몇 명의 청년들은 각목을 들고 상가 입구에서 철거 용역들과 맞섰다. 이미 나의 명성을 알고 있는 철거 용역들은 내가 나타나기만 해도 움찔거렸다. 다행스럽게도 웨이터 형은 아예 맞서지 않으려는 듯 뒤로 물러나 있어주었다.

철거 용역들에 의해 동네가 고립되어 제대로 먹지도 못하고 물도 마시기 힘들었지만, 나는 언제나 기운이 넘쳤다. 섣불리 덤비는 철거 용역들은 나의 각목에 어김없이 어디 한 군데가 부러져 나갔다. 가진 것도 지킬 것도 없었지만 마음만은 편했다. 본래 내가 있어야 할 헤드기어 맨의 자리로 되돌아왔기 때문이었다. 그렇게 일주일을 버텼다. 이제는 철거 용역 뒷줄에 서 있는 웨이터 형에게 술 한잔 하자는 말을 건넬 정도의 여유도 생겼다.

웨이터 형이 나를 찾아온 건 그 주 주말이었다. 혹시라도 철거민들에게 맞을까 봐 머리에 헤드기어를 쓰긴 했지만 입가에는 환한 미소가 떠올라 있었다. 그리고 손에는 몇 병의 소주가 들려 있었다. 인사치레로 술 한잔 하자고 했을 뿐인데 정말 찾아올 줄은 몰랐다. 나를 안다는 것만으로도 철거 반장에게 눈치가 보일 법한 상황이었다. 하지만 웨이터 형은 그런 것에 아랑곳하지 않고 의리를 지켜 찾아와주었다. 나는 그런 웨이터 형이 무척 고마웠다. 철거가 시작된 후 처음으로 헤드기어를 벗고 술잔을 기울였다.

  자정쯤 되었을 때 웨이터 형의 휴대전화기가 울렸다. 전화를 받은 웨이터 형은 갑자기 철거 반장이 부른다고 투덜거리며 자리에서 일어섰다. 나는 혀 꼬부라진 소리로 철거 반장이 예전부터 개념이 없는 놈이었다고 맞장구를 쳐주었다. 웨이터 형은 내게 몸조심하라는 말을 남기고 천천히 새벽 어둠 속으로 사라졌다.

  정신없이 자고 있는데 누군가 나를 흔들어 깨웠다. 간신히 일어나긴 했지만 아직 정신이 몽롱했다. 술을 너무 많이 마신 탓이었다. 나를 깨운 사람은 철거민 중 한 명이었다. 새벽에 기습 철거가 시작되었다고 했다. 가슴이 덜컥 내려앉았다. 간밤에 웨이터 형에게 호출이 왔던 게 바로 이 일 때문이었다는 생각이 번쩍 스쳐 지나갔다. 나는 허겁지겁 헤드기어를 찾아 썼다. 그런데 헐렁한 게 착용감이 달랐다. 으스름한 달빛에 비춰보니 아버지가 물려준 헤드기어가 아니었다. 그것은 웨이터 형이 쓰던 헤드기어였다. 웨이터 형이 헤드기어를 바꿔 들고 간 모양이었다. 갑자기 불안감이 엄습해왔다.

초능력이 사라졌다고 해서 철거를 막지 않을 수는 없었다. 나는 그 어느 때보다 굳게 각목을 움켜쥐고 문 밖을 나섰다. 이미 철거 용역들은 내 주위를 감싸고 있었다. 오지 마, 이 새끼들아, 하고 악을 쓰며 소리를 질렀다. 그러나 철거 용역들은 오히려 한 발짝 조여왔다. 겁이 났다. 초능력 헤드기어 없이 이렇게 많은 사람들을 상대하기는 처음이었다. 그렇지만 비겁하게 달아나고 싶지는 않았다. 초능력 헤드기어가 있건 없건 나는 이미 우리 동네를 수호하는 정의의 헤드기어 맨이었다. 각목을 휘두르며 철거 용역들 사이로 뛰어들었다.

하지만 그것은 무모한 짓이었다. 아무리 내가 자해 공갈 경력자고 잘나가는 철거 용역이었다지만, 헤드기어 없이는 평범한 인간에 불과했다. 그런 나 혼자서 방패와 각목으로 무장한 여러 명의 남자들을 당해낼 수는 없었다. 뭇매가 쏟아졌다. 누군가 나의 정수리를 각목으로 내리쳤다. 갑자기 눈앞이 캄캄해졌다. 그때 웨이터 형이 미안해, 라고 외치는 소리가 들렸다. 하지만 이상하게 그 소리는 자꾸만 멀어져갔다. 어쩔 수 없었어, 라는 소리는 겨우 들을 수 있었다. 다리에 힘이 쭉 빠졌다. 쓰러지면서 머리를 땅바닥에 부딪쳤다. 또 한 번 충격이 왔다. 이제 아무런 소리도 들려오지 않았다.

유글레나

다운로드가 끝났다. 이번 파일은 일본 야동 업로드계의 '장인'이라고 할 수 있는 이본좌가 마지막으로 올린 것이다. 이본좌는 포인트 점수를 쌓기 위해 닥치는 대로 야동을 올리는 여느 본좌들과는 달리 출연진과 작품성을 엄선해서 올렸다. 이본좌가 올린 야동이라면 아무거나 다운을 받아도 만족스러웠다. 그래서 이본좌의 모든 파일을 신뢰하는 야동 마니아들은 이본좌를 '장인'이라는 칭호로 부르는 데 거리낌이 없었다.

저녁 무렵, 드넓은 야동의 바다에서 등대와 같은 역할을 해주던 이본좌가 경찰에 붙잡혔다는 인터넷 기사를 봤다. 약 이만 개 정도의 주옥같은 파일들을 올리고 난 다음이었다. 아쉬웠다. 여자 친구도 없고 여자 만날 돈도 없는 내게 이본좌의 파일은 여자 친구의 자리를 대신해주었기 때문이다.

　국가가 원망스러웠다. 청년들이 변변한 직장 하나 잡지 못하고 판판이 노는 현실을 타개해주지도 못하면서 그나마 돈 없는 청년들의 위로가 되어주었던 저런 사람까지 잡아 가두면 도대체 청년들의 욕구불만은 무엇으로 잠재울 것인지 묻지 않을 수가 없었다. 물론 이런 물음을 청와대나 경찰청 게시판에 올리지는 않았다. 올려봐야 그들이 대답해줄 것 같지도 않았다.

　그렇게 이본좌는 갔어도 '소라'는 남았다. 소라는 최근에 이본좌가 주목한 배우였다. 소라는 아담한 키에 가무잡잡한 피부를 하고 있지만 몸매의 비율이 여느 모델 못지않았다. 게다가 AV(Adult Video) 배우답지 않게 이지적인 얼굴을 하고 있었다. 그래서인지 소라는 정장 차림이 잘 어울렸다. 나 역시 소라가 정장을 입고 나오는 오피스 걸 시리즈를 좋아했다.

　모니터에 동영상 플레이어를 띄웠다. 파일을 열자 커리어 우먼으로 변신한 소라가 두 명의 남자와 일본말로 인사를 주고받았다. 일본인답게 깍듯하고 예의 바른 모습들이었다. 인사가 끝나자마자 소라의 오른쪽에 있던 남자가 수줍게 손을 뻗더니 소라의 가슴을 주물렀다. 그러자 소라는 따뜻하게 미소 지으면서 왼쪽 남자의 손을 붙잡아 그녀의 또 다른 가슴을 주무르게 해주었다. 소라의 가슴 앞에 모든 남자는 평등했다.

　소라를 볼 때마다 일 년 전에 헤어진 여자 친구가 떠올랐다. 웃을 때 살짝 드러나는 덧니와 가무잡잡한 피부가 닮았다. 이름까지 둘 다 소라였다. 그 때문에 소라에게는 다른 AV 바우들에게 느낄 수 없는 현실감을 느끼곤 했다. 언젠가 한 번은 만져본 것 같은 가슴, 배, 그리고 또…… 그리고 또……. 여기서부터 아련해졌다. 이젠 여자 친구의 배 아래가 더 이상 떠오르지 않았다. 모니터를 유심히 들여다보았다. 소라의 배 아래도 모자이크로 덮여 있다. 저곳에 뭐가 있었더라, 뭔가 근본적인 질문이 떠올랐다.

하지만 지금은 그 질문에 답을 구할 때가 아니었다. 안아달라고 소리치는 유글레나를 먼저 달래줘야 했다. 유글레나는 내가 내 성기에게 붙여준 이름이다. 몇 달 전에 인터넷을 검색하다가 우연히 유글레나를 봤다. 유글레나는 단세포생물의 일종이다. 몸통은 바나나같이 길쭉하면서도 머리 부분이 살짝 팬 모양이 성기를 닮았다는 느낌을 주었다.

하지만 단지 모양이 비슷하다고 해서 내 성기 이름을 굳이 유글레나라고 지은 것은 아니었다. 결정적으로 둘 다 홀로 생식하는 것이 닮았다. 현미경 확대 사진으로 본 유글레나는 암컷 없이 자신의 몸을 둘로 쪼개서 생식을 했다. 유글레나는 입 뒤쪽에서부터 세로로 갈라졌다가 갈라진 쪽에서 새로운 입을 형성하면서 두 마리가 되었다. 생물학에서는 이런 것을 무성생식이라고 했다.

물론 내 성기가 유글레나처럼 둘로 갈라지는 것은 아니었다. 그러나 성기 끝에 달린 입 같은 구멍에서 정액을 쏟아내는 모습이 유글레나의 입 부분에서 길쭉하게 뻗어 나온 편모와 닮은 데다가, 내 성기 역시 여자 없이 혼자서 정액을 뿜어내고 있는 처지라는 점이 유글레나와 괜한 동질감을 느끼게 했다.

열이 오른 손바닥으로 유글레나를 살며시 감싸 쥐었다. 내 손길이 유글레나를 감쌀 때마다 나는 편안함을 느낀다. 녀석이 질보다 손에 더 익숙해져버린 탓이었다. 유글레나의 머리가 벌겋게 달아오르기 시작했다. 나는 유글레나의 몸을 천천히 흔들면서 모니터에 집중했다. 때마침 소라가 나를 향해 다리를 벌려주었다. 모자이크가 소라의 다리 사이를 예리하게 가리고 있었지만 이미 흥분한 유글레나를 진정시키기에는 턱없이 모자란 크기였다. 손이 점점 빨라졌다. 소라의 신음 소리가 내 자취방에 가득 찼다. 유글레나는 더 이상 못 참겠다며 움찔거리기 시작했다.

그때였다. 휴대폰 진동 소리가 들려왔다. 잠결에 들리는 모기 소리만큼이나 거슬렸지만 받지 않기로 했다. 혼자 사는 백수라 할지라도 사생활은 있는 법이다. 시계를 봤다. 벌써 저녁 여덟시가 넘어가는 시각이었다. 딱히 이 시간에 급한 일로 올 만한 전화는 없었다. 나는 유글레나를 쥔 손에 더욱 힘을 주었다.

그러나 휴대폰 진동 소리는 계속해서 엥엥, 귓가를 날아다녔다. 며칠 전에 뿌린 이력서를 보고 채용하겠다는 연락이 온 것일지도 모른다는 생각이 스멀스멀 피어올랐다. 소라의 가슴과 엉덩이에 '고용'이나 '입사' 같은 단어들이 경고등처럼 깜빡거렸다. 문득 돈이 있어야 사생활도 있는 법이라는 생각이 들었다. 이어서 유글레나야 얼마든지 다시 일으켜 세우면 된다는 생각이 꼬리를 물었다. 점점 마음이 무거워졌다. 축, 유글레나가 마음의 무게를 이기지 못하고 쓰러졌다. 참 민감한 녀석이다.

   나는 한숨을 내쉬고 유글레나를 쥐었던 손을 뻗어 휴대폰을 확인했다. 내가 이력서를 낸 회사의 번호는 아니었지만 익숙한 번호가 떠 있었다. 소라였다. 모니터 속에 있는 소라코다 가슴이 두 컵 정도 작고 허리가 이 인치 정도 더 두꺼운, 그러나 다리 사이에 모자이크가 없는 소라. 헤어진 여자 친구였다. 갑자기 마음이 물속을 헤엄치는 유글레나 편모같이 살랑거렸다. 하지만 나는 되도록 덤덤하게 전화를 받기로 했다. 일방적으로 차인 지 일 년 만에 걸려온 전화였다. 반갑게 전화를 받기에는 자존심이 상했다.

   여보세요? 후, 알코올 향이 짙게 뿜어져 나오는 한숨 소리가 수화기 너머로 들려왔다. 내가 자존심을 세우거나 말거나, 지금 소라는 나의 '미묘한' 심리상태를 알아차릴 정신상태가 아니라는 생각이 들었다. 가도 돼? 소라는 살짝 혀가 꼬인 목소리로 다짜고짜 물어왔다. 소라와 한창 연애할 때, 그녀가 내 방에 가도 되냐고 묻는 것은 나와 같이 자고 싶다는 뜻이었다. 나는 무의식적으로 유글레나를 내려다보았다. 녀석은 조건반사적으로 목을 길게 빼고 서 있었다. 제발 오라고 하세요, 온몸으로 그렇게 말하고 있었다. 응. 와도 돼. 띠리릭. 통화는 그게 전부였다. 왠지 소라의 성격이 저돌적으로 변했다는 느낌이 들었다. 거친 소라……. 상상만 했을 뿐인데도 유글레나가 수줍은 듯 머리를 붉혔다.

전화를 끊자마자 방 청소를 시작했다. 소라는 내 유글레나만큼이나 민감한 성격이었다. 방이 깨끗하지 않으면 절대 누우려고 하지 않았다. 나는 눈에 보이는 컵라면 용기들과 휴지들을 대충 쓰레기봉투에 쓸어 담은 다음, 진공청소기로 장롱과 책상이 놓여 있는 오른쪽에서부터 침대와 냉장고가 놓여 있는 왼쪽 그리고 싱크대가 있는 현관 근처까지 구석구석 밀었다.

소라는 늘 내가 눈에 보이는 곳만 치운다고 불평했었다. 그래서 이번에는 눈에 띄지 않는 장롱이나 침대 아래 먼지까지 신경을 썼다. 나의 세심함에 감동받은 소라가 망설임 없이 침대에 누워주었으면 했다.

침대 아래 청소를 끝내고 청소기를 빼내는데 그 끝에 누런 종잇조각이 붙어 나왔다. 청소기를 끄자 종잇조각은 낙엽처럼 나풀나풀 떨어졌다. 주워보니 삼 년 전 끊었던 토익 강의 수강증이었다. 그 강의는 내가 전역을 하고 복학하던 해 여름방학 때 학교에서 개설한 여러 영어 특강 중 하나였다. 나는 강의실 맨 앞줄 가운데에 앉았고 바로 옆 자리에 소라가 있었다. 그것이 우리 둘의 첫 만남이었다.

처음 보았을 때 소라는 단발머리에 단정하게 정장을 차려입은 모습이었다. 뭐랄까, 뽑히기는 했지만 방송에 출연하지 못하는 아나운서 같은 인상이었다. 물론 강의가 끝나고 소라에게 말을 걸 때는 '방송에 출연하지 못하는'이라는 말은 빼고 아나운서 같으시네요, 라고 했다. 그러자 소라는 아나운서같이 단정한 미소를 지어주었다. 덧니 때문에라도 방송에 출연하기는 힘들어 보였다.

 나는 소라에게 자판기 커피를 뽑아서 건넸고 우리는 자연스럽게 대화를 이어 나갔다. 예상과 달리 소라는 아나운서가 꿈이 아니라고 했다. 그저 이름만 대면 알 만한 회사의 회사원이 되고 싶다고 했다. 나는 그럼 오늘 면접 가시는 길이냐고 물었다. 소라는 고개를 가로저었다.

 소라는 나와 같은 삼학년이었다. 나보다 두 살이 어렸지만 그렇다고 졸업할 나이도 아니었다. 그런데 왜 정장을 입고 있어요? 나의 물음에 소라가 대답했다. 있다가 학교에서 하는 모의면접 보러 가려고요. 지금부터 면접 준비해야죠. 이름만 대면 알 만한 회사 가는 게 쉽나요. 맞는 말이었다. 더더군다나 수도권이기는 하나 서울에 있는 것은 아닌 학교를 다니고 있는 우리였다. 솔직히 이름을 대도 모를 회사에 들어가는 것도 쉽지 않았다. 나는 깊이 고개를 끄덕였다. 우리의 공감대는 그렇게 형성되었다.

 하지만 소라와 공감대가 형성되었다고 해서 금방 사귈 수 있었던 것은 아니었다. 소라는 미래를 철저하게 준비하는 학생답게 이름만 대면 알 만한 회사에 다니는 사람을 만나고 싶어 했다. 때문에 이름을 대도 잘 모르는 대학에 다니는 내가 소라와 사귀는 것은 쉽지 않은 일이었다. 그래도 포기하지 않았다. 나는 그해 여름 내내 소라의 자리를 맡아주었고 자판기 커피를 건넸다. 소라는 그사이 이름만 대면 알 만한 회사에 다니는 사원들과 몇 번의 선을 봤다. 뒤늦게 안 사실이지만 소라는 선을 보는 날마다 정장을 입었다. 선은 소라에게 일종의 면접 같은 거였다. 하지만 면접에서 붙은 적은 단 한 번도 없었다.

  방학이 끝날 즈음 소라가 정장 입는 일이 뜸해졌다. 그것은 내게도 기회가 왔다는 뜻이기도 했다. 나는 소라에게 그해 여름의 마지막 자판기 커피를 건네면서 토끼와 거북이 이야기를 했다. 알 만한 대학에 다니는 토끼가 모두 알 만한 회사라는 목적지에 도착하는 것은 아니다, 거북이도 성실하게 걸어간다면 방학 때 노는 토끼들보다 먼저 알 만한 회사에 들어갈 수 있지 않겠냐고 했다. 실제로 우리 학교를 나온 거북이들 중에 간혹 토끼들 틈에 끼어 알 만한 회사에 들어간 선배들도 있었다. 그러니까 내가 그중에 한 명이 될 가능성이 아주 없는 것도 아니었다. 적어도 로또에 당첨되는 것보다는 훨씬 현실성이 있었다.

  그래서 방학 끝나면 같이 스터디 그룹을 하자는 거예요? 이제 막 비유를 끝내고 고백을 하려는 순간, 소라가 미래를 철저하게 준비하는 학생다운 질문을 했다. 뭐. 그러자는 얘기지. 소라가 어떻게 나올지 한 치 앞도 내다보지 못한 나는 어색하게 웃었다. 그렇게 우리는 그해 가을과 겨울도 함께 보냈다.

같은 영어 학원을 다니고 같이 영어 교재를 고르면서 나는 소라에게 '친한 오빠'가 되었다. 이건 아니다 싶었지만 나를 바라보는 소라의 눈에는 아무런 사심이 없었다. 덕분에 나도 사심 없이 공부에 열중할 수 있었다. 연애를 했으면 그 짧은 시간에 넘기 어려웠을 토익 구백 점대의 문턱도 거침없이 넘었다. 그쯤 되자 소라에게 나는 '자주 연락하는 오빠'가 되었다. 다만 연락하는 이유가 순전히 영어 때문이라는 게 몹시 아쉽기는 했다. 다행히 소라의 영어 실력은 좀처럼 늘지 않아서 연락이 줄어드는 일은 없었다. 노력에 비해 결과가 따라주지 않는 두뇌를 가진 것은 소라 개인으로서는 불행한 일이었지만 나로서는 축복받을 일이었다.

소라와 사귀게 된 것은 내가 이름을 대면 알 만한 회사에 인턴사원으로 뽑히고 난 다음 날이었다. 자신감이 부쩍 오른 나는 토끼와 거북이 이야기 따위는 생략한 채 데이트 신청을 했고 소라는 정장을 입고 나와주었다. 알고 지낸 지 근 일 년 만에 '매일 연락 안 하면 서운한 오빠'가 된 것이었다. 인턴사원으로 뽑힐 때도 느낄 수 없었던 성취감이 심장까지 뿌듯하게 차올라왔다

콩, 콩, 콩 귀엽게 세 번 방문을 두드리는 소리가 났다. 나는 재빨리 추리닝 바지를 추슬러 입고 방문을 열었다. 정장을 입은 소라가 헤헤헤 웃음을 흘리면서 서 있었다. 헤헤헤, 라니? 소라는 그렇게

웃은 적이 없었다. 웃음이 터지면 먼저 침착하게 손으로 입부터 가렸었다. 소라는 모든 면에서 지적받지 않을 만한 행동을 하려고 노력했다. 언젠가 그렇게 사는 건 참 피곤하지 않느냐고 물은 적이 있었다. 소라는 알 만한 회사를 가려면 평소에도 몸가짐을 똑바로 해야 면접 때 실수하지 않는다고 했다. 하지만 소라에게는 그런 면접의 기회가 단 한 번도 오지 않았다. 학벌이 나와 같은 소라였다. 때문에 그녀가 알 만한 회사에 가기 위한 스펙을 갖추려면 토익이라도 높아야 했다. 그러나 소라의 토익 점수는 마녀에게 저주를 받은 것처럼 오르지 않았다. 하긴 그래서 소라가 면접에 목을 매는지도 몰랐다. 학벌과 토익같이 두뇌로 하는 것이 받쳐주지 않으니 매너로 승부를 보는 것 외에는 달리 길이 없어 보였다.

그렇다고 소라가 남들 다 간다는 어학연수를 갈 수 있는 형편도 못 됐다. 동네에서 조그만 슈퍼를 하는 부모님 아래로 대학교에 다니는 동생이 둘이었다. 어학연수는커녕 아르바이트를 해서 집안에 보태야 하는 처지였다. 소라가 미래에 대해서 병적으로 준비하려는 것도 이해가 갔다. 소라는 학교를 졸업하면 철마다 눈치 보지 않고 옷을 사 입는 여유 정도는 있었으면 좋겠다고 했다. 그러고 보면 소라의 정장은 봄이나 가을이나 심지어 여름이나 겨울이나 늘 똑같았던 것 같다. 오직 면접과 선을 보기 위한 필살의 정장 한 벌이 소라가 자신 있게 입을 수 있는 유일한 옷이었다.

소라에 비하면 나는 좀 여유로운 편이었다. 지방에서 공무원을 하는 아버지를 둔 덕에 굳이 집안 형편에 신경을 쓰지 않아도 됐다. 그 어떤 불경기가 닥쳐왔을 때에도 나는 집안 형편에 신경을 쓴 적이 없었다. 물론 아버지도 경기에 신경 쓰지 않았다. 아버지는 항상 여섯시면 퇴근을 했고 우리 가족은 한가롭게 저녁을 먹으며 경제 위기 뉴스를 보곤 했다. 그 시절 우리 집안은 태풍 부는 날 따뜻한 아랫목에서 이불을 덮어쓰고 보송보송한 느낌을 즐기는, 그런 분위기였다.

그 때문일까, 나는 나의 삶도 아버지와 같을 거라고 생각했다. 당연히 소라처럼 미래에 대해 철저한 준비도 하지 않았다. 나는 '애가 머리는 좋은데 노력은 안 하는' 전형적인 학생이었다. 그러나 사실 그 얘기는 나만 들었던 것이 아니었다. 그 말에는 앞으로 자기 자식의 성적이 얼마든지 오를 것이라는 기대감과 함께 자기 유전자가 그리 나쁘지 않다는 부모의 심정이 반영되어 있었다. 때문에 대부분의 부모는 머리는 좋지만 노력을 안 하는 자식들을 하나씩 두고 있었다. 어떨 때는 자식들이 모두 노력을 안 해서 '머리는 좋다'는 부모 말에 대한 신빙성을 떨어뜨리기도 했다.

반에서 중간 정도로 공부를 하면 중간 정도의 대학에 가는 줄 알았다. 하지만 그게 아니었다. 공부를 잘하는 아이들 중에 특별히 뛰어나지 않은 아이들이 소위 서울에 있는 중위권 대학에 들어갔다. 나를 포함한 중간 정도의 성적을 가진 아이들 대부분은 수도권에 있지만 그다지 알려지지 않은 대학 혹은 지방에 있는 대학에 갔다.

그러니까 대학 문턱에 들어서면서 하나씩 등급이 밀리는 셈이었다. 그제야 비로소 나는 아버지처럼 살지 못하겠구나 하는 예감이 들었다. 그리고 졸업을 할 무렵에는 여섯시에 칼퇴근하고도 월급이 꼬박꼬박 나오는 직장을 '신의 직장'이라고 부른다는 사실을 알게 됐다. 어쨌거나 신의 보살핌을 받았기 때문인지 나는 무난하게 학교를 다녔고 졸업 후에도 무난하게 백수 생활을 하고 있었다.

소라는 중심을 잃은 듯 나에게 안겨왔다. 나는 소라를 안은 다음 유글레나가 커지는 속도에 맞춰 엉덩이를 뒤로 뺐다. 몸이 속절없이 반응하는 걸 들키고 싶지 않았다. 지금은 둘만의 추억을 잊고 냉정해진 상태라는 걸 보여주고 싶은 나의 '미묘한' 심리 때문이었다. 하지만 소라는 내 심리가 그러거나 말거나 내 품을 벗어나 비틀거리며 침대로 가서 누웠다. 그리고 곁에 누우라는 듯 옆자리를 탕탕 쳤다.

소라의 정장 윗도리가 흐트러진 것이 눈에 띄었다. 내가 그동안 수없이 보아온 일본 야동의 전개에 따르면 이제 겨우 발단에 해당하는 장면임에도 불구하고 유글레나는 추리닝 바지를 비정상적인 고도까지 들어 올렸다. 나는 얼른 의자에 가서 앉았다. 저질이라는 소리를 듣지 않고 내 '미묘한' 심리 상태를 풀려면 뭔가 명분이 필요했다.

두 번 다시 볼 일 없다더니 여긴 왜 왔어? 사실 여기 온 이유가 그리 궁금한 건 아니었다. 그런 걸 진심으로 따져 묻기에는 소라에 대한 감정이 예전 같지 않았다. 그보다는 내가 옆자리에 자연스럽게 누울 수 있도록 소라가 뭔가 빌미를 주길 바랐다. 옆에 누우면 얘기해주지. 소라는 다시 헤헤헤, 웃으며 옆자리를 탕탕 두드렸다. 그거면 충분했다. 나는 이야기를 듣기 위해서는 어쩔 수 없지 않냐는 표정을 애써 드러내며 소라 옆에 가 누웠다. 소라는 서슴없이 추리닝 바지에 손을 집어넣어 유글레나를 쓰다듬었다. 나 그 남자랑 결혼하지 않기로 했어.

'왜?'라고 습관적으로 물어놓고 후회했다. 왜? 라는 질문은 자칫 잘못하면 소라의 상처를 건드릴 수도 있었다. 아니나 다를까 소라는 다시 후, 하고 깊은 한숨을 쉬었다. 폐에서 알코올 짜낸 것 같은 냄새가 코끝을 스쳤다. 분위기는 질문을 꺼낸 지 채 이 초도 지나지 않아 숙연해졌다. 유글레나마저 고개를 숙였다. 민감한 만큼 눈치도 빠른 녀석이었다.

소라가 나를 차고 결혼하려고 했던 남자는 공무원이었다. 그것도 경기도 내에 있는 시청에 적을 둔 지방직 칠급 공무원. 어떤 불황이 와도 여섯시에 퇴근할 수 있는, 나를 키운, 바로 그 직업이었다. 소라가 그 남자와 결혼하겠다고 했을 때 나는 아무 말도 하지 못했다. 상황만 허락된다면 나도 그 남자와 살고 싶었다.

소라가 그 남자와 결혼하지 않기로 마음먹은 사연은 이랬다. 소라와 결혼하려던 남자와는 열 살 차이가 났다. 여자 쪽이 능력이 없으면 어리기라도 해야 한다는 선 시장의 원칙에 충실한 만남이었다. 그러나 예비 시부모의 원칙은 선 시장과 좀 달랐다. 안정적이기는 하나 박봉인 아들이 별다른 직업이 없는 여자를 아내로 들이는 것을 못마땅해했다. 예비 시부모는 결혼을 준비하는 내내 소라에게 직장을 잡으라고 잔소리를 해댔다. 소라 입장에서 보면 아이러니한 일이었다. 직장이 안 잡히니까 불안해서 선택한 결혼이었다. 그런데 결혼을 하기 위해서는 또 직장이 필요했다. 이런 분위기 속에서 소라는 결혼할 자신이 없어졌다. 그래서 혼자 술을 마시다가 술기운을 빌려 그 남자에게 결혼하지 않겠다고 통보했다. 그게 한 시간 전 일이었다.

소라는 내친 김에 나와 다시 시작하고 싶다고 했다. 그 남자에게 되돌아갈 수 있는 여지를 두고 싶지 않아. 그래서라도 오빠가 필요해. 소라는 독립선언이라도 하듯 진지한 표정으로 말했다. 일단은 기분이 좋았다. 아직도 소라에 대한 마음이 온전히 지워지지 않은 탓이었다. 하지만 혀가 심하게 꼬인 목소리 때문에 왠지 찜찜한 기분이 들었다. 술김에 한 다짐은 휘발성이 강한 법이다. 술이 깬 다음에, 내가 언제 그런 말을 했지? 하고 되물어올지도 모른다. 소라가 내 곁에 있게 하기 위해서는 결혼하기로 약속했던 그 남자보다 나은, 뭔가를 보여줘야 한다는 생각이 들었다. 하지만 지금은 딱히 보여줄 게 없었다. 그때 유글레나가 고개를 들고 속삭였다. 내가 있잖아요, 내가⋯⋯. 하긴 이것도 남녀관계를 유지하는 데 중요한 능력이라는 이야기를 어디선가 들은 기억이 났다. 우선은 내가 가진 것에서부터 최선을 다하자, 나는 그런 다짐을 했다.

　사실 소라와 사귈 때에도 최선을 다하지 않은 것은 아니었다. 주말이면 우리는 도서관에서 하루 종일 같이 공부하고 나의 자취방에서 저녁을 먹으며 데이트를 했다. 때문에 소라와의 첫 키스도 첫 경험도 모두 자취방에서 이루어졌다. 돌이켜보면 소라와의 추억은 참으로 현실적이었다. 설렘은 있었지만 낭만이 없었다. 첫 키스 후에 나는 쓰레기봉투를 버리러 나갔고 첫 경험 후에는 둘이서 설거지를 했다. 그래도 소라는 불평하지 않았다. 소라는 낭만보다는 생활을 더 중요하게 여겼다. 나는 정말이지 그런 소라와 결혼하고 싶었다.
　소라와 나는 자주 잤고 열심히 잤다. 한 번 자면 일어나지 못할 정도였다. 피임은 철저하게 했다. 소라는 주기적으로 피임약을 먹었고 나는 양말처럼 늘 콘돔을 꼈다. 그야말로 물샐 틈이 없었다. 우리가 이렇게 피임에 공을 들인 것은 통계 때문이었다. 소라는 통계적으로 볼 때 수도권에서 결혼을 하려면 일억 칠천만 원 정도의 돈이 필요한데, 또 통계적으로 볼 때 소라와 내가 평균 삼천만 원씩의 대졸 초임을 받을 경우, 일억 칠천만 원을 모으기 위해서는 생활비를 제외하고 둘이 제각각 일 년에 이천만 원씩 모으더라도 사 년이 넘게 걸린다고 했다. 그러니까 취업을 하고 사 년간 결혼 자금을

유글레나　151

모으다 보면 소라나 나나 서른 살 즈음에 아이를 가질 수밖에 없다는 거였다. 때문에 소라는 통계적으로 평균적인 결혼을 하기 위해서라도 절대로 이십대 때에는 아이를 가질 수 없다고 못 박았다. 나도 평균은 하고 싶었으므로 소라의 말에 반대할 이유가 없었다.

그때만 해도 나는 사 년이라는 시간만 흐르면 통계적으로 평균은 되는 결혼을 할 수 있을 거라고 생각했다. 하지만 인턴사원으로 뽑힌 지 육 개월 만에 해고를 당하고 나서는 평균도 아무나 하는 게 아니라는 걸 깨달았다.

어렵게 소라에게 해고되었다는 말을 꺼냈다. 헤어지자는 말이라도 할까 봐 두려웠지만 거짓말을 둘러대며 소라의 얼굴을 보고 싶지 않았다. 잠깐 내 얼굴을 빤히 보던 소라는, 약간 창백한 얼굴 빛깔과 적은 양의 눈물을 보이며 표정 관리에 실패하고서도, 내 어깨를 두드려주었다. 괜찮아. 기회는 많아. 그렇게 짧은 격려의 말을 꺼내고 소라는 가까운 슈퍼에 가서 소주 세 병을 사 왔다. 그리고 소라가 두 병 내가 한 병을 마셨다.

술김에 쓰러져서 잤다. 열심히 잤다. 다음 날, 알몸인 소라를 껴안은 채 눈을 떴을 때 나는 문득 지난밤에 피임을 하지 않고 잤다는 생각이 들었다. 내 생각을 읽기라도 했는지 소라가 나른한 목소리로 속삭였다. 괜찮아. 아무 일 없을 거야. 한 번인데 뭘. 나는 소라를 꼭 껴안아주었다. 달리 고마움을 표현할 방법이 없었다. 또 열심히 잤다.

그로부터 한 달 후에 나는 다른 회사의 인턴사원이 되었다. 이름만 대면 알 만한 회사는 아니었지만 복사기 쪽으로는 이름을 대면 알 만한, 나름대로 건실한 회사였다. 나는 소라에게 이번에는 정직원이 될 자신이 있다고 했다. 처음 들어갔던 회사는 매일 텔레비전에 광고를 내보낼 정도로 너무나 유명한 대기업이었다. 그래서인지 인턴 과정을 함께했던 경쟁자들 대부분이 알 만한 대학을 나온 사람들이었다. 내가 소라에게 들려주었던 토끼와 거북이 비유에 따르면 토끼에 해당하는 부류였다. 그래서 거북이 종류에 속하는 내가 상대적으로 불리했을 거라고 짐작했다. 하지만 이번에 들어간 회사는 절대 텔레비전에는 광고를 하지 않는 회사였다. 상대적으로 이름이 덜 알려진 회사니만치 토끼들이 우글거리지는 않을 거라고 생각했다.

그러나 막상 들어가서 보니 여기도 토끼 굴이었다. 학교 다닐 때 좀 논 토끼들이 어디든 들어가고 보자는 심정으로 온 경우가 많았다. 앞이 살짝 캄캄하긴 했지만 그래도 영 어두운 편은 아니었다. 더러는 토익 점수나 학점이 나보다 못한 경우도 있었다.

복사기 회사라 그런지 참 많은 복사를 했다. 그냥 복사, 축소 복사, 확대 복사, 컬러 복사……. 나의 토익 실력이나 갖가지 오피스 프로그램 실력은 발휘될 겨를조차 없었다. 이 회사에서 필요한 건 복사기 불빛을 하루 종일 멍하게 바라볼 수 있는 인내심뿐이었다. 복사실에서는 복사하는 내가 하루하루 복사되고 있었다. 그래도 불평하지 않고 열심히 복사했다. 나는 우직하게 토끼와 거북이 이야기가 주는 교훈을 믿어 의심치 않았다. 토끼들이 점심을 먹고 정직원들과 잡담을 나눌 때도 쉬지 않았다. 할 수만 있다면 토끼들이 잘 때도 복사를 하고 싶었다.

그런데 참 이상한 게 있었다. 똑같은 인턴인데 토끼들은 복사를 덜했다. 그들은 복사보다는 주로 토익 실력을 발휘할 수 있는 해외 업무를 보조하거나 갖가지 오피스 프로그램 실력을 발휘할 수 있는 문서 작업을 했다. 나는 복사가 끝나면 할 일이 없는데 토끼들은 내가 퇴근하고 난 후에도 할 일이 있었다. 불안했다. 토끼가 잘 때 내가 걸어야 하는데 토끼는 뛰고 나는 자러 갔다. 조직적으로 거북이들을 쉬게 만들려는 음모가 느껴졌다. 그러나 항의하지는 않았다. 섣불리 항의했다가는 복사마저 못할 수도 있었다.

그렇게 석 달을 보내고 나는 다시 해고되었다. 업무 능력이 떨어진다는 이유에서였다. 화가 났다. 업무는 해보지도 못했는데 능력이 떨어진다는 평가가 어디서 나왔는지 의아했다. 나는 나가기 직전에 처음이자 마지막으로 인사 담당자에게 항의했다. 내가 맡은 업무가 복사라면 나는 복사에 관한 한 탁월한 능력을 습득하고 있는데요. 그러자 인사 담당자가 나를 빤히 쳐다보면서 물었다. 그런데요? 미안하다고 사과할 줄 알았지 질문을 할 줄은 예상하지 못했다. 당황한 내가 그러니까…… 하고 어물어물하는 사이 인사 담당자는 재빨리 말을 이었다. 복사는 자동 복사 기능을 쓰면 사람이 없어도 할 수 있어요. 물론 알고 있었다. 자동 복사 기능이 있다는 것을. 하지만 나는 한 번도 그 기능을 써본 적이 없었다. 복사기가 모든 것을 다 알아서 하면 굳이 내가 복사되고 있는 복사용지들을 지켜볼 필요가 없기 때문이었다. 우리 회사는 단순 작업자가 아닌 창조적인 인재를 원하고 있습니다. 그런 일을 잘한다면 생산직을 알아보세요. 인사 담당자가 냉담하게 말을 끝냈다. 억울했지만 할 말이 없었다. 처음부터 창조적인 일을 잘한다고 했어야 했는데, 괜히 복사를 잘한다고 해서 말꼬리가 잡힌 게 화근이었다.

  그날은 소라와 함께 나도 두 병의 소주를 마셨다. 그러자 내가 두 번째로 해고되었다는 사실을 잊을 만큼의 취기가 올랐다. 나는 손을 뻗어 소라의 가슴을 더듬으려고 했다. 소라가 내 손을 잡고 물었다. 콘돔 없지? 응. 없어. 소라는 말없이 잡았던 손을 밀쳐냈다. 주량을 넘는 술을 마셨음에도 가슴 한구석에 서늘한 바람이 불었다.

  소라의 브래지어에 손을 넣고 막 가슴을 만지려는데 전화벨 소리가 들려왔다. 그런데 하필 전화벨 소리가 전화 받으세요, 하는 어린아이 목소리였다. 소라나 나나 처음에는 분위기를 깨고 싶지 않아 못 들은 척했다. 하지만 가슴을 만지면서 듣기에는 너무나 천진난만한 음성이 계속해서 이어졌다. 소라의 얼굴에 짜증이 번졌다. 전화 받아. 나는 브래지어에서 손을 빼며 말했다.

  소라는 발신자를 확인하더니 전화기를 갖고 화장실로 들어갔다.

유글레나   155

결혼하기로 했던 남자의 전화라는 느낌이 들었다. 그렇지 않고서야 술이 꽤 취했음에도 저렇게 조심스럽게 행동할 이유가 없었다. 나는 닫힌 화장실 문을 보면서 신경을 곤두세웠다. 조그만 옥탑방이라 침대와 화장실까지의 거리가 서너 걸음 정도밖에 떨어져 있지 않았다. 귀를 기울이자 전화를 받는 소라의 목소리가 들려왔다. 응, 응, 그만해. 자기. '자기'라는 말에 가슴이 아려왔다. 나한테는 한 번도 쓰지 않았던 호칭이었다. 또 응, 응 하는 소리가 이어졌다. 그러다가 소라의 목소리가 갑자기 높아졌다. 더 이상 못 참아. 나야 자기 부모님이야. 하나만 선택해. 잠시 침묵이 이어졌다. 그리고 딸깍 소리가 나면서 소라가 화장실 문을 열고 나왔다. 나는 재빨리 이불을 덮고 못 들은 척했다. '자기'라는 호칭 때문인지 나의 '미묘한' 심리가 다시 발동했다.

하지만 이번에도 소라는 내 심리 따위는 아랑곳하지 않고 내 곁을 파고들었다. 그리고 유글레나를 만지작거렸다. 유글레나도 내 심리 따위는 아랑곳하지 않고 소라의 손길에 목을 내밀었다. 쓰다듬기만 하면 아무나 주인인 줄 아는 하룻강아지 같은 녀석이었다. 소라는 내 팬티를 벗기더니 위로 올라왔다. 역시나 처음 전화 통화에서 느꼈던 것처럼 거친 면모를 보여주었다. 유글레나도 그런 소라에 답하듯 불끈, 굵은 핏줄을 드러냈다.

소라가 내 몸 위에 자기의 몸을 포개면서 속삭였다. 콘돔 없어? 아차 싶었다. 갑자기 소라가 들이닥친 터라 콘돔 사놓을 생각을 못했다. 나는 고개를 가로저었다. 소라가 내 목을 끌어안았다. 오늘은 그냥 하자. 임신하면 낳아서 키우지 뭐. 부모가 되면 어떻게든 열심히 살게 될 거야. 그러고 보면 예전에도 '부모가 되면 어떻게든 열심히 살게 될 거야'라고 말했던 적이 있었다. 내 유글레나가 아직 성기이던 시절 생식을 통해 수정에 성공했을 때였다.

어떡해. 소라가 두 줄이 선명하게 그어진 임신 테스트기를 보이며 말했다. 어떻게 해야 하는지는 나도 잘 몰랐다. 모든 생물은 임신을 하면 낳는다. 그렇게 하는 것이 당연한데 어떻게 해야 하는지 모르는 내가 좀 이상했다. 멍하니 임신 테스트기를 내려다보고 있는데 소라가 힘껏 내 가슴팍을 후려쳤다. 여자의 주먹인데도 망치로 맞은 것 같은 충격이 왔다. 장난이 아니구나, 그런 생각이 들었다. 가슴을 문지르며 소라를 봤다. 눈에 원망이 가득했다. 정말 장난이 아니었다. '현실'이라는 두 글자가 망치처럼 뒤통수를 때렸다.
낳자고 했다. 앞으로 어떻게 될지 모르겠지만 지금 당장은 낳자는 말이 소라를 달래는 데 더 적당할 것 같았다. 소라는 한숨을 푹 내쉬었다. 자취방 안의 공기가 수증기처럼 무거웠다. 그래도 나는 밝은 표정으로 소라의 허리를 감싸 안으며 말했다. 기뻐할 일이야. 집에서 기르던 강아지가 새끼를 가져도 기뻐하잖아. 우리도 그래야지. 그러고 나서 말했다. 부모가 되면 어떻게든 열심히 살게 될 거야. 그러자 소라가 내 눈을 빤히 쳐다보면서 대꾸했다. 강아지는 먹이만 주면 자라지만 사람이 그래? 순간 위로를 한답시고 강아지를 비유로 끌어들인 게 잘못이라는 생각이 들었다. 개와 사람은 근본적으로 종이 달랐다.

앉아봐. 소라가 애써 원망을 삭이고 차분한 목소리로 말했다. 나는 잘 훈련받은 강아지처럼 냉큼 자리에 앉았다. 소라는 또다시 통계 이야기를 꺼냈다. 아이 한 명을 키우는 데 평균 이억 육천만 원이 든대. 그것도 지금 물가가 변하지 않는다는 조건에서 말이야. 평균적으로 대학 졸업할 때까지 이십오 년을 키운다고 쳐봐. 매달 팔십칠만 원의 돈이 들어. 그런데 지금 우리는 한 달에 얼마를 벌지? 나는 고개를 가로저었다. 당연히 지금 버는 돈은 없다. 그래도 인턴 자리를 구하면 팔십만 원 정도는 벌 수 있다고 했다. 그럼 아이는 그렇다 치고 우리는 어떻게 할 건데? 또다시 대답할 말이 떠오르지 않았다. 그렇지만 우리 때문에 우리의 생명이 축복받지 못한다는 것은 너무나 서글픈 일이었다. 나는 생각 끝에 좀 무책임하지만 지금 상황에서 그나마 믿을 만한 대안을 꺼냈다. 부모님께 말씀드려 볼게.

집에 내려가서 모처럼 만에 아버지 앞에 무릎을 꿇었다. 앞으로 건넬 말을 생각하면 미리 분위기를 잡고 저자세로 나가는 것이 효과적일 것 같았다. 사고 쳤냐? 첫마디를 던진 아버지는 조용히 눈을 감았다. 정신적인 충격에 대비하겠다는 결연한 표정이었다. 아버지의 마음이 무거워진 만큼 내 마음은 조금 홀가분해졌다. 나는 별다른 서두 없이 아버지에게 손자가 생겼다는 말을 꺼냈다. 아버지는 감은 눈을 쉽게 뜨지 못했다.

어떻게 하면 좋겠냐? 감은 지 약 일 분 만에 눈을 뜬 아버지가 물었다. 어투는 달랐지만 어감은 소라의 어떡해, 라는 말과 별반 다르지 않게 들렸다. 나는 고개를 숙였다. 어떻게 하면 좋을지 몰라서 찾아온 터였다. 뭐라고 할 말이 있을 리 없었다. 목덜미 위로 아버지의 철근 같은 시선이 떨어졌다. 네 결혼 자금으로 조금 모아둔 게 있다. 올라가거든 그걸로 둘이 살 집부터 구해봐라. 결혼식에 대해서는 그쪽 부모님에게 먼저 인사를 올리고 난 다음 상견례할 날짜를 받아 오면 그때 이야기하자. 나는 더욱 깊게 고개를 숙였다. 감당하기 힘든 일을 벌인 자식의 자세란 무릇 그래야만 한다고 생각했다.

다시 소라를 만난 나는 아버지의 말을 전했다. 소라는 집부터 당장 알아보자고 했다. 신혼집을 구하러 다니는 새색시처럼 흥분된 표정이었다. 하지만 나는 걱정이 됐다. 아버지가 모아놓았다던 결혼 자금은 그야말로 딱 결혼할 만큼 조금이었다. 공무원은 어떤 경제 위기가 와도 무난하게 지낼 수 있는 반면 어떤 경제 호황이 와도 큰돈 모으기는 어려운 직업이었다. 그러니까 아버지가 내놓은 자금이 조금이어도 그것이 아버지가 해줄 수 있는 최선이었다.

집을 떠나 생활한 적이 없는 소라는 전세나 월세 시세에 대한 감이 별로 없었다. 그러나 대학을 다니는 내내 자취방을 전전한 나였다. 그 돈으로 수도권에서 신혼집을 구한다는 것이 무척 어려울 거라는 걸 충분히 짐작할 수 있었다. 하지만 소라에게 차마 그런 말을 꺼낼 수는 없었다. 대신 열심히 발품을 팔면 좋은 집이 나올 거라는 주문을 나 자신에게 걸었다.

별다른 종교도 없는 내가 주문을 걸었다고 해서 통할 리 없다는 것은 집을 구한 지 하루도 지나지 않아 절감할 수 있었다. 기본적으로 평지에 있는 집은 구할 수가 없었다. 우리는 비정상적으로 높은 동네에 있거나 비정상적으로 낮은 지하에 있는 방들을 소개받았다. 방을 하나씩 둘러볼 때마다 소라의 표정은 점점 어두워졌다.

그나마 깨끗해 보이는 반지하 전세방이 우리가 가진 돈으로 구할 수 있는 최선이라는 걸 알게 됐을 때 소라의 표정은 해질 무렵의 반지하 전세방만큼이나 어두워져 있었다. 부동산 중개인은 지금 당장 계약하지 않으면 금방 나갈 거라며 재촉했지만 소라는 고개를 저었다. 자취방으로 돌아오는 길에 소라가 가라앉은 목소리로 말했다. 자신 없어. 말끝에는 울음이 조금 섞여 있었다. 나는 한숨을 내쉬면서 소라의 어깨를 감싸 안았다. 이해했다. 그렇게 열심히 미래를 준비해왔는데 이제 와서 반지하 방에 별다른 수입도 없이 세 식구가 모여 사는 모습을 소라로서는 받아들이기 힘들었을 것이다. 그러나 나는 내가 처음 해고당했을 때 소라가 내게 말해주었던 것과는 달리 그녀에게 괜찮다고 말해주지 못했다. 솔직히 나도 자신이 없었다.

결혼은 하지 않기로 했다. 수정도 없었던 걸로 했다. 그 후로 나는 수정할 수 없었다. 칠만 원 차이 때문이었다. 대달 팔십만 원을 벌어서 기르는 데만 매달 팔십칠만 원이 든다는 아이를 가질 수는 없었다. 그사이 알 만한 주방용품 회사의 인턴, 알 만한 부엌가구 회사의 인턴, 알 만한 비데 회사의 인턴 등등을 거쳤지만 정직원이 되지 못했다.

그렇게 내가 인턴을 전전하는 사이 소라와 나의 관계는 차츰 소원해졌다. 소라는 내가 자신의 몸에 손을 댈 때마다 정색을 했다. 나의 성기는 점점 유글레나가 되어갔다.

소라에게 다시 선 자리들이 들어오기 시작한 것도 그 무렵이었던 것 같다. 소라는 주말마다 바빴다. 결혼식, 장례식, 친구 모임 등이 매주 이어졌다. 그렇게 경조사로 바쁘게 지내던 어느 주말 아침, 왜 만나주지 않느냐고 투정 부리는 내게 소라는 헤어지자고 했다. 다른 남자가 생겼다고 했다. 그 남자를 나보다 더 사랑하느냐는 상투적인 물음에 소라는 공무원이어서…… 라며 말끝을 흐렸다. 나는 그 후로 몇 주 동안 술 마시고 애원하고 울고를 반복하면서 소라를 붙잡았지만 그녀는 끝끝내 전화 한 통 주지 않았다.

이상하게 그와 동시에 인턴 자리도 들어오지 않았다. 그제야 나는 이별을 조금씩 받아들일 수 있었다. 어떤 면에서는 다행이었다. 별다른 희망이 보이지 않는 내 모습을 소라에게 보여줄 자신이 없었다. 그 무렵 나의 성기는 완전히 유글레나르 변했다. 무성생식을 할 수밖에 없는 형편이 되어버린 것이었다.

　비겁했던 거 같아, 음. 책임을 졌어야 했는데, 으음. 불쌍해, 음음. 소라가 신음을 섞으며 말했다. 술에 취해 관계를 가지면서도 소라는 형체도 갖추지 못하고 사라진 우리의 수정체를 생각하고 있었다.
　심장 가운데 압정이 콕, 찔리는 듯한 느낌을 받았다. 그리고 그날, 반지하 전세방의 계약을 거절하고 자취방으로 되돌아가던 날, 눈물 흘리는 소라를 안아주던 장면이 떠올랐다. 그 순간 나는 깨달았다. 내가 지금 안고 있는 소라는 야동에 나오는 소라와는 확실하게 다른 존재라는 걸. 내 인생의 가장 빛나던 때와 가장 힘들었던 때를 함께 보낸 소라를 그 누구와 비교한다는 것 자체가 말이 안 되는 거였다. 그러니까 소라는 단지 하룻밤을 같이 보낼 수 있는 대상이 아니었다. 지금 갖고 있는 이 관계가 참 무겁다는 생각이 들었다. 소라의 몸속에 있던 유글레나가 서서히 줄어들었다. 성기가 되기에는 아직도 가진 게 너무나 없는 녀석이었다.
　소라가 멈칫하며 나를 내려다보더니 말없이 내 몸 위에서 내려왔다. 우리는 나란히 누웠다. 캄캄한 천장이 눈앞에 드리워져 있었다. 나는 가만히 소라의 손을 잡았다. 그렇게 밤을 지새웠다. 소라와 나 사이에 이토록 건전한 밤이 있었나 싶게 정말 손만 잡은 채였다.
　아침에 눈을 떠보니 언제 일어났는지 소라가 옷을 입고 나갈 준비를 하고 있었다. 가려고? 응. 단 두 마디를 하고 우리는 방문을 나섰다. 연락할게. 문 앞에 서 있던 소라가 어색하게 미소 지었다. 나도 어색하게 웃으며 고개를 끄덕였다. 그때 전화 받으세요, 하는 천진난만한 음성이 들렸다. 소라가 전화기를 꺼내 발신자를 확인하더니 돌아섰다. 아침부터 왜 전화했어. 투정 부리듯 했지만 많이 누그러진 목소리를 흘리며 소라는 옥탑방 계단을 내려갔다.

　나는 소라의 뒷모습이 완전히 사라질 때까지 지켜보다가 다시 방문을 닫고 침대에 누웠다. 그리고 소라의 샴푸 향이 아직 짙게 배어 있는 베개를 끌어안고 생각했다. 오늘이라도 이본좌 석방을 위한 인터넷 서명운동이라도 해야겠다고. 아마도…… 통계적으로 평균이 되는 그날까지 무성생식을 해야 하는 가난한 나의 유글레나를 위해 그 정도는 해줘야 하지 않을까 생각했다.

　잠을 설친 탓인지 노곤했다. 눈을 감았다. 새삼스럽게 어둠 속에 드러나던 소라의 몸이 떠올랐다. 소라의 가슴, 소라의 배, 그리고 또, 그리고 또……. 더 뭔가를 떠올릴 겨를도 없이 유글레나가 기지개를 켰다. 나는 모니터 앞에 앉아 다리 사이에 모자이크가 있긴 하지만 가슴과 허리만으로도 유글레나를 흥분시키기에 충분히 예쁜 소라를 보며 자위를 했다. 잠시 후 유글레나의 머리가 움찔하더니 편모 같은 정액을 토해냈다. 축 늘어진 녀석이 내 손안에 기대왔다. 나는 휴지로 유글레나를 닦아주면서 녀석만 있으면 혼자서도 얼마든지 괜찮다고 또 자위했다.

미운 고릴라 새끼

아프리카 콩고 내륙 지방에 산다는 보노보 원숭이는 때와 장소는 물론 암수도 가리지 않고 짝짓기를 한다. 좋아하는 상대가 있고 그렇지 않은 상대가 있더라도 보노보 원숭이는 평등하게 짝짓기를 해준다. 그런 방식 때문에 녀석들은 다른 유인원과 달리 짝짓기 상대를 놓고 다투지 않는다.

 우리 집에 같이 사는 여자는 나와 짝짓기를 할 때도 있지만 잠은 거의 내 어미 방에서 잔다. 어미도 나도 여자를 좋아하지만 여자를 곁에 두려고 서로 경쟁하지는 않는다. 여자는 자유롭게 그러나 골고루 자신의 존재를 나누어준다.

 보노보 원숭이는 워낙 짝짓기를 자주 하다 보니 어떤 수컷이 어떤 새끼의 아비인지 알 수가 없다. 그래서 공동으로 새끼를 기른다.

녀석들은 자신이 구해 온 먹이를 모든 새끼들에게 평등하게 나누어준다. 적어도 보노보 원숭이는 자기 유전자 보존과 먹이를 놓고 경쟁하지 않는다. 그래서 녀석들은 싸우지 않고 평화롭게 지낼 수 있다.

여자에게는 딸이 하나 있다. 나는 계란 장수를 해서 번 돈으로 여자와 함께 여자의 딸을 키운다. 그렇지만 그 아이의 아비를 한 번도 의식해본 적은 없다. 여자가 원했던 상대의 유전자를 가진 아이를 받아들인 만큼, 나 또한 내 계란을 사주는 단골 아줌마, 아가씨 들과 눈이 맞을 때면 나의 유전자를 부지런히 퍼트리고 다닌다. 내 유전자를 가진 아이들이 그 누군가에 의해서 길러지고 있다면 나 역시 또 다른 누군가의 자식을 길러주는 게 도리다.

나는 보노보 원숭이처럼 산다. 하지만 내가 처음부터 보노보 원숭이처럼 살았던 것은 아니었다. 오히려 고릴라에 가깝게 살았다. 자신의 영역에서 자신의 암컷과 유전자를 지키려고 안간힘을 쓰는 고릴라처럼 나 역시 내 영역에서 나의 여자와 유전자를 지키려고 애쓰면서 살았다. 그러나 아비의 삶을 지켜보면서 생각이 바뀌기 시작했다.

아비도 트럭을 타고 전국을 돌아다니는 계란 장수였다. 계란을 한 번 싣고 떠나면 며칠간 집에 들어오지 않았다. 하지만 어쩌다 한 번 아비가 돌아오면 어미는 나를 밖으로 내보내기 일쑤였다. 해질

녘까지 동네를 쏘다니다가 집에 들어가면 어미와 아비는 웃음을 가득 머금고 있었다.

어느 날, 계란이 떨어진 어미는 단골 계란 장수에게 계란을 사고 있었다. 그런데 마침 집으로 들어오던 아비가 계란 장수의 농에 흐드러지게 웃는 어미를 목격했다. 그 순간 아비는 어미가 산 계란을 바닥에 내동댕이치더니 어미의 머리채를 끌고 집으로 들어갔다. 어미는 영문도 모른 채 아비에게 흠씬 두들겨 맞았다. 아비는 그래도 분이 풀리지 않았는지 나에게 회초리를 휘둘렀다. 얼마 전까지 귀한 아들이었던 나는 어미가 다른 계란 장수를 방에 불러들였는지 여부를 판단하는 중요한 참고 증인이 되었다. 나는 모진 매질을 견디다 못해 네, 하고 있지도 않은 말을 털어놓았다.

그 후로 아비는 툭하면 어미를 두들겨 팼다. 세간은 들여놓기가 무섭게 깨져 나갔고 어미의 얼굴에는 세간이 깨져 나간 개수만큼 멍이 들어갔다. 하지만 어미는 별다른 변명도 없이 참고 견디기만 했다. 당시 나는 어린 마음에도 사람이 저렇게 맞고도 다음 날 팔다리를 움직이며 거동을 할 수 있다는 사실이 놀라웠다. 속으로 태권V와 어미가 붙으면 절대로 어미가 꿀릴 거라고 생각하지 않았다. 어미의 재생 능력은 태권V보다 빨랐고 투입되는 에너지의 절대량도 태권V보다 저렴했다. 어미는 된장찌개에 김치면 불가사리 같은 회복력을 보였다.

그런데 어미가 태권V 못지않은 괴력을 발휘했던 때가 있었다.

그날도 어미를 두드려 패던 아비가 갑자기 나를 향해 돌아섰다. 이미 아비의 눈은 정상이 아니었다. 어미는 늘 하던 대로 나를 감싸 안으려 했다. 하지만 아비는 그런 어미를 밀쳐냈다. 어미는 엉덩방아를 찧었다. 아비는 허리띠를 풀어 채찍질을 하면서 '너는 어떤 놈의 종자냐'고 다그쳐 물었다. 아프다 못해 정말 지긋지긋할 정도였다. 견디다 못한 나는 다른 놈의 자식이라는 얘기를 하려고 했다. 그런데 그 순간, 기적이 일어났다. 어미가 태권V로 변신했다. 어미는 놀라운 속도로 아비에게 달려와 그를 받아버렸다. 아비는 태권V의 일격에 당한 괴수로봇처럼 벽에 머리를 부딪치고 쓰러졌다. 하지만 아비가 쓰러졌다고 해서 어미의 파이팅이 끝나지는 않았다. 분이 덜 풀린 어미는 프라이팬을 들고 들어와 아비에게 최후의 일격을 가했다.

뇌진탕을 일으킨 아비는 한동안 굴신도 하지 못했다. 어미가 하루 한 끼 주는 죽도 겨우 넘기는 수준이었다. 그렇게 당한 아비는 무력했다. 평소에는 입만 뻥긋해도 어미와 나를 패대기치던 아비가 이제는 어미의 구박에 남몰래 눈물짓는 처지로 전락했다. 아비가 자리를 털고 일어났을 때, 어미는 이혼 서류를 내밀었다. 아비는 두말 없이 도장을 찍었다. 어미는 아비의 짐까지 미리 다 싸놓는 치밀함을 보였고 아비는 자기 물건이 제대로 들었는지 확인할 틈도 없이 쫓겨났다. 그렇게 아비가 영영 사라진 줄 알았다. 하지만 그게 아니었다. 일주일쯤 지났을 때 아비는 동네 어귀에서 놀고 있는 나를 찾아왔다. 그리고 타고 다니던 트럭의 키를 내 손에 쥐여주었다. 혹시 나를 다시 찾고 싶으면 이 키를 갖고 오거라. 좋은 닭이 좋은 계란을 낳는 법이다. 만약에 계란을 사거나 계란 장사를 하게 된다면 이 말을 꼭 명심해라. 아비는 그 말을 남기고 떠나갔다.

한번 태권V로 변신한 어미는 남자 못지않게 일도 척척 잘했다. 나는 어미가 탁월하게 생계를 꾸린 덕에 부족함 없이 자랐다. 유일하게 부족한 게 있다면 계란뿐이었다. 어미는 아비를 쫓아낸 후로 두 번 다시 계란을 들이지 않았다.

나는 어릴 때부터 어미와 아비의 난투극을 보고 자랐기 때문에 피를 흘리거나 멍이 드는 따위의 일을 대수롭지 않게 여겼다. 이런 성격은 초등학교에 입학한 후 진로를 정하는 더 결정적인 영향을 끼쳤다. 싸움을 해서 먼저 코피를 터트리면 이기는 유치한 약육강식의 세계에서 피를 봐도 눈 하나 깜짝하지 않는 나는 그야말로 초등학교 싸움계의 기린아였다. 피투성이가 돼서도 꿋꿋하게 싸움에 임하는 인파이터였던 나를 보고 아이들은 치를 떨었다.

남학생들의 싸움이란 인류의 진화와 궤를 같이하는 것이어서 초등학교 때는 주먹다짐으로 끝나던 것이 중학교 때는 각목과 같은 도구를 이용하기 시작하고 고등학교 때는 무리를 지어 패싸움을 한다. 나 또한 그렇게 변해갔다. 초등학교 때는 주먹이나 쓰는 고릴라에 불과했다가 중학교에서는 막대기를 쓸 줄 아는 침팬지로 진화했고 고등학교에 가서 마침내 사람처럼 머리를 쓰기 시작했다.

패싸움을 하기 위해서는 무리를 다루는 법과 리더십을 익혀야 했기 때문이다. 나는 고등학교 짱에서 정치력을 발휘하여 지역 내 연합 조직의 짱이 되었고 고등학교 졸업장도 따기 전에 구속 수감되었다. 그날 이후로 어미는 줄담배를 피우기 시작했다.

스무 살도 되기 전에 별을 달았지만 그런 나를 군대에서는 받아주지 않았다. 가진 것이라고는 싸움하는 기술과 체력뿐인 자가 전과자라는 이유로 군대에 가지 못한다면 갈 곳은 조직밖에 없다고 생각했다. 조직은 여러 모로 군대와 비슷했다. 머리를 짧게 깎는다는 것, 신병 훈련소처럼 합숙을 하며 기본적인 훈련을 받는다는 것, 늘 실전을 염두에 두고 비상 대기 상태에 있어야 한다는 것, 규정된 복장이 있다는 것 등등. 조직과 군대를 동일시하는 긍정적인 생각 때문이었는지 나는 우수한 성적으로 합숙소를 나와 제법 물 좋은 룸살롱의 기도를 보게 되었다.

첫 월급을 타자마자 어미가 좋아하는 수박을 사 들고 집으로 되돌아왔다. 그때 어미는 빗자루로 방을 쓸고 있던 중이었다. 깍두기 머리를 하고 검은색 양복을 입은 나를 본 어미의 표정은 떨떠름했다. 어미는 나에게 요즘 뭘 하고 지내는지 물었다. 나는 수박을 건네며 조직 생활을 한다고 말해주었다. 그 말이 떨어지자마자 어미는 수박을 내 정수리에 메다꽂은 다음 들고 있던 빗자루로 뒤통수를 후려쳤다. 나는 어미의 체계적이고 정확한 타격에 놀랄 틈도 없이 쓰러졌다. 그제야 여자는 약하지만 어미는 강하다는 말을 실감했다. 나는 아비가 집을 떠난 이유를 조금이나마 알 것 같았다. 나도 어미가 무서워서 한동안 집을 떠나 있었다.

조직 생활을 하는 동안 나는 다시 고릴라로 퇴화했다. 내 영역에서 암컷을 놓고 수컷끼리 시비가 붙으면 주먹을 써서 쫓아내는 일이 주된 임무였지만 시비 붙을 일이 없을 때는 나에게 할당된 암컷을 관리하기도 했다. 동물의 왕국에서 보던 고릴라와 오차범위 '±5%'에 근접하는 수준의 생활이었다. 하지만 한번 인류로 진화해본 내가 다시 고릴라와 같은 생활을 하게 되자 금방 지겨움이 밀려왔다. 게다가 조직 생활이라는 것이 위험부담은 큰 반면에 실제 수입은 그리 많지 않았다. 이런 종류의 직업에는 산재보험조차 적용되지 않기 때문에 사고로 불구가 된 이후를 생각하면 암담하기까지 했다. 나는 어떻게든 지금의 고릴라 생활을 접어야겠다고 마음먹었다.

원래 조직이라는 곳은 고용보장이 지나치지 확실하다. 대부분의 조직들은 퇴직 조건으로 손가락을 내놓아야 한다. 따라서 내가 선택할 수 있는 길은 하나였다. 조직 내에서 진급하는 것. 아무래도 밑에 똘마니들이 많으면 내가 직접 현장에서 뛸 일이 없어지기 때문에 지금보다는 안전할 거라고 생각했다. 조직 내에서 진급하는 방법은 크게 두 가지다. 첫번째는 라이벌 조직의 두목급 하나를 찌르고 큰집에 갔다 오는 것이고, 두번째는 현재 맡고 있는 곳에서 실적을 내는 것이다. 첫번째 방법은 조직의 신임을 두텁게 입고 있어야 가능한 일인 데다가 당장 기회가 오는 것도 아니다. 나는 자연히 두번째 방법, 즉 실적을 올려서 진급하기로 결정했다.

진급을 하기 위해 내가 주목한 것은 계란이었다. 부모의 이혼 때문에 덩달아 헤어진 계란과 다시 만난 것은 합숙소 시절이었다. 그때는 몸집을 불리기 위해 마가린과 계란, 자장면 따위를 토하도록 먹었다. 다른 동기들은 식사 시간을 가장 괴로워했지만 나는 십이 년 만에 재회한 계란의 낯선 맛 때문에 오히려 이 시간이 즐거웠다.

그때부터 나는 계란을 즐겨 먹었다. 덕분에 계란에 숙취 해소 기능이 있다는 사실도 알게 됐다. 항상 술을 마실 때 안주로 계란말이를 시켰는데 그런 날은 단 한 번도 숙취를 겪지 않았다. 나는 룸에 찾아오는 모든 손님들에게 숙취 해소용으로 계란을 제공하기 시작했다. 나의 계란 마케팅은 뜻밖에 잔잔한 성공을 거뒀다. 테이블 위에 오르는 모든 것에 영이 하나 더 붙어 계산되는 이 값비싼 세계에서 공짜 계란 프라이는 예상치 못한 감동이었던 모양이다. 나는 룸살롱 기도에서 영업부장으로 수직 상승했다.

그러나 나의 계란 마케팅은 초반 반짝 성공에 그치고 말았다. 다른 룸살롱도 일제히 계란을 제공하기 시작했다. 그리고 얼마 안 가 차별화된 계란 서비스를 시도하는 룸살롱도 생겨났다. 어떤 곳은 완숙, 반숙 등 고객의 입맛에 따라 맞춤형 서비스를 제공하기도 하고 또 어떤 곳은 손님 앞에서 닭이 직접 알을 낳는 장면을 보여주기도 했다. 심지어 타조 알을 제공하는 초강수를 두는 곳도 생겨났다.

경쟁이 치열해지자 원조 계란 룸살롱이라는 타이틀만 가지고는 버텨내기가 힘들어졌다. 매출은 계란 서비스 이전으로 급감했다. 두목은 나를 지하실로 불러 내렸다. 그런 다음 내 입을 벌려놓고 재고로 쌓인 수백 개의 날계란을 모조리 쏟아부었다. 숨조차 쉴 수 없을 만큼 엄청난 양이었다. 나는 컥컥 소리를 내다가 삼킨 계란마저 꾸역꾸역 게워냈다. 두목은 내가 계란을 다 토해내기를 기다렸다가 다시 남은 계란을 쏟아부었다. 뱃속에 계란이 가득 들어찬 나머지 내가 계란인지 계란이 나인지 구분이 안 갈 지경이었다. 그제야 비로소 두목은 한마디 했다. 네놈이 이상한 걸 시도하는 바람에 계란 값만 날렸어.

나는 지하실에 감금당한 채 위액과 적절하게 뒤범벅된 날계란 속에서 밤을 지새웠다. 이제 계란은 지겹다 못해 냄새조차 역겨웠다. 그런데 그 순간 어떤 영감이 스쳤다. 반대로 아무리 먹어도 지겹지 않을뿐더러 다시 맛보지 않고는 못 배기는 계란이 있다면 어떨까. 만약 그런 계란을 구할 수만 있다면 그리고 그 계란을 독점적으로 공급할 수만 있다면 떨어진 매출을 만회하는 건 순식간이라는 생각이 들었다. 왠지 성공할 수 있을 것 같았다. 나는 다시 한 번 두목을 만나게 해달라고 소리를 지르며 지하실 문을 두드려 댔다.

풀려나는 대로 목숨을 걸고 계란을 구하러 돌아다녔다. 전국의 맛있다는 계란은 모조리 구해서 먹어보았을 뿐 아니라 물새 알에 거북이 알까지 맛보았다. 하지만 혀에서 오르가슴을 느낄 정도의 계란은 구할 수가 없었다. 계란으로 인한 스트레스가 극에 달했을 무렵, 문득 아비 생각이 났다. 아비는 계란에 관한 한 적어도 나보다 잘 알 게 틀림없었다. 나는 아비의 행방을 묻기 위해 어미를 찾아갔다. 이번에는 조폭 분위기가 나는 복장 대신 와이셔츠를 입고 넥타이를 맸다. 평범한 회사원처럼 보이고 싶었다. 여전히 어미의 타격은 두려웠다.

회사원 복장 때문인지 어미는 별말이 없었다. 안도감이 생긴 나는 눈치를 보다가 조심스럽게 아비의 행방을 물었다. 어미는 여태껏 한 번도 묻지 않았던 질문에 내 표정을 살피더니 담배에 불을 붙였다. 왜? 계란 때문에 그러냐? 나는 속으로 뜨끔했다. 하지만 어미 앞이라 계란 때문에 죽을지도 모른다는 말은 차마 꺼낼 수 없었다. 그러나 어미는 낌새를 눈치챘는지 한숨을 푹 내쉬고 나서 오래된 종이쪽지 하나를 내놓았다. 이게 네 아비 주소다. 아직도 여기에 살고 있는지는 모르겠다만 혹시 네가 어려울 때가 있으면 찾아오라고 남겨두고 갔다. 계란은 네 아비가 도사니라. 어미는 담배 연기를 길게 내뿜으면서 넋두리를 했다. 계란으로 얻은 자식 계란으로 힘들게 할 수는 없지.

주소대로 찾아간 곳은 지방 소도시에 있는 평범한 가정집이었다. 색이 바랜 녹색 기와를 얹은 단층집이었는데 지은 지 삼십 년은 족히 되어 보일 정도로 낡았다. 초인종을 누르자 낯선 할머니가 문을 열어주었다. 나는 할머니에게 아비의 이름을 대고 혹시 여기에 살고 있는지 물어보았다. 할머니는 고개를 갸웃거리다가 그런 이름은 기억나지 않는다고 했다. 기운이 쭉 빠졌다. 사실상 아비는 내가 걸 수 있는 유일한 희망이나 마찬가지였다. 할머니는 나의 우울한 표정을 보더니 이맛살을 찌푸리며 다시 한 번 아비의 이름을 천천히 되뇌었다. 그러고는 혹시 계란 장수 하던 사람 말인가, 하고 중얼거렸다. 그 말을 듣자 하늘에서 구원의 동아줄이 드리워진 것 같았다. 나는 반색을 했다. 아직 여기 살고 있나요? 할머니는 고개를 가로저었다. 그 사람 아마 어떤 여자 빚보증을 잘못 서서 세간도 다 놓고 도망을 갔지. 갑자기 귓속에서 뚝, 소리가 났다. 동아줄이 끊기는 소리였다. 할머니는 딱딱하게 굳은 내 얼굴을 찬찬히 살펴보다가 혹시 그 양반 아들인가? 하고 물었다. 나는 힘없이 고개를 끄덕였다. 가만있자, 아들이 오면 전해달라던 말이 있었는데……. 닭이 먼저라던가 달걀이 먼저라던가. 하도 오래돼서 기억이 가물가물한데 여하튼 그걸 알면 찾아올 수 있을 거라고 했던 것 같아. 그리 멀리는 안 간다고 했어.

'그리 멀리는 안 간다'는 말이 그나마 위안이었다. 하지만 시간을 두고 아비를 찾아다닐 여유가 없었다. 두목이 전화를 걸어 사흘 내에 룸살롱 영업을 정상화시켜놓지 않으면 나를 갈아서 닭 사료로 쓰겠다고 협박해왔기 때문이었다. 나는 무턱대고 돌아다니기보다는 계란 장수들을 만나 아비를 수소문해보기로 했다.

수많은 계란 장수들을 만났지만 아비의 행방을 아는 이는 없었다. 그러나 아비의 이름을 아는 사람 몇몇은 만날 수 있었다. 그들은 입을 모아 말했다. 가끔씩 아비가 구해 오는 계란에는 아무도 흉내 낼 수 없는 독특한 맛이 있었다고. 나는 그 이야기를 들으면서 아비가 떠나던 날 했던 말이 기억났다. '좋은 닭이 좋은 계란을 낳는 법이다.' 그 순간 머릿속이 환하게 밝아왔다. 계란 장수로서의 아비는 분명히 달걀보다는 닭이 먼저라고 생각했을 것이다. 먼저 좋은 닭을 찾으면 된다. 나는 즉시 이 도시에 있는 양계장들의 위치를 파악했다. 다행히 양계장은 생각보다 많지 않았다.

몇 군데 양계장을 돌았지만 아비를 찾을 수는 없었다. 그에 비례해서 희망도 점점 꺾여갔다. 나는 마지막으로 나이 든 계란 장수 한 명이 추천해준 양계장에 희망을 걸었다. 그의 말로는 돈으로도 구하기 힘든 '물건'을 대는 곳이라고 했다. 이 양계장은 전화번호도 없는 데다가 첩첩 산중에 있어서 찾기가 무척 힘들었다. 이런 곳에서 장사가 되는 게 용하다는 생각이 들 정도였다.

한참 산속을 헤맨 끝에 겨우 양계장 입구에 들어설 수 있었다. 맨 먼저 눈에 들어온 것은 어딘지 모르게 낯익은 낡은 트럭 한 대였다. 나는 가만히 트럭을 바라보았다. 그러자 트럭은 스스로 먼지를 툭툭 털어내더니 그 옛날 높고 커다랗던 아비의 트럭으로 되돌아갔다. 아비는 떠나던 날 저 트럭의 열쇠 한 벌을 복사해서 어린 내게 주었었다. 무엇에 이끌린 것처럼 트럭에 올라탔다. 그리고 항상 지갑 속에 넣고 다니던 트럭의 열쇠를 꺼냈다. 약간 떨리는 손으로 조심스럽게 열쇠를 꽂았다. 열쇠는 꼭 들어맞았다. 열쇠 머리를 돌리자 차는 가볍게 한 번 몸을 떨더니 이내 우르릉 소리를 내며 시동이 걸렸다. 이때 누군가 차창을 두드렸다. 고개를 돌려보니 백발이 성성한 아비가 서 있었다. 눈에는 눈물이 그렁그렁했다. 그렇게 우리 부자는 헤어진 지 꼬박 십오 년 만에 재회했다. 계란이 끊어놓았던 인연을 계란이 이어 붙여주었다.

아비는 내 사연을 듣자마자 계란 하나를 꺼내 보였다. 그리고 날로 먹어보라고 했다. 노른자가 혀끝에 닿는 순간 강렬한 오르가슴이 왔다. 나는 놀란 눈으로 아비를 바라보았다. 아비는 백발을 바람에 흩날린 채 지그시 눈을 감고 말했다. 근본이 있는 계란이다. 아비가 말해준 바에 따르면 이 양계장에는 수탉이 한 마리 있는데 그놈과 교미해서 나온 유정란만 이런 맛을 낸다는 것이었다. 아비가 말한 근본이란 바로 그 수탉을 의미했다.

아비는 혈압 약을 하루도 쉬지 않고 먹어야 할 정도로 건강이 좋지 않았다. 그래서 자신을 대신해서 내가 양계장을 물려받기를 원했다. 하지만 룸살롱 영업을 되돌려놓기 전에 양계장을 물려받았다가는 아비보다 먼저 양계장에 뼈를 묻게 될지도 몰랐다. 나는 아비의 만류에도 불구하고 곧장 룸살롱으로 향했다.

아비의 계란에 오르가슴이라는 이름을 붙여 다시 손님 몰이에 나섰다. 오르가슴 계란을 푼 지 한 달 만에 원조 계란 룸살롱은 다른 룸살롱을 모조리 문 닫게 만들었다. 게다가 이 계란이 비아그라 뺨치는 정력제라는 의미심장한 소문까지 퍼져 나가자 매출은 고무

줄처럼 쭉쭉 늘어났다. 나는 그 여세를 몰아 영업부장 자리에 복귀했다.

그러나 영업부장이 됐어도 고릴라 생활은 계속됐다. 일이라고 해봐야 영역과 여자 관리가 전부였기 때문이었다. 물론 영업부장이 되면서 칼을 맞을 위험이 줄어들기는 했다. 하지만 실적에 따라 닭 사료가 될 위험은 더 높아졌다. 불안감이 가중되면서 나의 유전자가 동요하기 시작했다. 유전자는 자신의 복제품을 세상에 남기도록 나의 정자들을 선동했다. 한 번도 세상 구경을 하지 못해 순진하기 짝이 없던 정자들은 매 기수마다 너무 쉽게 유전자의 선동에 휘말렸다. 그래서 내 정자들은 늘 욕구 불만이었다. 하루하루 혁명이나 폭동으로 인한 정자들의 대규모 방출 사태가 벌어질 것만 같은 아슬아슬한 상황이 이어졌다.

혁명의 불길은 두목의 생일날 지펴졌다. 두목과 나 사이에 앉은 두목의 여자가 자꾸만 나에게 부적절한 매력을 발산하기 시작했다. 이 여자는 이전에도 두목과 같이 밥을 먹으면서 본 적이 있는데 유난히 김치와 된장국을 좋아했었다. 세련된 외모를 가진 여자가 식성은 나의 어미와 같아서 인상에 남았다. 여자는 그때도 내게 민망할 정도로 자주 눈길을 주었다. 평범한 여자의 눈길은 엔돌핀을 솟구치게 하지만 두목의 여자가 주는 눈길은 간담을 서늘하게 했다. 잘못 건드리면 어디가 어떻게 잘려 나갈지 알 수 없는 노릇이었다.

하지만 이 날은 술기운에 간담이 퉁퉁 부어올랐다. 테이블 아래에서 우연히 여자의 무릎이 내 무릎에 닿자 정자들이 웅성거리기 시작했다. 그러나 그때까지 살아 있던 나의 이성은 선동하는 정자 몇 놈을 밖으로 찔끔 내보내면서 소요사태를 진정시켰다. 그런데 여자의 발목이 내 발목을 휘감으며 들어오자 삼억 마리의 정자들이 일제히 봉기했다.

두목의 생일이 파하자마자 여자와 나는 시내 모텔에서 거사를 치렀다. 혁명은 격렬했다. 나의 유전자는 정자들에게 최후의 한 마리까지 진격할 것을 명령했고 정자들은 저돌적으로 돌진했다. 혁명이 마무리 된 후 여자와 나는 옷도 걸치지 않은 채 그대로 잠이 들었다. 누가 업어 가도 모를 정도로 깊고 포근한 잠이었다.

잠든 사이 누군가 나를 업고 갔던 모양이다. 눈을 떴을 때 내가 가장 먼저 본 얼굴은 여자가 아니라 두목이었다. 주위를 둘러보니 내게 계란을 퍼부었던 지하실이었다. 나는 정신이 약간만 살아 있을 정도로 맞았다. 사물이 흐릿하게 보일 지경이 됐을 때 두목이 내 뒤꿈치에 칼을 들이대는 것을 봤다. 나는 고래고래 소리를 지르면서 발버둥을 쳤다. 서걱거리는 느낌이 지독한 통증과 함께 전달되었다. 결국 나는 유전자를 잇는 대가로 아킬레스건이 끊기고 말았다. 그나마 룸살롱 영업 실적 때문에 목숨은 살려준 거라고 두목은 선심 쓰듯 말했다. 그렇게 나는 조직 세계에서 구조 조정 당했다. 하지만 산재보험이나 고용보험 하나 적용받지 못했다.

아킬레스건을 이어준 의사는 달리지는 못해도 웬만큼 걸어 다닐 수는 있을 거라고 했다. 평생 목발을 짚고 다닐 줄 알았는데 그마나 다행이었다. 어떻게 보면 차라리 잘된 일인지도 몰랐다. 고릴라 세계에서 꼭대기로 올라가봐야 우두머리 고릴라가 될 뿐이었다. 고릴라는 다른 수컷 때문에 늘 불안하다. 그래서 고릴라가 가장 열심히 하는 일은 영역을 관리하고 암컷을 단속하는 일이다. 두목 역시 자신의 본분에 충실했을 뿐이었다. 따지고 보면 고릴라 세계에서 본분에 충실하지 않은 쪽은 오히려 나였다.

여자가 다시 나타난 건 내가 퇴원하고 한 달이 지났을 때였다. 여자는 대뜸 마루에 걸터앉더니 어미와 나를 불러놓고 임신했다는 사실을 통보했다. 어미와 내가 놀란 눈을 끔벅거리는 동안 여자는 신발을 벗고 부엌으로 들어갔다. 그러고는 김치와 된장국을 주섬주섬 꺼내 먹기 시작했다. 그 익숙한 듯 보이는 행동은 여자가 오래전부터 여기에 살던 사람이라는 착각마저 불러일으켰다.

어미는 여자의 간단한 신상 명세를 묻는 것으로 면접을 끝내고 며느리가 되었음을 선언했다. 면접이 간단할 수밖에 없었던 것은 여자가 이미 이 집의 가족이 될 자격을 갖추고 들어왔기 때문이었다. 일종의 특채였던 셈이다.

어미와 여자는 식성만큼이나 죽이 잘 맞았다. 둘은 틈만 나면 정신없이 수다를 떨었다. 그러다가 귓속말도 주고받더니 잠도 같이 자기 시작했다. 아이를 가졌을 때는 남자 쪽에서 조심해야 한다는 이유를 댔다. 어쩐지 어미에게 아내를 뺏긴 듯한 느낌이 들었다.

여자는 열 달을 좀 모자라게 채워서 아기를 낳았다. 사실 지난 아홉 달하고 며칠 동안 여자의 뱃속에 있는 아이가 과연 내 아이일까 고민한 적도 많았다. 하지만 아이가 태어나자마자 그런 고민은 싹 사라지고 말았다. 김치와 된장국을 그렇게 좋아하던 여자는 이목구비가 또렷한 백인 여자 아기를 낳았다. 게다가 RH-형이라는 진귀한 피를 지니고 있기도 했다. 충격으로 얼굴이 사색이 되다시피 한 나를 향해 여자는 몇 마디 무책임한 말을 내뱉었다. 날짜를 잘못 계산했나 봐요. 분명히 당신일 줄 알았는데. 어쩌면 다행인지도 몰라요. 아이 아빠가 꽤 멋있었거든요. 아기가 예쁠 거예요.

나는 어미를 병원 옥상으로 불러놓고 길길이 날뛰었다. 당장 여자를 놔두고 집으로 돌아가자고 했다. 어미는 내 말에 아랑곳하지 않고 담배부터 피워 물었다. 저 애랑 정들었다. 걔 없으면 허전해서 못 산다. 나는 소리를 지르다가 말고 눈을 동그랗게 떴다. 누구요? 아기요? 어미는 고개를 흔들었다. 엄마 미쳤어요? 어미는 대답 대신 내 뒤통수를 매섭게 내리쳤다. 네 꼴을 생각해라. 다리병신에 전과자하고 평생 같이 살아줄 여자는 없다. 어미는 그렇게 말하고 돌아섰다. 정말 그것뿐이에요? 어미는 더 이상 대꾸하지 않았다. 어미가 떠나간 자리에 매콤한 담배 연기가 코끝을 감쌌다.

나는 어미를 설득할 수 없다는 걸 깨닫고 여자에게 당장 떠나달라고 했다. 그러자 여자는 엉뚱하게 아프리카 어디쯤에 산다는 원숭이 얘기를 꺼냈다. 이건 내가 룸살롱에 있을 때 대학에서 인류학인가 뭔가를 가르친다는 교수에게서 들은 이야긴데요. 아프리카 콩고라는 곳에는 보노보 원숭이가 있대요. 이 녀석들은 프리섹스하고 동성애를 즐기는 유일한 원숭이들인데, 상대를 바꿔가면서 섹스를 해도 절대로 서로 간에 질투하는 법이 없대요. 어떤 수컷도 암컷에게 자기 새끼만 가지라고 강요하지 않기 때문이라고 하더군요. 대신 암컷 역시 모든 수컷에게 평등하게 짝짓기를 해준대요. 그러니까 이 녀석들은 싸울 일이 없는 거죠. 가만히 기다리고 있으면 자기 차례가 돌아오거든요. 암컷이 새끼를 낳으면 무리들은 다 같이 내 새끼다 생각하고 기를 뿐이고요. 대부분의 사람하곤 반대죠. 여자는 보노보 원숭이에 대한 긴 설명을 끝낸 후에 물을 조금 따라 마셨다. 나는 당신도 사랑하고 당신 어머니도 사랑해요. 그러니까 말예요. 당신 어머니와 자지 않을 때는 당신과 잠자리를 할 수도 있어요. 보노보 원숭이처럼요. 대신 내가 회복해서 일하러 나갈 때까지 당신이 나와 내 딸에게 먹을 것만 조금 벌어다 주는 건 어때요? 여자의 어이없는 제안에 나는 잠깐 멍한 표정이 되었다. 그럼 나도 보노보 원숭인지 뭔지가 되라는 얘기야? 여자는 고개를 끄덕였다. 원숭이도 그렇게 사는데 우리라고 못할 게 뭐 있어요? 당신이 생각만 바꾼다면 가능해요. 나는 버럭 소리를 질렀다. 우린 원숭이가 아니라 사람이잖아. 종류가 다르다구! 하지만 그 이상은 어쩌지 못했다. 병실에 들어선 어미가 도끼눈을 뜨고 나를 노려보고 있었다.

    여자가 퇴원한 지 얼마 되지 않아서 나는 집을 떠났다. 여자와 어미는 같이 아기를 키우며 전보다 더 친밀해졌다. 나는 더 이상 그 꼴을 지켜보기 힘들었다. 하지만 다리까지 불편한 마당에 어미에게 반항할 수도 없었다. 결국 나는 아비에게 가기로 마음먹었다. 적어도 아비는 '정'보다 유전자를 더 소중하게 여긴다.

아비는 내가 되돌아가자마자 자신의 모든 것을 내주었다. 역시 유전자의 힘은 위대했다. 우리 부자는 분업을 시작했다. 아비는 닭들을 돌보았고 나는 계란을 내다 팔았다. 그런데 아비의 판매망을 이어받으면서 한 가지 특이한 사실을 발견했다. 평범한 계란은 식당 같은 데 공급하지만 아비가 자랑하는 유정란은 남편이 자주 출장을 다니거나 독신인 여자들이 있는 집에 무상으로 공급하고 있었다. 나이 든 계란 장수가 '돈으로도' 이 유정란을 구하지 못했던 이유가 여기에 있었다.

여자들은 아비가 오지 않자 아쉬워하면서도 나에 대한 환대를 잊지 않았다. 그중에는 더러 서양식으로 포옹이나 키스를 해오기도 했다. 그런 환대 끝에 나는 아비가 자랑하는 유정란을 제공하기도 하고 나의 유정란을 만들기도 했다. 그러다 자연스럽게 그 옛날 아비가 왜 그렇게 어미를 때리고 못살게 굴었는지 짐작하게 됐다. 아비는 자신이 계란 장수로서 유정란을 만들그 돌아다녔기 때문에 어미에게 농을 건 계란 장수 역시 자기와 똑같을 거라고 여겼을 터였다.

그러고 보니 어미에게도 의심이 갔다. 어미 역시 나와 더불어 유정란을 만들었던 여자들 같지 않았을까? 그렇다면 나는 도대체 누구의 종자였을까? 문득 어린 시절 어미가 아비의 매질에 대꾸 한마디 없이 맞고만 있었다는 사실이 기억났다. 나는 궁금함을 이기지 못하고 어미에게 전화를 걸었다. 엄마, 나는 아버지 자식이 맞아요? 수화기 너머로 틱틱, 라이터를 켜는 소리가 들렸다. 어쩐지 예감이 좋지 않았다. 어미는 이런 순간에는 항상 담배부터 찾았다. 이윽고 후, 하는 한숨 소리가 들리더니 알쏭달쏭한 말 한마디가 흘러나왔다. 나는 네 어미다. 어미는 내가 대꾸도 하기 전에 전화를 툭, 끊어버렸다. 전화와 더불어 내 심장 깊은 곳에서도 툭, 소리가 났다. 아비와 나를 이어주던 유전자의 끈이 끊기는 소리였다.

아비에게 이 사실을 알려야 할지 말아야 할지, 한참을 망설였다. 하지만 고민 끝에 그냥 묻어두기로 했다. 요즘 들어 부쩍 혈압이 높아진 아비에게 이 소식을 알리면 충격을 받을 게 뻔했다. 비록 내가 누구의 자식인지 알 수 없을지라도 이전처럼 잘 대해주면 될 거라고 생각했다. 본의 아니게 나도 어미와 여자처럼 유전자보다 정을 더 중요하게 여기는 편에 서버렸다.

아비와의 삶은 그리 오래가지 않았다. 어느 해 봄에 조류 독감이 황사처럼 양계장을 덮쳤다. 아비가 반평생 일구어놓은 양계장은 순식간에 공동묘지로 변해버렸다. 아비는 사랑하던 수탉이 생매장되는 꼴을 지켜보다가 혈압이 올라 쓰러지고 말았다. 나는 아비가 저승에서도 양계장을 할 수 있도록 수탉 곁에 묻어주었다. 아비의 무덤에 마지막으로 술을 올리면서 아비와 수탉은 많이 닮았다는 생각이 들었다. 둘 다 평생 유정란을 만들어왔지만 세상에 뿌려진 자기의 유전자와 대면한 적은 한 번도 없었다.

  돌이켜보면 나는 일종의 미운 오리 새끼였던 셈이었다. 자기 영역과 암컷을 지키는 일이 전부인 고릴라들 틈에서 자랐기 때문에 스스로를 고릴라라고 믿어왔다. 하지만 나는 고릴라들과 달리 암컷이든 영역이든 무엇 하나 제대로 건사하지 못했다.
  아비의 죽음 이후 무엇인가를 지키려고 발버둥치는 인생이 적성에 맞지 않는다는 사실을 깨달았다. 적어도 내가 고릴라 종류는 아닐 것이라는 확신이 들었다. 나는 미련 없이 양계장을 처분하고 새 트럭을 한 대 샀다. 트럭 뒤에는 어미와 여자 그리고 그 여자가 낳은 아기에게 나눠줄 계란을 가득 실었다. 나는 집으로 돌아가 새롭게 계란 장수를 시작하기로 마음먹었다.

악당의 탄생
슈퍼맨과의 인터뷰

토크쇼는 오랜만이다. 대기실 문 앞에 서서 그는 손수건으로 이마의 맺힌 땀을 닦아냈다. 슈퍼맨으로 활약하던 시절에는 이런 토크쇼가 낯설지 않았다. 사람들은 언제나 그를 보기를 원했고 그 역시 사람들 앞에 서는 걸 좋아했다. 심야 토크쇼 사회자가 왜 만날 빨간 팬티를 밖에 꺼내서 입느냐고 물으면 말 같은 정력을 자랑하고 싶어서라고 넉살 좋게 둘러대던 그였다.

슈퍼맨이던 그가 사업가로 변신하고 난 후에는 인기가 시들해졌다. 어쩔 수 없는 일이었다. 사업가의 동향 따위가 대중들의 시선을 끌 수는 없는 법이다. 그는 인기를 잃고 돈을 벌었다. 그러나 그가 사업가로 성공하고 나자 다시 토크쇼 섭외가 들어왔다. 지난 몇 년간 세계 경제가 어렵다는 기사가 신문을 도배했다. 어느새 사람들은 성공한 사업가를 슈퍼히어로라고 생각하게 됐다. 그사이 그도 변했다. 말 같은 정력의 상징이라고 둘러대던 빨간 팬티 따위는 벗어버리고, VVIP를 위한 정장 브랜드 '브리오니'를 입기 시작했다. 미국의 부동산 재벌 도널드 트럼프가 즐겨 입는다는 옷이다. 그는 이제 슈퍼맨이 아니라 클락이라 불린다. 클락 켄트 회장.

 소개가 길어지고 있다. 사회자는 클락에 대한 칭송을 읊어 대면서 시간을 끌고 있었다. 대중들의 관심을 끌어모으기 위한 것이라 해도, 저런 말이 그를 기분 나쁘게 했던 적은 없었다. 클락은 무심결에 뒤를 돌아봤다. 대기실 뒤에는 아무도 없었다. 하지만 방송국에 들어서면서 느꼈던 시선이 여기까지 따라붙는 듯했다.

 방송국 주차장에 차를 세우고 내려서던 순간부터 클락은 그 시선을 느꼈다. 그것은 취재를 위해 몰려든 기자들의 틈을 뚫고, 모스부호처럼 클락의 뒤통수를 톡톡 건드렸다. 그는 눈에 힘을 줬다. 방송국에서 정확하게 대각선 방향에 있는 육십층짜리 빌딩에 한 소년이 서 있었다. 클락은 약간 마음이 놓였다. 누구보다 소년들의 시선을 많이 받아본 터였다. 영웅을 찬탄하는 열에 들뜬 눈길. 하지만 정작 소년들은 클락과 눈이 마주치면 태양과 마주 대한 듯 얼굴을 붉히며 시선을 피하곤 했다.

 그런데 뭔가 이상했다. 클락을 바라보는 저 소년의 시선에는 아무것도 담겨 있지 않았다. 기분에 따라서 무관심의 시선으로도, 경멸의 시선으로도, 분노의 시선으로도 보일 수 있었다. 마치 짙은 선

글라스를 낀 이가 자신을 바라보는 것 같았다. 클락은 불쾌했다. 대체 어떤 녀석이기에 저런 시선을 보내는 것일까. 클락은 아주 잠깐이지만 기억을 더듬어보았다. 분명히 어디선가 본 듯한 얼굴이었다. 그때였다. 빌딩, 불길, 물 따위의 이미지가 그의 뇌리를 스쳐 지나갔다.

번쩍, 카메라 플래시가 터졌다.

클락의 시야가 새하얘졌다. 이어 여기저기서 플래시가 터지기 시작했다. 그는 기억을 떠올리려는 시도를 접어두고 눈을 감았다.

이번 주 '나는 어떻게 돈을 벌었나?'에 나오신 분을 소개합니다. 글로벌 경비보안업체, SG사의 CEO시죠. 클락 켄트 회장님입니다. 객석에서 박수가 터져 나왔다. 클락은 크게 심호흡을 했다. 웃어야 할 시간이다. 클락은 대기실 문을 젖혔다. 생각보다 조금 밝은 조명이 쏟아졌다. 클락은 살짝 눈살을 찌푸렸다. 돌아온 슈퍼 영웅입니다. 사회자의 추임새가 이어졌다. 객석에서는 더 큰 박수가 쏟아졌다. 클락은 비로소 자신만만한 미소를 띠며 사회자가 안내한 자리로 향했다.

비록 무대 위에 마련된 세트지만 클락이 앉은 소파는 안락했다. 최고 회사의 CEO들을 초청해서 이야기를 듣는 자리인 만큼, 프로그램 제작진은 은은한 광택이 도는 물소 가죽 재질의 소파를 준비해두었다. 새 가구에서 나는 특유의 향에 클락은 기분이 좋아졌다. 소파만큼이나 고급스러운 테이블을 사이에 두고 사회자가 앉았다.

이마가 반쯤 벗겨진 푸근한 인상의 사내였다. 그는 자기계발서 『부자들의 습관』이라는 책으로 꽤나 이름을 날리는 중이었다. 잘 지내셨는지요? 사회자의 의례적인 인사말에 클락은 부드러운 미소를 띠며 고개를 끄덕였다.

첫번째 질문입니다. 당신은 원래 신문사 기자였습니다. 그런데 해고를 당했지요? 네. 전임 대통령 시절이었습니다. 클락은 몸을 살짝 뒤로 젖히면서 무릎 위에 손을 모았다. 대통령이 이런저런 실정을 거듭하면서 여론이 악화될 때였어요, 태평양에서 우리 잠수함 한 척이 침몰하는 사건이 발생하지 않았습니까? 언론에서는 이 나라를 증오하는 테러집단의 공격으로 몰아갔습니다. 정부는 나라가 위기 상황이라고 규정했고 곧이어 정부에 비판적인 기사를 통제했지요. 적과 맞서 싸우기 위해서는 모두가 일치단결해야 한다는 논리로 말입니다.

때마침 국방부에서는 잠수함이 침몰한 곳 인근에서 발견된 스킨스쿠버 장비를 내놓으면서 테러에 사용된 증거물품이라고 했어요. 한번 생각해보세요. 스킨스쿠버 장비를 가지고 어떻게 잠수함을 테러 합니까? 잠수함 근처에도 가지 못할 텐데요. 하지만 당시는 이 일에 의문을 제기하면 테러집단과 한편으로 몰리는 분위기였습니다. 그러나 전 이의를 제기했지요. 명색이 정의를 실천하는 슈퍼맨 아닙니까? 저는 기자 일에서도 그래야 한다고 생각했습니다. 그 잠수함 테러 사건을 추적하는 기사를 연일 내보냈습니다. 어느 날 데스크에서 절 부르더군요. 그러고는 조용히 해고를 통보했습니다. 제 근무 실적이 나빴기 때문에 어쩔 수 없다고 했어요. 저는 제가 쓰는 기사 때문이냐고 따졌습니다. 부장님은 고개를 가로저으며 말씀하셨어요. '미안하네. 클락.' 해고는 슈퍼맨의 초능력으로 어쩔 도리가 없었습니다. 말로 통보하고 종이에 사인하는 종류의 일이 늘 그렇긴 하지만요. 클락은 앞에 놓인 물 잔을 집어 들어 목을 축였다.

 사회자는 클락이 컵을 내려놓기를 기다렸다가 다음 질문을 했다. 기자 일을 관두고 곧바로 사업을 하지는 않으셨죠? 네. 그렇습니다. 농사를 지었어요. 힘으로 할 수 있는 일을 하고 싶었거든요. 하지만 그것도 여의치가 않았습니다. 농작물은 힘으로 자라는 게 아니더군요. 종자를 고르는 것부터 곡물기업 M사 것을 써야 했습니다. 다른 종자를 쓰면 이들이 촘촘하게 걸어놓은 특허에 걸려서 엄청난 돈을 물어야 했으니까요. M사 종자를 쓰면 농사를 한 번밖에 못 짓습니다. 다음 해에는 또다시 M사 종자를 사야 하죠. 비료도 마찬가지예요. 기업이 대는 것만 써야 합니다. 문제는 말이죠, 그 기업들이 종자와 비료 값을 해마다 올린다는 겁니다. 아무리 농사를 지어봤자 수지가 맞질 않아요. 그때서야 전 깨달았습니다. 말로 통보하고 종이에 사인하는 종류의 일에서 벗어나서는 먹고살 수 없다는 것을요. 클락은 손으로 턱을 괴면서 침울하게 말했다. 그때 처음으로 제가 가진 초능력이 나를 먹여 살리는 데는 아무런 쓸모가 없다고 느꼈어요.

이제 성공 스토리로 넘어가보죠. 사회자는 일부러 활기차게 말했다. 어쨌거나 지금은 그 초능력으로 성공하신 거잖아요? 그렇죠. 농사까지 실패하고 나니 배가 고프더군요. 그런 와중에도 도와달라는 목소리는 항상 들려왔어요. 제가 하는 일은 말이죠, 험한 일입니다. 슈트는 금방금방 해져버립니다. 하지만 저는 새로운 슈트를 장만할 돈이 없었어요. 망토를 오려서 덧댄 슈퍼맨 슈트를 입고 다녀야 했습니다. 언론에서 그런 저의 사진을 찍어 조롱하기도 했죠. 저는 돈을 벌어야겠다고 결심했습니다. 하지만 취직이 안 됐어요. 다들 정권에 찍힌 저를 꺼려했습니다. 그러다 문득 이런 생각이 들었어요. 제가 가진 것은 초능력뿐이잖아요? 그렇다면 이 초능력을 활용해서 돈을 벌자고 말이지요. 저는 구조를 할 때마다 사례를 조금씩 받기로 했습니다. 세상에 공짜가 어딨습니까? 저도 먹고살아야 구조를 할 수 있는 것 아니겠습니까? 목숨이 경각에 달린 상황에서는 가격을 협상할 것도 없었어요. 그냥 부르는 게 값이었습니다. 이게 엄청난 돈이 된다는 걸 직감했죠. 그다음부터는 탄탄대로였겠군요? 네. 그렇습니다. 클락은 다시 자신만만한 미소를 되찾았다.

그렇지만 이런 지적도 있어요. 사람의 목숨을 돈으로 매기는 것이 윤리적인가, 하는 의견 말입니다. 부자는 자신의 돈으로 목숨을 구할 수 있지만 가난한 자는 그렇지 않죠. 결국 돈에 따라 목숨 가치가 달라지는 일이 벌어진다는 지적인데요? 클락은 잠시 사회자를 바라보았다. 여전히 푸근한 인상이었지만 눈빛이 날카로웠다. 얼핏 이런 종류의 질문은 사회자의 눈빛만큼이나 날카로워 보인다. 하지만 클락으로서는 슈퍼맨에서 사업가로 변신하던 순간에 정리해버린 문제였다. 구조 요청을 하는 사람들은 넘쳐납니다. 하지만 같은 시간에 모두를 구할 수는 없어요. 자연히 누군가를 선택할 수밖에 없습니다. 예전에는 먼저 구조를 요청한 사람 순이었어요. 하지만 이제는 제게 돈을 지불하는 사람을 먼저 구하죠. 돈에 따라 목숨의 가치가 달라진다고 했는데요, 이렇게 질문해봅시다. 그렇다면 부자는 부자라는 이유로 가난한 사람보다 목숨의 가치가 없다는 겁니까? 똑같이 도와달라고 손을 내민다면 부자라는 이유로 외면해야 합니까? 저는 아니라고 생각합니다. 오히려 자신의 목숨 값을 내고 그 가격에 맞는 서비스를 받는 것이 합리적이죠. 자신이 받은 것에 대해 대가를 치르는 것. 그것이 정의에 더 가깝다고 생각합니다. 돈 없는 분들은 경찰이나 응급구조대에 도움을 요청하세요. 그런 서비스는 공짜잖아요. 하지만 공무원들이 하는 일이란 어딘지 모르게 미흡한 면이 생기는 것도 사실이죠. 클락은 관객을 보면서 힘주어 말했다. 살고 싶으세요? 그럼 돈을 내세요. 객석에서는 침묵이 흘렀다.

분위기를 바꿔보죠. 최근에 사업을 확장하고 계시죠? 여러 슈퍼히어로들과 힘을 합치고 계신데요? 네. 오 년 전부터 스파이더맨과 아쿠아맨 그리고 원더우먼이 저와 함께해왔습니다. 제가 이 사업에 뛰어들자 여러 슈퍼히어로들도 뛰어들었습니다. 자연스럽게 경쟁이 치열해졌죠. 당연한 귀결이지만 사업 전망도 어두워졌고요. 그래서 저는 이렇게 서로 경쟁할 것이 아니라 각자 잘하는 분야를 인정하고 힘을 합치자고 제안했습니다. 스파이더맨은 빌딩을 타고 다니면서 해충을 방제하는 데 아주 능합니다. 아쿠아맨은 해상 구조 활동에서 독보적이죠. 원더우먼은 여자라서 아동이나 여성 구조에 강점이 있습니다. 물론 젊은 남성들에게도 인기가 있죠. 객석에서 잔잔하게 웃음이 터졌다. 사회자도 잔잔하게 미소 지었다. 역시 원더우먼의 몸매는 모두를 하나 되게 만드는 힘이 있었다. 그렇게 해서 지금의 글로벌 경비보안업체 SG그룹이 탄생하게 된 것이죠? 네. 분야별로 더 다양한 서비스를 제공하게 되었고 회사의 수익도 크게 늘어났습니다. 아무래도 가격 경쟁 때문에 저가 서비스를 하지 않아도 되니까요.

최근에는 배트맨이 합류했죠? 클락은 고개를 끄덕였다. 그는 일반인들을 채용하자고 했습니다. 그리고 자신의 장비를 착용시켜 유사 슈퍼히어로를 만들자고 했어요. VVIP들은 우리 슈퍼히어로들이 직접 서비스하고 일반인들은 좀더 저렴하게 유사 슈퍼히어로들의 서비스를 이용하게 하자는 계획이었어요. 그 계획은 보기 좋게 적중했습니다. 덕분에 저도 직접 뛰기보다는 말로 통보하고 종이에 사인하는 일을 주로 하게 되었죠. 물론 수익의 상당 부분은 보안 장비를 파는 배트맨이 가져가지만요. 하하하. 클락은 일부러 통

크게 웃어 보였다. 스튜디오 구석에 있던 조연출이 객석을 향해 웃으라는 손짓을 했다. 숙련된 방청객들의 웃음이 한꺼번에 터져 나왔다. 프로그램을 마무리 지어야 하는 시간이었다.

방송국 주차장에 서서 클락은 담배를 한 대 피웠다. 꽤 만족스러운 인터뷰였다. 하고 싶은 말을 모두 쏟아냈다고 생각했다. 그때였다. 뒤통수에서 퍽, 소리가 났다. 클락은 반사적으로 뒤통수에 손을 갖다 댔다. 끈적한 것이 묻어났다. 계란이었다. 경호원들이 클락의 주변을 에워쌌다. 클락은 계란이 날아온 방향을 돌아봤다. 아까 보았던 소년이 서 있었다. 그는 이제야 그가 누구인지 알 것 같았다.

호텔이 불타고 있었다. 수백 명의 사람들이 구해달라고 소리쳤다. 슈퍼맨도 그 자리에 있었다. 다행히 화염에 갇힌 사람들의 대부분은 슈퍼맨과 소방관들이 힘을 합쳐 구해낼 수 있었다. 하지만 미처 구하지 못한 사람이 둘 있었다. 그중 한 명은 호텔에서 가장 비싼 방이 몰려 있는 맨 꼭대기 층에 있었다. 다른 한 명은 그를 구하려다가 고립된 소방관이었다. 불길이 미친 듯이 치솟았다. 슈퍼맨은 소방관을 구하러 날아가고 있었다. 소방관이 화염에 휩싸이기 직전이었다. 그 순간, 화염을 뚫고 들려오는 목소리가 있었다. 살려주시오. 달라는 대로 드리겠소. 슈퍼맨은 고개를 돌렸다. 맨 꼭대기 층에 있던 사내가 백지 수표를 흔들고 있었다. 슈퍼맨은 잠깐 공중에 머물렀다. 왜였을까. 파란 슈트의 무릎 부분에 덧댄 빨간 천이 그의 눈에 들어왔다.

다음 날. 클락은 화염에 휩싸여 순직한 소방관의 장례식에 찾아갔다. 환하게 웃고 있는 소방관의 영정 앞에서 그를 노려보던 소년이 있었다. 소년은 자신의 아버지가 진짜 영웅이라고 소리쳤었다.

잡아 올까요? 경호원 하나가 클락에게 물었다. 그는 고개를 가로저었다. 저 정도 거리에서 이토록 정확하게 계란을 던질 수 있다면 녀석도 초능력자다. 일반인들이 상대할 수 있는 대상이 아니다. 클락은 직감했다. 몇 년만 지나면 옛날 방식대로 그의 적과 맞서 싸워야 할 날이 오리라는 것을. 말로 통보하거나 종이에 사인을 하지 않아도 되는 일이 생기는 것이다. 클락은 소년을 향해 싱긋, 웃어주었다.

아담의 배꼽

첫번째 날.

저녁식사가 끝났다. 아버지, 아담은 담배를 꺼워 물었다. 지금부터 이야기를 시작하겠다는 뜻이었다. 태어나서 여태까지 얼마나 들어왔는지도 모르고 앞으로 얼마나 더 들어야 하는지도 모르는 지긋지긋한 이야기를 말이다. 어머니, 하와는 꿈에도 안 좋은 걸 뭐하러 자꾸 피우냐고 타박하고는 자리에서 일어났다. 설거지를 하러 우물가로 가는 것 같지만 사실은 아버지가 하는 이야기가 듣기 싫어서 밖으로 나가는 것이다. 여동생, 실라도 재빨리 설거지 거리를 모아서 어머니를 뒤따랐다. 식탁에는 나, 카인과 남동생, 아벨만이 남았다. 나와 아벨은 실라의 뒷모습을 부러운 눈으로 쳐다봤다. 아버지는 헛기침을 했다. 우리는 두 손을 가지런하게 무릎 위에 올려놓은 다음 아버지를 바라봤다. 이야기를 듣기 위한 자세는 무릇 이래야 한다고 아버지가 엄하게 가르쳤기 때문이다. 아버지는 담배 연기 한 모금을 길게 뿜어냈다. 연기가 아버지의 머리 주위를 신비하게 떠돌았다.

"태초에 말씀이 있었다. 처음 신께서 만든 지구라는 행성은 혼란스러웠다. 사람들은 신을 잊었고 악이 선을 지배했다. 신께서는 비와 번개로 모든 것을 멸망시키셨다. '대멸망'이었다. 그러고 나서 오직 말씀만으로 새로운 지구, 에덴을 만들고 나와 네 어미를 창조하셨다."

아버지는 이야기를 항상 이렇게 시작했다. 하지만 이내 어머니를 탓하는 이야기로 넘어갔다.

"네 어미만 아니었으면 너희들은 모두 먹을거리가 넘치는 에덴에서 편안하게 지냈을 게다. 네 어미가 그자만 만나지 않았어도 이렇게 콜로니로 쫓겨 오는 일은 없었을 텐데……."

'콜로니'는 현재 우리 가족이 사는 곳이다. 여기는 원래 '대멸망' 이전에 달이라고 불리던 지구의 위성이었다. 당시 지구인들은 이곳을 사람이 살 수 있도록 개조하고 콜로니라는 이름을 붙였다. 하지만 콜로니는 기본적으로 사막을 개간한 척박한 땅이었다. 처음 만들어졌을 때는 사람이 얼마 동안 살아남을 수 있을지조차 장담할 수 없었다. 그래서 지구인들은 시험 삼아 사형수들을 콜로니로 보냈다. 죽음 대신 지구와 격리되는 것을 택한 이들이 여기로 보내진 것이다.

그런데 갑자기 지구에 '대멸망'이 찾아왔다. 콜로니는 에덴으로 거듭난 지구와 단절되었고 이곳은 사형수들의 후손이 정착해서 살아가는 땅이 되었다. 그들은 스스로를 네피림이라고 불렀다. 시간이 흐르면서 네피림들은 자신들의 조상이 죄를 지은 자들이었다는 사실조차 잊어갔다. 하지만 에덴에서 뒤늦게 콜로니로 이주해온 아버지와 어머니는 그렇지 않았다. 둘은 이런 죄악의 땅에 오게 된 것을 몹시 치욕스러워했다.

언젠가 나는 '그자'에게 대체 무슨 짓을 당했길래 그 좋다는 에덴에서 쫓겨나 이리로 왔냐고 물은 적이 있었다. 아버지는 대답 대신 담배부터 피워 물었다.

"그자가 한 짓은 정말 끔찍한 짓이다. 네 어미에게 질문이라는 걸 했거든."

"질문요? 그게 그렇게 나쁜 건가요?"

"그렇다. 그자는 본래 '대멸망'에도 살아남은 지구인의 후손이었다. 신께서 부릴 종으로 남겨놓았던 놈이지."

"따지고 보면 여기에 살고 있는 네피림과 같은 종족인가요?"

"그래. 죄악의 종족이야. 신께서는 그자와 우리에게 서로 말하지 말라고 하셨다. 우리는 신의 말씀을 지켰다. 하지만 그 자가 뱀처럼 혀를 굴린 거야. 그저 우리를 가만히 지켜보기만 하면 되는 거였는데 자기의 임무를 망각한 거지. 어느 날 네 어미에게 질문을 하기 시작했다. 그 망할 놈의 '질문' 말이다. 처음에는 나이가 몇이냐, 밥은 먹었느냐 따위의 시시콜콜한 것을 물었다. 만약 질문이 거기까지였다면 관대한 신께서는 우리는 용서하셨을 게다. 그러나 결코 물어서는 안 될 것까지 묻고 말았다."

"그 질문이 뭔가요?"

나는 아버지 쪽으로 바싹 몸을 기울였다. 아버지는 무슨 결심이라도 하는 것처럼 눈을 질끈 감았다가 떴다.

"부끄럽지 않냐고 물었다."

"네?"

"그렇게 벌거벗고 다니면 부끄럽지 않냐고 물었어."

아버지는 에덴에 살 때는 벌거벗고 다녔었다는 사실을 덧붙여 이야기해주었다. 듣기에 따라서 민망할 수도 있는 이야기였는데, 아버지는 아무렇지도 않은 표정이었다.

"그 부끄럽지 않냐는 말이 우리를 부끄럽게 만들었다. 옷을 입지 않고도 부끄러워하지 않는 우리를 처음으로 돌아보게 됐지. 결국 우리는 부끄럽지 않기 위해 옷을 해 입었다. 하지만 그게 시작이었다. 부끄럽지 않기 위해 화장실을 만들고, 부끄럽지 않기 위해 나를 숨겨야 하는 어둠을 만들어냈다. 부끄러운 마음을 감추기 위해 하는 거짓말 같은 것들 말이다. 부끄럽지 않게 사는 건 참으로 피곤한 일이었어. 하지만 멈출 수가 없었다. 부끄러운 것들은 날마다 생겨났거든. 그래서 신께서 그자와 접촉하지 말라고 하신 거였다. 그

걸 우리는 너무 늦게 깨달은 거지. 결정적인 일은 그 후에 일어났다. 신께서는 우리가 옷을 해 입는 걸 못마땅해하셨어. 다시 부끄러움 없는 자들로 돌아가길 원하셨던 거야. 하지만 이미 머릿속에 부끄러움이 가득했던 나는, 옷을 벗은 우리가 부끄럽지 않습니까? 하고 그분께 따져 묻고 말았다. 신께서 하신 말씀에 의문을 가지다니…… 절대 넘어가서는 안 되는 금기를 넘어가버리고 만 거야."

아버지는 얼굴을 비비면서 한숨을 내쉬었다. 이후의 일은 나도 익히 알고 있는 바였다. 신은 분노했고 단박에 아버지와 어머니를 이 황폐한 콜로니로 보내버렸다. 그때였다. 전혀 뜻밖에 설거지를 하고 있던 어머니가 버럭 소리를 질렀다. 나는 그 몇 마디가 몇 년이 지난 지금도 잊히지가 않는다.

"그러게 누가 물어보래? 닥치고 벗으면 될 거 아냐. 벗으면!"

하지만 지금도 그렇지만 그때도 아버지는 어머니의 말은 신경 쓰지 않았다. 어머니는 어디까지나 아버지에게 딸린 존재에 불과하다는 이유 때문이었다. 맨 먼저 아버지를 창조한 신은 아버지가 외로워할까 봐 아버지의 갈비뼈를 떼내 그것에 살을 붙여서 어머니를 만들어주었다고 했다. 결국 어머니는 아버지의 갈비뼈에서 나왔기 때문에 거칠게 말하자면 일종의 부속 기관에 불과하다는 게 아버지의 논리였다. 아버지는 어머니가 자신의 말에 토를 달 때면 으레 이 이야기를 꺼냈다. 믿기지 않는 이야기였지만 또 믿지 않을 수도 없었다. 어쨌거나 어머니가 처음 세상에 나왔을 때 아버지는 이미 존재하고 있었기 때문이다.

아버지는 담배 연기를 두세 번에 걸쳐 짙게 내뿜었다. 나와 아벨은 다소 흐트러졌던 자세를 다잡았다.

"나와 네 어머니가 죄를 지어서 이 땅에 떨어졌지만 우리는 신께서 창조한 진정한 인간이다. 이 사실에 자긍심을 가져야 한다."

나와 아벨은 엄숙한 표정으로 고개를 끄덕였다.

"신께서는 이루지 못하시는 게 없고 알지 못하시는 게 없다. 우리가 마음속에 품은 조그만 의문도 알고 계신다. 믿어라. 그래야 에덴에 갈 수 있다."

아버지는 항상 이 말을 끝으로 이야기를 마무리 지었다. 아버지의 이야기가 끝나면 우리는 자리에서 일어서야 했다. 아버지는 더 이상의 대화는 허용하지 않았다. 나와 아벨이 '공연한 질문'을 할까 봐서였다.

딱 한 번 나는 '공연한 질문'을 한 적이 있었다.

"신께서는 모르는 게 없다고 하셨는데, 그분이 왜 어머니와 그자가 만나서 질문을 주고받을 것은 모르셨던 걸까요? 그자를 다른 데 두셨으면 아직 우리는 에덴에 살고 있을 텐데요?"

아버지는 대답하지 않았다. 대신 회초리를 갖고 와서 때리기 시작했다. 얼마나 맞았던지 나는 그날 이후로 두 번 다시 신에 대해 질문하지 않았다.

하지만 오랜 시간, 아버지의 이야기는 반복에 반복을 거듭하면서 점점 정교해졌다. 그렇게 아버지의 이야기에 허점이 없어질수록 신의 말씀을 전하는 아버지의 권위는 절대적인 것이 되어갔다.

어느새 밤하늘에는 에덴이 떠 있었다. 아버지의 말에 따르면 에덴은 유리와 쇠로 된 건물이 솟아 있으며 모든 길이 직각으로 나 있는 곳이라고 했다. 그곳에서 수많은 기계와 로봇 그리고 갖가지 짐승들이 아버지, 어머니와 더불어 사이좋게 살았다고 했다. 아버지의 말을 들어보면 에덴은 네모나거나 각이 진 곳임에 틀림없는데 겉모습은 왜 저렇게 둥그렇게 생겼을까 하는 의문이 들었다.

나와 아벨은 자리에서 일어섰다. 각자의 숙소로 돌아가야 할 시간이었다. 나는 농사를 짓기 때문에 밭 근처에 숙소가 있었다. 여기 아버지의 집에서 얼마 떨어져 있지 않은 곳이었다. 반면 아벨의 숙소는 한 시간 정도 걸어가야 하는 곳에 있었다. 아벨은 루빌 치는 일을 했다.

아버지의 말에 따르면 루빌은 신이 양과 돼지와 늑대를 합쳐서 창조한 짐승이었다. 녀석은 돼지 코에 몸집도 돼지만큼 컸다. 복슬복슬한 털이 양처럼 온몸을 뒤덮고 있기도 했다. 하지만 늑대처럼 날카로운 이빨을 가지고 있었다.

루빌을 치기 좋은 곳은 풀이 많은 언덕이었다. 아벨의 숙소는 그 언덕 위에 있었다. 나와 아벨은 갈림길에 다다랐다. 나는 손을 흔들었다. 그러나 아벨은 심각한 표정으로 나를 가만히 바라보았다. 나는 무슨 일이 있냐고 조심스럽게 물었다.

"내일 형에게 할 말이 있어. 루빌 치는 언덕으로 와."

"무슨 말인데?"

"내일 말해줄게. 꼭 와."

"내일 바빠. 지금 말해줘."

하지만 아벨은 내 말에 아랑곳하지 않고 루빌 치는 언덕을 향해 걸어가버렸다. 아벨은 항상 이런 식이었다. 나는 아벨의 저런 태도가 늘 못마땅했다.

두번째 날.

밭일을 일찍 끝내고 아벨의 숙소로 향했다. 아벨의 태도가 못마땅하기는 했지만, 내게 숙소로 와달라고 하는 일이 거의 없던 녀석인지라 도대체 무엇 때문에 이러는지 궁금해서 견딜 수가 없었다.

언덕 위에 한가하게 풀을 뜯는 루빌의 모습이 보였다. 하얀 털로 뒤덮인 루빌은 멀리서 보면 거대한 솜 덩어리 같았다. 정말 바라보기만 해도 배가 부른 존재였다. 보기 좋은 것만큼이나 루빌은 쓸모도 많았다. 털은 깎아서 옷과 신발 이불 따위를 만들었다. 젖을 짜서 치즈나 버터를 만들 수도 있다. 물론 잡아서 고기로 먹기도 했다. 무엇보다 루빌은 이 콜로니의 거의 유일한 가축이자 우리 가족만이 소유하고 있는 짐승이었다.

아버지는 에덴에서 콜로니로 올 때 루빌 한 쌍을 몰래 방주 한구석에 숨겨 와서 십 수년간 번식시켰다. 루빌은 돼지처럼 번식력이 좋아서 금방 오백 마리 정도로 늘어났다. 그걸 재작년부터 아벨이 물려받은 것이다. 아벨은 타고난 루빌치기였다. 일을 물려받은 지 얼마 지나지 않아 루빌은 거의 두 배로 늘어났다. 아버지는 아벨을 루빌치기로 정한 자신의 안목에 대해 늘 뿌듯해했다.

아벨은 항상 그랬다. 언제나 아버지의 자랑스러운 아들이었다. 까다롭기로 소문난 루빌 치는 기술도 아벨에게만 전수해주었다. 늑대의 본성이 강하게 살아 있는 루빌은 흥분하면 맹수로 돌변하는 짐승이었다. 때문에 오랜 시간 녀석들과 함께 있으면서 신뢰를 쌓고 다루는 법을 익혀야 했다. 그런 면에서 보자면 아벨이 나보다 덩치도 크고 힘도 좋기 때문에 루빌치기에 적합할 수 있다. 아무래도 힘이 좋은 쪽이 흥분한 루빌을 제압하기가 쉬울지도 모른다. 하지만 흥분한 루빌을 제압하는 것보다 더 중요한 일은 애초에 녀석들이 흥분하지 않게 관리하는 것이다. 그런 일은 아벨보다 세심한 성격인 내가 더 잘 맞을지도 모른다. 그러나 아버지는 나의 세심한 면은 전혀 돌아보지 않았다. 이유는 모르겠다. 아마도 어린 시절 아버지의 이야기에 꼬박꼬박 질문을 했던 나보다 시키면 시키는 대로 무식하게 일을 척척 해내는 아벨이 아버지의 마음에 더 들었을 수도 있다.

나는 그런 아벨이 꼴사나웠지만 한편으로는 부럽기도 했다. 농사는 백날 지어봤자 소출이 없었다. 옛 지구 속담에 콩 심은 데 콩 나고 팥 심은 데 팥 난다지만 여기는 콩 심은 데 잡초 나고 팥 심은 데도 잡초가 났다. 기껏 일 년 동안 농사를 지어봤자 잘하면 본전이고 못하면 루빌의 먹잇감으로나 줘야 했다. 반면 루빌은 별 힘 들이지 않고도 우리 가족을 풍족하게 먹여줬다. 루빌의 털과 가죽은 네피림들에게 비싼 값으로 팔렸다. 네피림들은 루빌의 털과 가죽을 얻기 위해 일 년 동안 농사지은 곡식을 기꺼이 갖다주었다. 사실 내가 굳이 농사를 짓지 않아도 루빌만 있으면 우리 가족이 먹고 살기에는 모자람이 없었다. 뒤집어 말하면 나는 별 비전도 없는, 하나마나 한 일을 하고 있는 셈이었다. 그래서 나는 항상 루빌이 치고 싶었다. 하지만 아버지는 절대로 내게 루빌 치는 일을 허락하지 않았다. '관리하는 사람이 많으면 루빌이 새나가는 법이다.' 아버지는 그런 평계를 댔다.

  언덕에 올라서자 루빌 떼를 가두어놓은 목책 너머로 멀리 네피림들의 마을이 보였다. 네피림 역시 우리처럼 가족이나 씨족 단위로 모여 살았다. 각자의 관습이 달라서 여러 씨족이 모여서 사는 경우는 드물었다. 네피림 속담에 두 씨족이 한 마을에 살면 칼부림이 난다는 말이 있다. 그만큼 그들은 고집이 세고 거칠었다. 그들의 이런 기질은 여기 콜로니의 거칠고 황폐한 환경에서 연유한 것인지도 모른다.

  아버지의 말에 따르면 네피림은 우리와 모습이 똑같을 뿐 신께서 창조한 존재가 아니기 때문에 인간이 아니라고 했다. 따라서 저들과 어울리면 절대로 안 된다고 못 박았다. 나쁜 피를 이어받은 미개하고 불결한 자들이라 우리를 해칠 수도 있고 치명적인 병을 옮길 수도 있다는 거였다.

아버지의 말을 증명이라도 하듯 네피림들은 틈만 나면 목책을 넘어와 루빌을 훔치려 들었다. 물론 대부분은 루빌에게 혼쭐이 나서 달아났다. 심지어 작년에는 물려 죽은 자도 있었다. 시체를 치우던 아버지는 네피림들이 타고난 피를 숨기지 못하고 남의 것을 탐내는 거라고 혀를 찼다.

그러나 콜로니 곳곳에 흩어져 살고 있는 네피림들과 어울리지 않고 살아갈 수는 없었다. 특히 루빌에게서 나는 것들을 네피림들에게 팔아야 하는 아벨은 자주 그들과 어울렸다. 나 역시 아벨을 따라 네피림들과 어울린 게 한두 번이 아니었다.

작년, 네피림 마을 축제에서 만났던 나아마라는 처녀가 생각났다. 언덕 너머 마을의 서쪽 끝에 살고 있는 나아마는 참 예뻤다. 키는 자그마하지만 균형 잡힌 몸매에 피부가 하얗고 눈이 컸다. 나아마는 아벨을 좋아했다. 사실 나아마뿐만 아니라 네피림 처녀들은 모두 아벨을 좋아했다. 이유는 뻔했다. 루빌 때문이었다. 네피림들에게는 한 마리도 없는 루빌을 가진 아벨은 끝없이 재물이 솟아나는 화수분이나 마찬가지였다. 하지만 그들과 마찬가지로 농사나 짓는 내게 눈길을 주는 네피림 처녀는 아무도 없었다. 나아마가 아벨을 좋아한다는 사실을 알게 됐던 날, 나는 처음으로 아벨이 죽어 없어져버렸으면 좋겠다고 생각했다. 언제나 내가 갖고 싶어 하는 것을 앞서 가로채는 녀석이 미워서 견딜 수 없었다.

그러나 애써 그 마음을 억누를 수 있었던 것은 아벨에게는 아버지가 정해놓은 신붓감이 있기 때문이었다. 바로 실라였다. 아버지는 인간은 당연히 인간끼리 결혼을 해야 하므로 인간인 아벨은 인간인 실라와 결혼해야 한다고 했다.

가끔 하나뿐인 여동생이 아벨과 결혼하면 또 다른 인간인 나는 어쩌란 말인가? 하는 생각이 든 적도 있었다. 그럴 때면 다시 아벨이 미워지곤 했다. 하지만 나아마가 아벨을 좋아한다는 사실을 알았을 때만큼은 아니었다. 그냥 아벨이 내가 갖고 싶은 모든 것을 다 가져가는 게 미울 뿐 실라와 결혼하고 싶지는 않았다. 네피림이라도 차라리 나아마가 나았다. 실라는 심성은 여리지만 기골이 장대하고 힘이 셌다. 딱 외모만 놓고 보면 아벨과 실라는 잘 어울리는 한 쌍이었다. 솔직히 나는 아버지만 아니면 치명적인 병에 걸리더라도 나아마와 살고 싶었다.

아벨은 루빌 떼 가운데 서 있었다. 넋을 놓고 하늘만 바라보고 있는 모습이 평소 같지 않았다. 루빌치기는 늘 주변을 예의 주시하고 있어야 한다. 루빌이 갑작스레 스트레스를 받아 날뛰는 일이 종종 있기 때문이다. 그러나 지금 아벨은 루빌치기의 본분도 잊어버린 모습이었다. 나는 아벨이 내게 해주고 싶어 하는 말이 뭔지 더욱 궁금해졌다.

내가 아벨의 등을 툭 치자 그는 깜짝 놀라며 나를 돌아봤다.

"왔어?"

"오라고 했잖아. 왜 오라고 한 거야?"

아벨은 약간 뜸을 들이다가 말했다.

"우선 보여줄 게 있어."

그러고는 새끼 루빌 한 마리를 들어서 배를 보여주었다.

"보여? 배꼽이 있는 게?"

나는 찬찬히 새끼 루빌을 살펴봤다. 뱃가죽드 털에 파묻혀 있어서 뭐가 배꼽인지 알 수가 없었다.

"몰라 잘 안 보여."

그러자 아벨은 루빌 새끼의 털을 헤쳐서 아주 조그만 배꼽을 보여주었다. 나는 맥이 빠졌다.

"겨우 이걸 보여주려고 한 시간이 넘는 거리를 오라 가라 했단 말이야?"

아벨은 정색을 하고 말했다.

"겨우 '이것' 정도가 아냐. 루빌의 새끼를 같으면서 깨달은 건데 배꼽이라는 건 말이야, 탯줄과 연결된 거야. 그러니까 어미의 뱃속에서 태어난 모든 것들은 다 배꼽이 있다는 뜻이야. 나도 있고 형도 있고 실라도 있고 아버지도 있고 어머니도 있어. 이상하지 않아?"

나는 날씨도 그리 더운 편이 아닌데 이 녀석이 더위를 먹었나 싶었다.

"뭐가 이상해? 배꼽이 없는 게 더 이상하지."

아벨은 나를 보면서 답답하다는 표정을 지었다.

"뒤집어 말하면 배꼽이 있다는 건 어머니가 있다는 거야. 그런데 아버지의 말에 따르면 아버지와 어머니는 신이 창조한 존재들이라며? 그러면 어머니가 없는 거잖아? 그런데 어떻게 배꼽이 있을 수 있냐는 거야? 배꼽이 있다는 건 아버지와 어머니도 누군가가 낳아 줬다는 뜻이란 말이지. 이제 알겠어?"

듣고 보니 그랬다. 아버지와 어머니는 배꼽이 없어야 정상이다. 하지만 배꼽이 있다. 그렇다면 결론은 하나다. 아버지가 거짓말을 했다는 것이다. 나는 고개를 갸우뚱했다.

"어쩌면 말이야 아버지의 모든 말이 거짓일 수 있어. 신조차도. 아버지와 어머니는 네피림과 똑같은 존재인지도 몰라."

순간 '우르릉' 하는 굉음이 머릿속에서 울렸다. 세상의 한가운데에 커다란 균열이 생기는 소리였다.

세번째 날.

내일은 신에게 드리는 제사가 있는 날이었다. 나는 제사 준비를 하러 아버지의 집으로 갔다. 대문을 열자 우물가에서 제사에 쓸 그릇을 씻고 있는 실라가 보였다. 좀 의아했다. 원래 제사 그릇은 어머니가 씻는 게 관례였다.

"그릇을 왜 네가 씻고 있어?"

"어머니가 동생을 임신했어. 그래서 몸이 무겁대."

"정말이야?"

"응. 샛이라는 이름까지 지어놓았다니까."

"샛이라면 남자 이름인데?"

"남자 아이라고 생각하시나 보지 뭐."

어머니의 나이를 생각하면 놀랍고도 기쁜 소식이 아닐 수 없었다. 물론 아버지의 나이를 생각하면 그 능력 또한 놀라웠다. 하지만 이렇게 반가운 소식을 전하는 실라의 표정이 어두웠다.

"얼굴이 안 좋네. 집에 무슨 일이라도 있어?"

실라는 대꾸 없이 그릇을 소리 나게 씻기 시작했다. 눈가도 빨갛게 달아올랐다. 금방이라도 울음을 터트릴 것만 같았다. 역시나 집 안에 무슨 일이 일어난 게 틀림없었다. 그러나 실라에게 뭔가를 물어보기는 힘들어 보였다. 나는 실라의 등을 토닥거려주고 부엌으로 들어갔다.

어머니도 실라처럼 우울한 얼굴로 야채를 다듬고 있었다. 나는 먼저 어머니에게 다가가 임신했다는 소식을 들었다고 했다. 어머니는 고개를 끄덕이며 한숨을 내쉬었다. 나는 어머니의 맞은편에 앉아 무슨 일이 있었냐고 물었다. 어머니는 반쯤 멍한 얼굴로 간밤에 있었던 일을 이야기해주었다.

"어젯밤에 아벨이 네 아비를 찾아왔었다. 그러고는 다짜고짜 지금까지 네 아비가 했던 말이 전부 거짓이 아니었냐고 묻더구나. 네 아비는 그 말을 듣자마자 얼굴이 시뻘게졌지만, 나는 네 아비를 진정시키고 무슨 일 때문에 그러는 거냐고 물었단다. 그랬더니 네 아비의 배꼽을 가리키면서 그러더구나. 배꼽이 있다는 건 아버지도 어머니가 있다는 증거예요. 그러니까 아버지와 어머니는 신께서 창조한 존재가 아니라는 뜻이란 말이죠, 라고 말이다. 이게 무슨 청천벽력 같은 소리란 말이냐."

"아버지는 뭐라고 말씀하셨나요?"

"말은 무슨…… 아무 말도 못했다. 등잔 밑이 어둡다고 하지 않았냐? 평소에 그렇게 말도 많고 생각도 많은 양반이 제 몸에 배꼽이 왜 있는 줄은 미처 생각을 못 했던 게지. 네 아비는 말문이 막히니까 몽둥이를 들고 아벨을 때리려고 했단다. 하지만 아벨이 그걸 맞고 있을 애가 아니잖니? 아벨이 네 아비의 몽둥이를 뺏어버렸다. 그러니까 네 아비가 아벨을 죽이겠다고 칼을 찾는 거야. 말도 마라. 어찌나 흉하던지 애가 다 떨어질 뻔했다. 그래서 내가 아벨을 감싸 안고 네 아비를 못 오게 했다. 어휴."

어머니는 기가 막혔는지 야채를 다듬던 칼을 도마에 던져놓았다.

"이게 다 나아만가 뭔가 하는 네피림 년 때문이다."

어머니는 앞치마로 눈물을 찍어내며 말했다. 나는 난데없이 어머니의 입에서 '나아마'라는 말이 나오자 호기심이 동했다.

"나아마가 왜요?"

"글쎄 아벨이 네 아버지가 여태까지 한 이야기는 믿을 수 없기 때문에 네피림과 결혼해서는 안 된다는 말도 믿을 수 없다는 거야.

그러면서 자기는 실라와 결혼하지 않고 그 나아마라는 년과 결혼하겠다고 하더구나. 정말 환장할 노릇 아니냐? 그까짓 더러운 피를 가진 종족의 처녀 하나 때문에 낳아주고 길러준 부모를 배신하려고 들다니. 그 말에 실라 저것이 어찌나 충격을 받았는지 어제부터 먹지도 않고 저러고 있다."

나는 그제야 왜 아벨이 배꼽을 빌미로 아버지의 모든 이야기를 부정하려고 했는지 알 수 있었다. 다시 아벨이 죽이고 싶도록 미워졌다.

그때 꿀레애, 하는 루빌의 울음소리가 들렸다. 뒤이어 마당에서 아버지와 아벨이 목소리를 높여 싸우는 소리가 들려왔다.

"네 아비와 아벨이 제사 때 쓸 루빌을 몰고 온 모양이다. 어떡하냐? 마당에는 흉한 것도 많은데, 네 아비가 또 아벨을 죽이겠다고 들까 봐 걱정이다."

어머니는 임신한 몸이 맞나 싶게 재빨리 몸을 일으키더니 마당으로 달려 나갔다. 나도 어머니 뒤를 따랐다.

아니나 다를까, 마당에서는 아버지가 곡괭이를 들고 아벨을 죽이겠다고 설치고 있었다. 아벨 역시 삽을 휘두르면서, 가까이 오면 더 이상 가만히 있지 않겠다고 별렀다. 저렇게 열정적으로 서로를 죽이고 싶어 하면서 어떻게 한 시간 동안 함께 루빌을 몰고 왔는지 이해가 가지 않았다. 대문 옆 헛간 기둥에 매어놓은 루빌은 눈앞에 농기구가 난무하자 흥분한 나머지 줄을 끊으려고 버둥거리기 시작했다. 어머니가 아벨에게 다가가 그의 몸을 감싸 안는 동안 나는 루빌에게 달려가 돌로 녀석의 뒤통수를 후려쳤다. 제대로 맞았는지 녀석은 그대로 뻗어버렸다.

루빌과 달리 아버지와 아벨 쪽은 여전히 심각했다. 둘은 아벨을 감싸고 있는 어머니를 가운데 두고 설전을 벌이고 있었다.

"그러니까 왜 아버지에게 배꼽이 있는지 설명해보시라니까요?"

"말했잖느냐. 그냥 있는 거라고."

"말이 돼요?"

"그럼. 너는 이 아비가 배꼽이 없으면 좋겠냐? 배꼽이 없다면 얼마나 보기 이상하겠느냐 이 말이다. 신께서 다 그런 것까지 염두에 두고 배꼽을 만드신 거야."

하지만 아버지의 설명은 내가 생각해도 부실해 보였다. 아니나 다를까, 거짓말하지 마세요! 하고 아벨이 소리쳤다. 아버지는 더 이상 아벨을 두고 볼 수 없는지 어머니가 있거나 말거나 또다시 곡괭이를 들고 달려들었다. 아버지의 눈빛을 봐서는 무슨 사단이 날 것 같았다.

"뭐 하냐. 네 아버지 좀 막아!"

어머니가 나를 향해 다급하게 말했다. 나는 아버지를 뒤에서 껴안았다. 아버지는 내가 껴안아주는 것을 바라기라도 했는지 더는 앞으로 나가지 않았다. 사실 곡괭이를 들었다 한들 아버지가 젊고 힘도 좋은 아벨을 어찌지는 못했을 것이다.

"좋다. 그렇게까지 신과 아비를 능멸하고 네피림 년에게 가고 싶다면 가라. 대신에 맨몸으로 가. 루빌은 한 마리도 가져갈 수 없다."

"루빌을 가져갈 수 없다니요? 제 몫은 챙길 겁니다. 제가 루빌을 치는 동안 늘어난 마릿수는 가져갈 겁니다."

"허튼소리 작작 해라. 그게 왜 네놈 거란 말이냐? 루빌은 우리 가족 거다. 네피림 따위에게는 한 마리도 내줄 수 없다."

그런데 이 대목에 이르자 뜻밖에 어머니가 맞장구를 치고 나섰다.

"네 아비 말이 맞다. 네피림들이 루빌을 키우게 되면 루빌은 흔해 빠진 가축이 되고 말아. 그러면 우리 가족이 어려워져. 더 이상 네피림들이 루빌의 털과 가죽을 사러 우리에게 오지 않을 게다. 너도 알잖니? 우리가 이만큼 풍족하게 사는 건 전부 네피림들이 비싼 값에 루빌의 털과 가죽을 사주기 때문이라는 걸. 나도 루빌을 네피림들에게 한 마리도 내주어서는 안 된다고 생각한다. 아벨아. 제발 지금 이대로 살자꾸나. 네피림 처녀 따위는 잊고 실라와 결혼해. 그럼 루빌은 영원히 우리 가족의 것이 되잖니."

나는 어머니의 말을 듣고 나서야 비로소 아버지가 왜 네피림들과 상종하려 들지 않았는지 어렴풋하게 짐작할 수 있었다. 아버지는 루빌이 '새나가는' 상황을 원치 않았던 것이다. 그러니 네피림과 결혼한다는 것은 말할 것도 없었다.

"너는 어떻게 생각하느냐?"

느닷없이 아버지가 나에게 의견을 물어 왔다. 나의 동의까지 얻어서 가족들의 숫자로 아벨을 제압하려고 하는 모양이었다. 아버지는 당연히 나도 루빌이 네피림들에게 빠져나가는 걸 원치 않을 테니 자신의 편을 들어줄 거라고 생각하는 것 같았다.

곰곰이 생각해봤다. 아벨 편을 드는 게 나에게 이익이 될지 아버지의 편을 드는 게 나에게 이익이 될지를. 먹고사는 면만 생각하면 아버지의 편을 들어야 옳다. 그러나 나도 인간이다. 죽을 때까지 별 소출도 없는 농사나 짓고, 역시 전혀 소출이 없는 자위나 하며 살고 싶지는 않았다. 네피림이라고 할지라도 여자와 결혼을 하고 싶었다. 나는 아버지의 눈을 피해 고개를 숙였다.

"솔직히 아버지의 설명이 납득 가는 건 아니에요."

내 말에 아버지와 어머니는 멍한 표정을 지었다.

"이 집안에 겨우 아들이 둘 있는데 너희들이 모두 그러면 어떡하니."

어머니는 다리에 힘이 풀린 듯 털썩 주저앉았다. 놀란 아버지가 어머니에게 달려왔다. 아벨은 반사적으로 뒷걸음질 쳤다. 아버지는 어머니를 부축해 일으키면서 아벨에게 말했다.

"네 어미가 쓰러졌는데 돌보지도 않는 놈. 꺼져라. 가서 루빌이나 보고 있어."

아버지는 어머니를 데리고 집으로 들어갔다. 마당에는 나와 아벨이 남겨졌다. 아벨은 집 쪽을 향해 소리쳤다.

"좋아요. 아버지 말대로 배꼽은 그렇다고 쳐요. 하지만 정말 신이 있다면 신을 보여주세요. 그럼 배꼽이 어떻건 아버지 말을 믿을 테니. 그렇지 않으면 저는 루빌을 몰고 떠날 겁니다."

집 안에서 아버지도 소리 질렀다.

"그따위 불경한 소리를 자꾸 지껄인다면 절대로 에덴에는 갈 수 없을 줄 알아라."

아벨은 지지 않고 대꾸했다.

"에덴 따위에는 가고 싶지 않아요. 그냥 여기서 살다가 죽게 날 내버려두기나 하세요."

아벨은 집 쪽을 노려보더니 발길을 돌려 언덕 쪽으로 사라졌다. 내게는 인사도 없었다. 역시 버르장머리가 없는 놈이었다. 자기 편을 들어줬는데 고맙다는 인사 한마디 없다니.

아무래도 제사 준비는 물 건너간 듯했다. 나도 숙소 쪽으로 발걸음을 옮겼다. 그때 문이 열려 있던 부엌 쪽에서 아버지와 어머니의 말소리가 새나왔다.

"앞으로 태어날 애까지 기르려면 꼭 루빌과 땅이 있어야 해요. 그런데 카인이랑 아벨이 저러고 있으니. 당신이 무슨 수를 내봐요."

아버지는 한숨을 섞으면서 말했다.

"신을 보여달라면 신을 보여줘야지."

"그런 말 함부로 하지 말아요. 애들 들으면 어떡해요."

어머니의 목소리는 다급하고도 낮았다. 아버지는 벌떡 일어나서 밖으로 얼굴을 내밀었다. 나는 재빨리 벽에 붙었다. 다행히 날이 어두워서 아버지의 눈에 띄지 않았다. 아버지는 부엌문을 닫았다. 내일 제사 때 제단을 손봐야겠어, 라는 아버지의 말과 조심해요, 라는 어머니의 말이 부엌문 틈으로 새나왔다. 나는 부엌문에 귀를 갖다 댔다. 하지만 대화는 더 이상 이어지지 않았다. 대신 처음 느껴보는 생경한 감각이 귀를 통해 온몸으로 뻗어 나갔다.

네번째 날.

콜로니에 어둠이 깔렸다. 보통 제사는 한낮에 하기 마련인데, 아버지는 오늘따라 해가 지면 제사를 지내겠다고 통보해왔다. 평상시와 다른 때에 일을 벌인다는 것은 평상시와 다른 일이 벌어질 가능성이 크다는 걸 의미한다.

내가 제단에 도착했을 때, 아버지는 꽁꽁 묶은 루빌을 제단 위로 올리려고 안간힘을 쓰는 중이었다. 널찍한 직사각형의 돌을 장방형으로 쌓아 만든 제단은 그 턱 높이가 어른 허리에 이를 정도였다. 그 위로 살찐 루빌을 끌어 올리는 것은 쉬운 일이 아니었다. 하지만 제물을 만지는 것은 오직 아버지만 할 수 있는 일로 정해놓은 탓에 나는 아버지를 도와줄 수 없었다.

어머니가 내켜 하지 않는 아벨을 데리고 제단 앞으로 왔다. 아버지는 덤덤한 표정으로 아벨을 바라봤다. 아벨은 아버지와 눈도 제대로 마주치지 않으려고 했다. 아버지가 어머니에게 눈짓을 했다. 어머니는 아벨에게 제사만이라도 탈 없이 지내달라고 신신당부하고 제단을 떠났다.

　루빌을 제단 위에 올리는 데 성공한 아버지는 제단 앞에 무릎을 꿇었다. 나는 습관적으로 아버지를 따라 무릎을 꿇었다. 하지만 아벨은 뒷짐을 진 채 서 있었다. 아버지는 아벨의 모습에 아랑곳하지 않고 신에게 기도를 올리기 시작했다. 나는 긴장을 풀지 않고 아버지를 주시했다.

　그때였다. 갑자기 제단에서 준엄한 음성이 솟아 나와 땅을 울렸다.
"아벨아 너는 나를 의심하지 말라. 내가 존재한다는 증표로 나는 너의 제물을 취하리라."

　놀라웠다. 땅이 말을 한다는 것은 있을 수 없는 일이었다. 그러나 그 사실을 미처 받아들이기도 전에 제단에서 펑, 소리가 났다. 아벨과 나는 동시에 제단을 쳐다보았다. 제단 아래에서 한 번도 본 적이 없는 강렬한 불길이 솟아올라 루빌을 감쌌다. 녀석은 제대로 버둥거려보지도 못하고 순식간에 통구이가 되어버렸다. 그것은 지옥불이었다. 신이 제물을 삼키는 불이면서 동시에 불경한 자들을 저렇게 통구이로 만들어버리겠다는 경고의 불이기도 했다.

　노릿한 냄새와 함께 연기가 제단을 휘감았다. 나는 곁눈질로 아벨을 쳐다보았다. 아벨은 감기몸살에 걸린 것처럼 몸을 부들부들 떨고 있었다. 하지만 아버지는 아랑곳하지 않고 기도에만 열중했다.

　잠깐 정적이 흘렀다. 어둠뿐이던 하늘에서 한 줄기 빛이 쏟아져 나왔다. 빛은 연기 위에 일렁거리며 어렴풋한 형상을 만들었다. 인간의 형상 같았지만 인간이라고 단정 지어 말하기도 어려웠다. 그 형상은 일렁이는 연기 때문에 계속해서 모습이 바뀌어갔다. 순간 아버지가 했던 말이 기억났다. 신은 자신의 형상을 본떠 인간을 만들었다고. 나는 멍해졌다.

"신이시여!"

아버지가 두 손을 치켜들었다. 엉거주춤하게 서 있던 아벨은 반사적으로 넙죽 엎드렸다.

"아벨아 너는 앞으로도 루빌을 치라."

다시 한 번 신의 준엄한 음성이 흘러나왔다. 아벨은 떨리는 목소리로 부르짖었다.

"신이시여! 신이시여……."

아벨의 이마에서 떨어진 땀이 바닥에 흥건하게 고였다.

밤바람이 세차게 불었다. 신이 온몸을 휩쓸고 지나가는 것 같았다. 뒤통수가 주뼛 서면서 소름이 돋았다. 차분하게 가라앉은 아버지의 목소리가 들렸다.

"가셨다. 이제 그만 고개를 들어라."

아벨은 고개를 들었다. 하지만 아버지와 눈조차 제대로 마주치지 못했다. 아버지는 그런 아벨의 등을 두드려주었다. 아벨은 아버지 앞에 무릎을 꿇고 소리 내어 울기 시작했다. 기적을 경험하고 흘리는 감동의 눈물인지 참회의 눈물인지는 알 수 없었다. 어쩌면 둘 다인지도 몰랐다.

그러나 나는 아벨처럼 경건해지지 못했다. 이미 마음 한구석에 싹터 있던 의심이 신의 형상 앞에서도 사라지지 않은 탓이었다.

"아벨과 할 얘기가 있을 것 같네요. 먼저 데리고 가세요. 제단은 제가 정리할게요."

나는 아버지 곁에 서서 속삭이듯 말했다. 아버지는 별 의심 없이 고개를 끄덕였다.

"제단은 그냥 두고 주변만 정리하거라. 제단은 아직 신께서 머무르고 계시다. 내일 내가 직접 하마."

나는 일단은 아버지의 의심을 사지 않도록 깊숙이 허리를 숙여 보였다. 아버지는 나의 머리에 손을 올리고 잠시 축복해준 다음 아벨을 데리고 언덕을 내려갔다. 아버지와 아벨이 시야에서 사라지자마자 나는 슬금슬금 제단으로 다가갔다. 하지만 아까 본 압도적인 광경 때문에 섣불리 제단에 손을 댈 수가 없었다.

대신 눈으로 제단 주변을 훑어보기로 했다. 나는 그을린 루빌의 털 사이에서 불씨를 찾아내, 나뭇가지에 옮겨 붙였다. 조그맣던 불씨는 이내 살아나 횃불이 되었다. 나는 그 횃불을 제단의 상판에 비춰보았다. 루빌의 털이 타고 남은 재와 그을음이 가득했다. 그런데 루빌을 중심으로 그을음이 일정한 방향으로 나 있는 게 눈에 띄었다. 나는 그을음이 시작된 곳을 세밀하게 살폈다. 제단의 상판과 상판을 지지하는 돌 사이로 조그만 틈이 나 있었다. 불길이 솟아 나온 곳임에 틀림없었다. 그 틈 사이로 제단 안을 들여다보았다. 어렴풋하게 뭔가가 보였다. 무엇인지는 알 수 없지만 신이라고 하기에는 너무나 '물건' 같았다.

제단 안에 뭔가가 있다는 것은 제단 어디엔가 그것을 집어넣을 수 있는 문이 있다는 방증이기도 하다. 나는 제단 주변을 손으로 더듬어 나갔다. 제단 오른쪽 모서리 아래쪽에서 차가운 금속의 감촉이 전해졌다. 횃불을 비춰보니 돌과 돌 사이에 조그만 자물쇠가 보였다. 자물쇠는 인간의 것이다. 전지전능한 신이 무언가를 감춰둘 리는 없다.

한참 끌을 두드린 끝에야 자물쇠가 떨어져 나갔다. 나는 자물쇠를 호주머니에 넣은 다음 자물쇠가 물려 있던 경첩을 힘주어 잡아당겼다. 제단 오른쪽 면 전체가 서서히 열렸다. 아버지의 비밀도 조금씩 그 모습을 드러내기 시작했다. 나는 그럴 리 없을 거라고 생각하면서도, 웅크리고 있던 신이 튀어나올 것만 같은 기분에 사로잡혔다. 하지만 아버지의 비밀들은 너무나 고요하게 자리를 지키고 있었다.

용기를 내서 제단 안으로 횃불을 비췄다. 안은 생각보다 휑했다. 시계 눈금 같은 것이 새겨져 있는 조그만 원판과 회색빛 원통 그리고 깔때기 모양을 한 접시만이 덩그러니 놓여 있을 뿐이었다. 어떤 '물건'임이 확실한 것들이었다. 마음속에 남아 있던 일말의 두려움이 사라지고 자신감이 생겼다. 어쩌면 아버지의 비밀은 불가사의한 것이 아니라 내가 충분히 납득 가능한 것들로 이루어져 있는지도 모른다.

우선 시계 눈금이 새겨진 원판부터 살펴보았다. 원판 가운데는 비틀어 돌릴 수 있는 손잡이가 있고 그 손잡이를 중심으로 세 가닥의 가느다란 선들이 뻗어 있었다. 선 하나는 회색 통과 연결되어 있었고 또 다른 하나는 깔때기 모양을 한 넓적한 접시와 연결되어 있었다. 그리고 나머지 한 가닥은 제단 밖으로 이어져 있었다.

나는 조심스레 원판 위의 손잡이를 돌려 숫자 이십에다 맞춰보았다. 그러자 손잡이는 쯔쯔쯔, 소리를 내며 영을 향해 되돌아가기 시작했다. 저절로 마른 침이 넘어갔다. 손잡이가 십오에 이르렀을 때였다. 펑 소리가 나면서 불길이 치솟았다. 나는 깜짝 놀라 몸을 뒤로 빼다가 나동그라지듯 엉덩방아를 찧었다. 하지만 아픔을 느낄 수가 없었다. 조금 전에 보았던 지옥불이 '재생'되고 있었다. 다만 지금 재생되고 있는 지옥불은 제단에서 솟아 나온다기보다 회색 통과 연결된 호스에서 뿜어져 나오고 있었다. 그 순간 깨달았다. 이 지옥불은 어머니가 밥을 지을 때 쓰는 가스레인지와 닮았다는 사실을.

원판의 손잡이가 돌아가면서 신은 제사를 지낼 때와 똑같은 순서로 재생되었다. 손잡이가 숫자 십에 이르자 아벨아 너는 나를 의심하지 말라, 는 신의 음성이 깔때기 모양을 한 접시에서 흘러나왔다. 이어 손잡이가 오에 이르자 빛이 허공을 가르며 쏟아졌다. 연기가 없어서인지 빛으로 된 신의 형상은 어딘가에 맺히지 못하고 제단을 가로질러 길게 드리워졌다.

저 신의 형상이 대체 어디서 나오는지 궁금했다. 나는 원판에서 제단 밖으로 이어진 나머지 한 가닥의 선을 따라가보기로 했다. 선은 제단에서 사십 걸음 정도 떨어진 나무로 이어졌다. 그 선을 따라 나무를 타고 올랐다. 나뭇가지 사이로 원통이 달린 상자가 숨겨져 있었다. 빛은 상자의 앞부분에 있는 원통에서 새나오고 있었는데, 원통은 볼록한 유리로 채워져 있었다. 원통 앞에 손을 갖다 대보았다. 신기하게도, 신이 내 손바닥 안으로 들어왔다. 나는 자그마해진 신을 자세히 쳐다보았다. 신의 형상은 흐릿하긴 했지만 볼수록 아버지를 닮아 있었다.

손바닥 속의 신은 얼마 지나지 않아 사라졌다. 그러자 제단 쪽에서 아벨아 너는 앞으로도 루빌을 치라, 는 음성이 들렸다. 깔때기 모양의 접시에서 나오는 소리였다.

아버지의 모든 비밀은 풀렸다. 어떻게 해서 빛과 소리가 이 물건들 속에서 나오는지는 알 수 없지만, 신의 형상과 음성은 이 물건들을 이용해서 얼마든지 '재생'할 수 있다는 것만은 분명했다. 인간이 마음대로 재생할 수 있는 존재라면 그것은 더 이상 신이 아니다. 나는 아버지의 신은 아버지의 이야기 속에만 존재하고 있을 뿐이라고 확신했다.

부서진 자물쇠를 만지작거리며 집으로 돌아왔다. 가족들은 부엌에 앉아 늦은 만찬을 즐기고 있었다. 아버지는 아벨에게 포도주를 따르고 있었고, 아벨은 양손으로 공손하게 술잔을 받쳐 들고 있었다. 그 모습을 보는 어머니와 실라의 표정은 밝았다. 내가 부엌으로 들어서자 어머니는 손짓을 해서 자리를 권했다. 하지만 나는 곧장 아버지의 곁으로 다가갔다.

"아버지 잠깐 나가셨으면 해요. 할 말이 있어요."

"있다가 하자. 식사 끝내고 같이 기도한 후에 말이다."

나는 아버지 앞에 부서진 자물쇠를 내밀었다. 아버지의 얼굴은 껍질이 벗겨진 루빌처럼 창백하게 굳었다.

아버지와 마당에 나란히 섰다. 어젯밤처럼 어둠이 짙었다. 나는 아버지에게 단도직입적으로 말했다.

"모든 것을 비밀에 부칠게요. 대신 루빌을 치게 해주세요."

아버지는 낮은 신음 소리를 흘렸다. 나는 직감적으로 그것이 승낙의 표시라는 걸 알았다.

식탁으로 돌아온 나는 어머니가 건네준 빵을 집어 들면서 아벨을 쳐다봤다. 우울한 얼굴이었다. 아무래도 나아마와 헤어져야 하기 때문이리라. 나는 시간이 나는 대로 나아마를 찾아가야겠다고 생각했다. 내가 루빌을 치게 되었다는 사실을 알게 되면 나아마는 내게도 관심을 보일지 모른다. 아버지의 비밀을 알게 된 이상 나는 오히려 아버지의 이야기에서 자유로워졌다.

다섯번째 날.

늦잠을 잤다. 밭에 나가야 할 시간을 넘겼지만 어차피 루빌을 치게 될 터였다. 농사 따위는 잊고 싶었다. 침대에 누워서 빈둥거리고 있는데 누군가 숙소의 문을 두드렸다. 옷을 입기도 귀찮아서 대충 아랫도리만 걸친 채 문을 열었다. 뜻밖에 나아마가 서 있었다. 몹시 신산한 기색이었다.

"이렇게 찾아와서 미안해요. 그래도 물어볼 게 있어서 왔어요. 괜찮나요?"

나는 얼떨결에 고개를 끄덕이고 나아마를 거실에 있는 탁자로 안내했다. 그리고 재빨리 침대에 걸쳐놓은 윗도리를 입으면서 물었다.

"물어보고 싶은 게 뭔가요?"

나아마는 잠깐 고개를 숙이고 머뭇거리다가 입을 열었다.

"아벨이 저와 헤어지자고 해요. 갑자기 왜 그러냐고 물었더니 신의 말씀을 들어야 하기 때문이라고 하더군요. 저는 그게 무슨 소린지 잘 이해가 가질 않아요. 그저께까지만 해도 저와 함께 살겠다고 약속했었는데……. 제게 말씀해주실 수 있나요? 어제 무슨 일이 있었는지를……."

솔직히 나아마가 아벨 때문에 이 시간에 나를 찾아왔다는 사실에 질투가 났다. 하지만 내색하지 않았다. 아벨이 나아마에게 통보한 대로 어차피 둘은 맺어질 수 없는 사이였다. 괜히 질투심 따위를 드러내서 속 좁은 남자로 보이고 싶지 않았다.

나는 나아마에게 어제 제사 때 신이 모습을 드러냈던 일을 자세하게 이야기해주었다. 물론 제단 안의 장치에 관한 것은 뺐다. 나아마는 내 이야기를 듣고서도 이해가 가지 않는지 고개를 가로저었다.

"그게 이유라니……. 정말 신이 나타났다는 이유만으로 저를 버릴 수도 있는 건가요?"

나는 고개를 끄덕였다. 네피림은 많은 신을 믿었다. 그래서 오히려 그들은 신에게 크게 영향을 받지 않았다. 수없이 많은 신 중에 하나가 저주를 내린다 한들 다른 신을 찾으면 그뿐이었다. 하지만 우리는 달랐다. 우리 가족이 믿는 신은 너무 거룩하여 뚜렷한 형태로도 드러나지 않는 유일한 그분뿐이었다. 우리 가족에게는 신을 선택할 수 있는 자유가 없었다. 나는 이 차이를 나아마에게 설명해야 할 필요성을 느꼈다. 아벨이 나아마를 버려야 했던 이유를 그녀가 확실하게 납득해야 아벨에 대한 마음도 깨끗이 정리할 수 있을 터였다.

"그분은 우리 가족을 있게 해준 분으로 우리의 전부라고 할 수 있어요. 그분은 아버지와 어머니를 만들고 아버지에게 루빌도 주신 분이시지요. 그 외에도 크고 작은 질병과 행운을 가져다주시기도 했어요. 그런데 그분은 지금까지 아버지를 통해서만 드러날 수 있었죠. 때문에 아버지의 말씀은 그분의 말씀과 마찬가지였고 우리 가족은 아버지의 말에 절대로 복종할 수밖에 없었어요. 당신과 결혼하지 말라는 말까지도요. 하지만 아벨이 그분의 존재에 대해 의문을 품었지요. 어쩌면 아버지가 지어낸 존재가 아닌가 하고요."

아벨이 어떻게 그분의 존재에 의문을 품었는지는 설명하지 않았다. 고작 아버지의 배꼽 때문에 신이 그 존재를 의심받게 되었다는 사실은 신의 체면을 위해서나 그 신을 세상의 유일한 신이라고 생각하고 있는 우리 가족의 체면을 위해서나 보탬이 될 게 없어 보였다.

"여하튼 그런 상황이었는데 어제 제사 때 그분께서 아버지를 통하지 않고 직접 나타나셔서 자신의 존재를 증명하신 거예요. 그분께서 존재를 스스로 보이셨기 때문에 아버지의 이야기는 의심할 여지 없는 사실이 되었고 아벨은 다시 아버지의 말에 복종하지 않을 수 없었던 거죠."

나의 설명이 끝나자 나아마는 힘없이 고개를 끄덕였다.

"그렇군요. 아벨도 어쩔 수 없었던 거군요."

나아마는 얼굴을 감싸고 가녀린 어깨를 들썩였다. 나는 나아마의 곁으로 가 그녀를 살짝 감싸 안아주었다. 나아마가 나의 오른쪽 가슴에 기대왔다. 갑자기 심장이 세차게 뛰기 시작했다. 나아마에게 들킬까 겁이 날 정도였다.

얼마나 울었을까, 영원히 그칠 것 같지 않던 나아마의 울음이 잦아들었다. 그녀에게 빌려주었던 오른쪽 가슴은 흠뻑 젖어 있었다. 나아마가 딸꾹질을 했다. 기나긴 울음의 후유증이었다. 나는 포도주를 권했다. 나아마는 단숨에 포도주 잔을 비웠다.

계속해서 나아마의 잔을 채워주었다. 나아마는 사양하지 않았다. 솔직히 나는 나아마가 술을 마시고 정신을 잃었으면 했다. 그러면 입을 맞추는 것 정도는 가능하지 않을까 싶었다. 물론 가능하다면 그 이상도 염두에 두고 있었다. 나아마는 혼자 술을 마시는 것은 자기 가족의 관습이 아니라며 내게도 술을 권했다. 나는 나아마가 주는 대로 다 받아 마셨다. 똑같이 술을 마신다면 아무래도 남자인 내가 술이 더 셀 거라고 생각했다.

그러나 나아마는 술이 아주 센 여자였다. 먼저 취한 쪽은 나였다. 나는 취해서 온갖 이야기를 나아마에게 늘어놓았다. 특히 루빌을 치게 됐다는 이야기를 아주 공들여서 해주었다. 나아마도 내가 루빌을 치게 되었다는 이야기에 관심을 보이는 것 같았다. 나는 슬그머니 나아마의 손을 잡았다. 나아마는 빼지 않았다. 기분이 좋았다. 나아마가 내 여자가 되는 것은 시간문제라는 생각이 들었다.

그 후로도 많은 술을 마셨고 나는 정신을 잃었다. 일어나보니 벌써 창문 너머로 에덴이 떠 있었다. 나아마는 없었다. 아마도 그녀의 마을로 되돌아간 모양이었다. 어렴풋하게 나아마에게 귓속말을 한 것이 기억났다. 장래 내 계획을 들려주고 나아마와 결혼하고 싶다는 이야기를 했던 것 같다. 그러자 나아마는 아벨도 하지 못하는 자신과의 결혼을 내가 어떻게 할 수 있겠냐고 되물었고 나는 그게 다 이유가 있다고 말해주었던 것도 같다. 그 뒤로는 기억이 나지 않았다. 문득 뒷골이 싸해지면서 불안감이 엄습해왔다. 해서는 안 될 말을 나아마에게 한 것 같았다. 이를테면 제단의 비밀 같은 것 말이다.

덜컹, 소리가 들렸다. 나는 소스라치게 놀라 문 쪽을 바라보았다. 문 앞에는 아벨이 눈을 부라리며 서 있었다. 그 뒤로 나아마가 보였다.

"형, 그게 정말이야? 나아마가 내게 해준 말이 정말이냐고?"

나는 해서는 안 될 말을 기어코 하고야 말았다는 걸 직감했다. 아벨은 나의 멱살을 잡고 앉은자리에서 들어올렸다. 아벨이 힘이 좋은 것은 알았지만 이런 괴력이 있을 줄은 몰랐다.

"말해봐. 진실이 뭔지."

말할 수 없었다. 아니 멱살이 잡힌 까닭에 숨이 막혀서 말이 나오지 않았다. 곁눈질로 나아마를 봤다. 나아마는 냉랭한 시선으로 나를 바라보고 있었다. 굴욕감이 치솟았다. 아벨은 내 멱살을 끌고 숙소 밖으로 나왔다. 아버지 앞에서 삼자대면을 하겠다고 했다. 나아마는 아벨에게 속절없이 끌려가고 있는 내 뒤를 따라오면서 꼭 진실을 말해달라고 부탁했다.

"제발 아벨과 제가 결혼할 수 있게 도와주세요."

이 상황에서 그걸 말이라고 하고 있는 나아마가 미웠다. 그리고 무엇보다 나아마에게서 이런 말을 뱉게 만든 아벨이 미웠다. 이제 겨우 내 것이 되었는데 녀석은 다시 나의 모든 것을 뺏으려 하고 있었다. 나는 내 발로 갈 테니 멱살을 좀 풀어달라고 했다. 아버지 앞에서 모든 진실을 다 말해주겠노라고도 했다. 그제야 아벨은 잡은 멱살을 놓아주었다.

나아마는 네피림 마을로 돌아가서 기다리기로 하고 나와 아벨만 아버지의 집으로 향했다. 아벨이 앞장섰고 나는 그 뒤를 따랐다. 길을 가는 도중에 아벨 몰래 모서리가 뾰족한 돌멩이 하나를 집었다.

아버지의 집에 도착했다. 아벨은 거칠게 대문을 두드렸다. 바로 이때였다. 아벨의 두 손이 무방비로 대문으로 향해 있는 때. 나는 속으로 생각했다.

'아벨 너 하나만 불행하면 우리 모두가 행복해질 수 있어…….'
나는 갖고 온 돌을 힘껏 치켜들었다.

여섯번째 날.
햇빛이 커튼 사이로 내비치고 있었다. 정신이 드는가 싶더니 양쪽 팔과 다리가 욱신거리기 시작했다. 너무 아파 나도 모르게 이를 악물었다. 어제 마신 술이 깨면서 마취 효과가 풀리고 있었다.

"집을 떠나겠습니다."
지난밤, 아벨을 죽인 죄로, 아버지가 휘두르는 몽둥이에 맞다가 지쳐 비명처럼 내지른 말이었다. 그 말에 아버지는 몽둥이질을 멈췄다.
"안 된다. 넌 여기서 실라와 결혼하고 루빌을 쳐야 한다."
의외였다. 아버지가 나를 죽일 줄 알았지 붙잡을 줄은 몰랐다. 하지만 루빌을 치는 것은 둘째 치고 실라와는 결혼하고 싶지 않았다. 아벨이 쓰러졌을 때 가장 먼저 그 광경을 목격한 사람은 대문을 열어주러 나왔던 실라였다. 그녀는 있는 힘껏 비명을 지르다가 돌연 내게 저주를 퍼부어 댔다. 우리의 신은 물론 네피림의 신들까지 모두 끌어들인 저주였다. 어쩌면 실라는 실신한 어머니를 돌보는 지금도 저주의 말을 중얼거리고 있을지 모른다.

나는 고개를 가로저었다. 평소에도 실라와는 결혼하고 싶지 않았다. 하물며 나를 평생 원수 보듯 할 게 틀림없는 실라와 같이 산다는 건 끔찍한 일이 아닐 수 없었다. 아버지는 갑자기 태도를 바꿔 나를 일으켜 세우더니 부엌으로 데려가 식탁맡에 앉혔다. 그리고 포도주를 한 잔 따라주었다.

"마셔라. 고통이 좀 가실 게다."

병 주고 약 준다는 말을 들어봤지만 병 주고 술을 주는 경우는 처음이었다. 하지만 아버지는 이런 앞뒤가 안 맞는 상황 따위는 개의치 않고 부드러운 어투로 말했다.

"모든 것은 시간이 지나면 풀어지게 마련이다. 당분간 네 어미와 실라 눈에 띄지 말고 지내."

나는 아버지의 말을 듣고 싶지 않았다. 아버지의 말을 들어봐야 아벨이 살아야 할 삶을 대신할 뿐이었다.

"제가 왜 아벨을 죽였는지 아세요?"

아버지는 아벨이라는 이름을 듣자 눈살을 찌푸렸다.

"아벨이 우리의 비밀을 알아버렸기 때문이에요. 녀석마저 아버지의 이야기를 부정했더라면 아버지의 세상은 사라졌을 겁니다."

아버지는 내 말에 어떤 대꾸도 하지 않았다.

"아버지 생각해보세요. 저는 아버지의 비밀을 알고 있어요. 제게 아버지의 세상은 이미 무너졌어요. 아버지는 저를 신의 말로 다스릴 수 없어요. 제가 떠나는 게 아버지를 위해서도, 저를 위해서도 좋습니다."

아버지는 나를 가만히 바라보았다. 아버지와 나 사이에 신이 세상을 창조한 만큼의 시간이 흘렀다.

"여기를 떠나면 대체 어떻게 살겠단 말이냐?"

"제게 루빌을 주세요. 그럼 어디든 정착할 수 있을 겁니다. 네피림 처녀를 만나 가정을 이룰 수도 있을 거구요."

네피림이라는 말에 아버지는 또다시 눈살을 찌푸렸다. 네피림에게 루빌을 줄 수 없다는 뜻이었다. 나는 설득을 계속했다.

"루빌은 아버지처럼 저의 가족에게만 물려주겠습니다. 그렇게 해도 루빌의 털과 가죽을 살 네피림들은 많을 겁니다. 원한다면 아예 콜로니의 반대편으로 가서 살겠습니다. 대신 아버지는 새로 태어날 동생에게 아버지의 세상을 물려주세요. 고든 것을 다 알고 있는 저보다는 아무것도 모르는 동생에게 물려주는 편이 훨씬 나을 겁니다. 새롭게 신을 부활시키고 아버지의 세상을 만드세요."

아버지는 한참 얼굴을 비비더니 긴 한숨을 내쉬었다.

"네 어미가 가진 동생이 태어날 때까지 기다려다오. 네 동생이 아들이라면 너는 떠나도 좋다. 네게 루빌도 주겠다."

나는 고개를 끄덕였다. 어머니는 앞으로 태어날 동생이 아들이라고 확신하고 있었다. 나는 두 명의 아들과 한 명의 딸을 낳은 어머니의 직감을 믿기로 했다.

아버지와 나는 각서를 쓰고 서명을 한 다음 한 장씩 나누어 가졌다. 각서에는 앞으로 태어날 동생이 아들이라면 내가 루빌의 반을 몰고 여기를 떠난다는 것과 나는 내 루빌을 나의 자손에게만 물려준다는 내용을 적어 넣었다. 아버지와 나 사이에 신이 사라졌기 때문에 이 각서가 우리의 약속을 보증해줄 터였다.

이불에 파묻혀 있으니 내 손으로 아벨을 죽인 일이 아득하게만 느껴졌다. 나는 이 아득함이 좋았다.

앞으로의 일을 생각해보기로 했다. 우선 몸이 낫는 대로 나아마를 찾아갈 것이다. 그리고 아벨이 사고로 죽었다고 이야기해줄 것이다. 나아마는 슬픔에 잠기겠지. 하지만 그 슬픔도 시간이 지나면 사라질 것이다. 그동안 나는 루빌을 다루는 기술을 익혀 어엿한 루빌치기가 될 것이다. 그때가 되면 루빌을 몰고 나아마를 찾아가 나와 함께 떠나자고 할 것이다. 아마도 나아마는 나의 제안을 받아들이겠지.

나아마와 가정을 이루게 되면 아버지가 했던 것처럼 나는 나의 이야기를 시작할 생각이다. 세상을 창조한 신에 대해 이야기하고 신께 질문을 한 죄로 에덴에서 쫓겨난 부모님, 아담과 하와에 대해서도 이야기해줄 것이다. 그리하여 그 핏줄을 이어받은 나는 선과 악을 주관하는 내 세상의 주인이 될 것이다. 하지만 배꼽을 가진 최초의 인간, 아담과 하와는, 나의 자식들에게 절대로 보여주지 않을 작정이다.

일곱번째 날.
곰곰이 생각해보니 어제 내가 만든 이야기가 보기에 좋았으므로 비로소 나는,

쉬기로 했다.

해설

우리 시대의 디오게네스

이경재(문학평론가)

1. 깨알 같은 유머, 묵직한 주제의식

배상민의 소설은 독특하다. 그것은 모종의 부조화에서 비롯된다. 최근에 나온 소설 중에 배상민의 소설만큼 재미있는 소설도 찾기 힘들다. 동시에 배상민의 소설처럼 동시대의 사회적 환경에 뚜렷하게 뿌리박은 소설도 찾아보기 힘들다. 그럼에도 지나치게 웃긴 소설이 지니게 마련인 보수성이나 지나치게 정치적인 소설이 지니게 마련인 엄숙성을 배상민의 소설에서는 찾아보기 어렵다. 이 부조화야말로 배상민 소설의 고유한 단독성이라 볼 수 있다. 앞으로의 논의에서 밝혀지겠지만, 이것은 정치적 시선의 맹목을 아우르는 인류학적 시선과 인류학적 시선의 공허를 파고드는 정치적 시선이 서로 깊이 관계를 맺은 결과이다.

먼저 배상민의 거의 모든 소설은 IMF와 2008년 서브프라임 모기지론 사태로 이어지는 신자유주의 광풍을 그 시대적 배경으로 삼고 있다. 배상민은 이 광풍이 가져온 비인간적인 모습들에 누구보다 예민한 자의식을 보여준다.

「어느 추운 날의 스쿠터」에서 어중간한 대학을 낮은 학점으로 졸업한 '나'는 "어지간해서는 안 잘리는 정규직"과 "계약 기간이 만료되면 자를 수 있는 비정규직"과 '단 한 번의 잘못으로도 잘릴 수 있는 비정규직' 중에서 마지막 직업군의 삶을 선택(?)한다. 신자유주의의 전일적 지배로 인해 주인공이 전역한 후의 세상은 완전히 달라져 있다. 정규직이었던 아버지의 친구들은 피자 가게 내지는 치킨 가게 사장이 되었다가 대부분 일 년 안에 가게를 접고 경비로 전락한 상태이다. 대학을 졸업할 무렵이 되어서는 중년 경비, 젊은 노점상, 고학력 청소부, 배울 만큼 배운 백수들로 넘쳐났고, 잘하는 거라고는 힙합밖에 없던 주인공 역시 그들과 합류하게 된 것이다. 피자집 사장은 A급 태풍이 오면 배달을 못 나가게 하는데, 이유는 배달원이 아닌 스쿠터를 보호하기 위해서이다. 사람은 다치면 알아서 재생이 되지만 스쿠터는 그렇지 않다는 것이 사람보다 스쿠터를 더 아끼는 사장의 논리이다.

「유글레나」는 청년실업이 이 시대 젊은이들을 얼마나 비참하게 만드는지를 돌직구처럼 직접적으로 전달하는 작품이다. '나'는 소라라는 여학생과 학교에서 개설한 토익 강의를 함께 들으며 만났다. 둘은 수도권의 이름 없는 학교를 다니며, "이름을 대도 모를 회사에 들어가는 것도 쉽지 않"다는 공감대 덕분에 연인관계에까지 이른다. 가난한 집의 맏딸인 소라의 취직을 향한 노력은 눈물겹다. 소라는 몸가짐을 똑바로 해야 면접 때도 실수하지 않는다며 늘 정장을 입고 다니지만, 알 만한 회사의 면접 기회는 단 한 번도 주어지지 않는다. 이후 소라는 웨딩마켓에 뛰어든다. 이름만 대면 알 만한 회사에 다니는 남자들과 선을 보는데, 이 선은 소라에게 일종의 "면접"이다. 소라는 드디어 자신보다 열 살이나 많은 지방직 칠급 공무원과 사귀는 데 성공하지만, 박봉인 아들의 미래를 위해서는 며느리가 직업이 있어야 한다는 예비 시부모의 원칙 앞에 좌절한다. "직장이 안 잡히니까 불안해서 선택한 결혼"인데, "결혼을 하기 위해서는 또 직장이 필요"한 아이러니한 상황에 처한 것이다. 소라가 살고 있는 지금의 세상이란 직장이 없으면 "철마다 눈치 보지 않고 옷을 사 입는 여유"를 누릴 수도, 지방직 칠급 공무원과 결혼을 할 수도 없는 곳이다. 이름 없는 수도권 대학 출신인 '나'에게는 남자라는 이유로 웨딩마켓에 뛰어들 기회조차 주어지지 않는다. '나'가 경험할 수 있는 사회생활이란 오직 인턴일 뿐이며, 인턴으로 회사에서 하는 일도 고작 복사 정도이다. 「조공원정대」에서 소녀시대를 만나기 위해 상경한 '나', 만석, 칠성의 삶은 "처음부터 정해져 있"었다. 그들에게 예정된 삶은 중학교를 졸업하면 실업계 고등학교를 가고, 그 이후에는 근처에 있는 공단에 취직하는 것이다. 그러나 미국에서 벌어진 서브프라임 모기지론 부실 사태로 인한 글로벌 경기 침체의 영향으로 공장에서도 사람을 뽑지 않거나, 공장이 아예 없어지기도 한다. '나'나 만석이 칠성이가 할 수 있는 일은 술 마시고 당구 치고 "미국이 이럴 줄 몰랐다고 푸념을 늘어놓는 것"이 전부이다. 이처럼 고단한 삶은 동네의 자랑이자 명예인 동수 형에게 역시 예외가 아니다. 동네의 우등생인 동수 형은 서울에 위치한 대학까지 다녔지만, 현재 그는 서울의 가장 높은 동네에 있는 가장 높은 옥탑방에 살고 있다. 주식으로 폐인이 된 동수 형은 "애초에 우리 같은 시골 출신들은 게임이 안 돼"라고 말한다. 또한 동수 형이 그렇게 된 데에는 역시나 서브프라임 모기지론 부실 사태로 인한 글로벌 경기 침체의 영향을 무시할 수 없다. 결국 소녀시대를 만나지 못하고, 여비도 떨어진 셋은 토니, 제리, 티파니라는 이름을 얻은 채 패밀리 레스토랑과 나이트클럽에서 일을 한다. "시골에 있을 때는 한 번도 누군가를 위해서 무릎을 꿇거나 구십도 인사를 해본 적이 없는 우리"지만, "토니, 제리, 티파니로 거듭나는 순간 그 모든 것이 너무나 자연스럽게 받아들여"진다.

2. 아비 되기의 열망, 아비 되기의 난경

2000년대 젊은이들이 처한 사회적 난경에 대한 배상민의 천착은 이처럼 집요하다. 젊은이들의 불우는 배상민 소설에서 '임신과 유산의 서사'라는 고유한 내적 형식을 낳는다. 현대소설에서 사랑이 임신으로 연결되는 것은 흔한 일은 아니다. 더군다나 쿨한 감각이 삶의 표준처럼 받아들여지는 지금의 세상에서 임신으로 연결되는 남녀관계란 더더욱 평범한 설정은 아니다. 배상민의 모든 소설은 섹스가 곧 번식과 연결된다고 해도 과언이 아니다. 그것은 아비 되기의 욕망에 다름 아니며, 이것은 달리 말하자면 현실 속의 당당한 성인 주체로 자리매김 받고자 하는 욕망이기도 하다. 그러나 그 열망은 현실 속에서 대부분 아니 언제나 실패한다.

「미운 고릴라 새끼」의 '나'는 단 한 번 보스의 여자와 관계를 맺은 후 아킬레스건이 끊기는 처벌을 당한다. 나중에 '나'의 아이가 아닌 것으로 드러나지만, 처음 '나'는 보스의 여자가 자신의 아이를 가졌다고 철석같이 믿는다. 「유글레나」에서 '나'가 소라와의 연애에서 가장 신경 쓰는 것도 다름 아닌 피임이지만, 소라는 임신을 한다. 「조공원정대」에서도 '나'는 고등학교 때부터 사귄 미선과 잠자리를 갖는 것으로 견딜 수 없는 심심함을 달래고는 하는데, 미선 역시 임신을 한다. 「헤드기어 맨」에서는 클럽의 도우미 아가씨와 처음으로 데이트를 하면서, '나'는 가장 먼저 "저 배에 나의 이세가 자라고 있다면 어떤 기분일까"라는 생각을 한다. 그리고 실제로 '나'는 그녀를 임신시키는 데 성공한다.

「헤드기어 맨」에는 이러한 임신에 대한 욕망이 일종의 아비 되기 욕망과 밀접하게 연결되어 있음이 직접적으로 드러나 있다. 아내를 처음 만난 것은 미시 클럽에서 웨이터로 일할 때였는데, 아내는 그 업소의 도우미 아가씨였다. 그녀는 못생긴 외모를 통해 다른 아가씨들을 돋보이게 하는 목적으로 사용될 정도로 추녀이다. 그럼에도 그녀에게 끌린 이유는, "아내를 보고 있으면 엄마가 떠올랐"기 때문이다. 그러니까 '나'는 지금 그녀를 통해 아비 되기를 실천하고자 하는 것이다. 「유글레나」에서 그토록 임신을 꺼리는 것 역시도 일종의 반동형성(reaction formation)으로 볼 수 있다. 이처럼 배상민 소설의 젊은이들은 그 누구보다도 아비 되기를 열망한다. 그러나 잔인하게도 그 열망이 실패하는 과정이야말로 배상민 소설의 기본 줄기라고 할 수 있다.

「유글레나」에서 '나'와 소라는 용기를 내어 결혼을 결심하지만, 가난한 청춘들에게 평균 이억 육천만 원이 드는 양육비와 평균 일억 칠천만 원 정도의 결혼 비용을 감당하는 것은 쉬운 일이 아니다. 결국 둘은 결혼을 포기한다. '취집'에서도 실패할 가능성이 높아진 소라는 만취해서 '나'를 찾아온다. 그러고는 "오늘은 그냥 하자. 임신하면 낳아서 키우지 뭐. 부모가 되면 어떻게든 열심히 살게 될 거야"라고 중얼거린다. '나'는 다시 돌아온 소라 앞에서도 "성기가 되기에는 아직도 가진 게 너무나 없"기에 끝내 관계를 맺지 못한다. 「조공원정대」에서 '나'를 기다리는 데 지친 미선은 결국 "나 애 지웠어. 지금 서울 가는 중이야. 찾지 마"라는 문자를 보낸다. 미선과 만나기 위해 고속버스터미널에서 하루 종일 기다리던 '나'는 결국 미선을 만나지 못하고, 편안함과 비겁함과 잔인함을 동시에 느낀다. 「헤드기어 맨」에서도 아내는 임신을 하지만, 아내가 원하는 아파트를 마련할 수 없는 상황에서 출산은 난망한 꿈이다. 결국 '나'가 업소 사장에게 철저히 이용만 당하고, 나중에는 사기까지 당한 것이 밝혀지자, 아내는 유산을 하고 만다. 「미운 고릴라 새끼」에서는 출산까지 이어지지만, 그녀가 낳은 아이는 황당하게도 백인이다. 어찌 보면 강렬한 아비 되기의 욕망이란, 아비 되기를 허용하지 않는 사회적 현실이 강력한 조건이 되어 더욱 강화된 것이라고 볼 수도 있다.

배상민 소설에서 아비가 차지하는 커다란 위상은 「아담의 배꼽」에 잘 나타나 있다. 카인은 아버지의 허구성과 이중성을 온몸으로 절실하게 체험한다. 그럼에도 카인이 끝내 지향하는 것은 아버지에 대한 부정이나 무시가 아니라, 스스로 아버지가 되는 것이다. 카인이 아버지의 약점까지 잡아가면서 끝내 이루고자 하는 것은 다음의 인용문에 나타난 것과 같은 '세상의 주인', 곧 '아버지'가 되는 일이다.

나아마와 가정을 이루게 되면 아버지가 했던 것처럼 나는 나의 이야기를 시작할 생각이다. 세상을 창조한 신에 대해 이야기하고 신께 질문을 한 죄로 에덴에서 쫓겨난 부모님, 아담과 하와에 대해서도 이야기해줄 것이다. 그리하여 그 핏줄을 이어받은 나는 선과 악을 주관하는 내 세상의 주인이 될 것이다. (240~241쪽)

「아담의 배꼽」은 배상민 소설에서 거의 유일하게 아비 되기에 성공하는 소설인데, 이 소설이 일종의 판타지라는 것은 의미심장하다.

3. 이분법과 이분법 너머

배상민은 신자유주의의 광풍으로 요약할 수 있는 2000년대적 현실, 그중에서도 이 시대 청춘들이 그 광풍 속에서 어떻게 고통받고 있는지에 깊은 관심을 가지고 있다는 점을 살펴보았다. 이러한 관심은 배상민 특유의 '임신과 유산의 서사'로 나타난다는 점을 살펴볼 수 있었다. 배상민의 소설은 주제의식이 명확하고 선명하다. 이것은 현실에 대한 배상민의 간명한 사유를 반영하는 것이다.

배상민의 소설은 대부분 이분법으로 이루어져 있다. 「미운 고릴라 새끼」의 고릴라와 보노보 원숭이, 「아담의 배꼽」의 인간과 네피림, 아버지와 아들, 「안녕 할리」의 팔팔이와 할리, 스쿠터와 할리 데이비슨, S(S대학, S전자, S라인)와 L, 「유글레나」의 야동 배우 소라와 여자 친구 소라, 성기와 유글레나, 「조공원정대」의 소녀시대와 미선이 이분법을 성립시키는 각각의 항이다. 두 가지 항 중에 전자가 세계의 지배적인 힘을 의미한다면 후자는 그러한 현실 속에서 억압당하거나 고통받는 '나'의 현실을 의미하는 것들이다. 이러한 이분법 속에서 배상민은 언제나 후자의 편을 든다. 이러한 특징을 가장 선명하게 보여주는 작품이 바로 「악당의 탄생―슈퍼맨과의 인터뷰」와 「헤드기어 맨」이다.

「악당의 탄생」도 슈퍼맨과 클락 켄트 회장이라는 이분법으로 되어 있다. 슈퍼맨과 클락 켄트 회장은 어마어마한 초능력으로 위기에 처한 사람들을 구원하는 동일인물이다. 과거의 슈퍼맨이 순수한 인간애를 바탕으로 사람을 구했다면, 현재의 클락 켄트는 자본의 논리에 따라 사람을 구한다. 지금 거부가 된 클락 켄트 회장은 자신의 성공담을 토크쇼에 나와 이야기하고 있는 중이다. 작가가 클락 켄트 회장을 비판적으로 바라보는 것은 너무도 선명하다. 그것은 돈이 없어 죽어간 소방관의 아들이 켄트의 뒤통수를 맞춘, 그것도 너무도 정확히 맞춘 날계란 한 알이 증명한다.

「헤드기어 맨」은 「악당의 탄생」에 이어지는 작품이다. 권투 선수였던 아버지는 '나'가 태어나기도 전에 헤드기어 하나만 남긴 채 교통사고로 죽었다. 아버지가 없던 '나'는 아이들에게 따돌림을 당했고, 엄마는 아버지가 남긴 헤드기어를 쓰면 아버지가 너의 곁에 있는 것과 같다는 말을 해준다. 실제로 헤드기어를 쓰자 '나'는 이전에 볼 수 없던 뛰어난 능력을 발휘한다. '나'는 아버지가 사고로 죽고, 아버지가 마련해둔 것(슈퍼맨에게는 쫄쫄이 바지, '나'에게는 헤드기어)을 통해 초능력 인간으로 태어났다는 점 등의 공통점을 바탕으로 자신이 바로 슈퍼맨이라고 생각한다.

'나'는 생존하기 위해 사채업 등을 전전하다가, 엄마가 철거 현장에서 저항하다가 비참하게 죽어간 기억이 있는데도 불구하고 철거 깡패가 된다. "지구를 지킨답시고 철거를 그만둔다면 우리 가족은 굶어 죽을 수밖에 없"는 것이다. '나'는 아빠가 헤드기어를 물려준 것은 슈퍼맨처럼 악당을 물리치라는 의미일 텐데, 자신은 오히려 악당의 편에서 헤드기어의 초능력을 사용한다는 자괴감에 시달린다. 결국 자신의 동네가 철거되던 날 '나'는 헤드기어를 쓰고 철거민들의 편에서 용감하게 싸우다가, 철거 용역들의 무지막지한 폭력 끝에 죽는다.

이러한 이분법은 배상민의 장점인 동시에 약점일 수 있다. 스스로도 감당할 수 없는 거창한 문제나 새로움에 대한 강박으로 인해, 현실과 독자로부터 점점 멀어져만 가는 오늘의 문학판에서 현실에 대한 인식과 그에 대한 뚜렷한 입장은 소중한 문학적 자산임에는 분명하다. 그러나 지나치게 단순화된 이분법적 현실 인식은 현실에 대한 정당한 이해를 가로막는 하나의 도그마가 될 수도 있다. 이

것은 단순히 해체론적 시각에 대한 보완을 요청하는 것이 아니라, 현실의 다양한 주름과 그늘을 바라볼 수 있는 깊이 있는 시각이 필요하다는 것이다.

이와 관련해 「어느 추운 날의 스쿠터」는 여러 가지 이분법을 겹쳐놓음으로써, 현실을 바라보는 유연성과 깊이를 확보하고 있는 수작이다. 한 편의 단막극을 연상시키는 「어느 추운 날의 스쿠터」의 스토리 시간은 민방위 훈련이 갑자기 발동되어 해제되기까지의 얼마간이다. 피자 배달원인 '나'는 갑자기 발동된 민방위 훈련 때문에 피자 배달을 할 수 없어 도로 통제 요원에게 항의를 하다가 나중에는 몸싸움까지 벌이고 지구대에 끌려온다. 그가 그토록 민방위 훈련에 민감하게 반응한 이유는 이십오 분 내로 피자를 배달해야 한다는 피자 가게의 규정 때문이다.

지구대 안에서는 배달 오토바이를 훔친 혐의로 끌려온 두 명의 미국인이 술에 취한 채 경찰관들을 향해 영어로 온갖 욕을 퍼붓고 있다. 둘은 모두 남한에서 미군으로 근무한 경력이 있는 사람들로, 그들이 내뱉는 욕설의 핵심은 "US army에서 근무하며 목숨을 걸고 지켜준 fucking할 Korea의 stupid한 pclice들이 asshole 같은 motor cycle을 좀 탔기로서니 경찰서에다 감금하는 이런 shit한 상황이 말이 되냐"는 것이다.

위의 미국인들처럼 은인인 척 한국인에게 온갖 추태를 연출하는 자들에게, 한국인이 반감을 드러내지 않기는 힘들다. 「어느 추운 날의 스쿠터」는 미국에 대한 반감과 그러한 반감을 가능케 한 상황에 대한 기술로 이루어져 있다. 첫번째로 주인공이 미국에 반감을 느낀 것은 대학 시절 짝사랑하던 여자가 영어회화를 배우다가 미국인 강사와 눈이 맞아 떠나갔을 때이다. 두번째는 주인공이 일하는 피자 가게 옆에 지점을 냄으로써 주인공으로 하여금 피 말리는 배달 경쟁에 나서게 한 미국의 거대 피자 회사와 맞닥뜨렸을 때이다. 미국에서 거대 피자 지점이 건너오기 전까지만 해도 주인공의 피자 가게는 동네의 유일한 피자 가게로서 나름 여유롭게 운영되었다. 그러나 세계 굴지의 피자 회사가 '무표 쿠폰 제공' 및 '무조건 삼십 분 내에 배달'이라는 슬로건이 적힌 전단지를 뿌리자마자 "오직 속도와 쿠폰만이 피자의 모든 것을 결정하는 시대"가 시작된 것이다. 이제 주인공이 다니는 피자 가게도 동네 사람들에게 쿠폰을 제공하는 것은 물론이고 이십오 분 내에 배달이 되지 않으면 피자를 무료로 제공한다는 제안까지 하기에 이른다.

'나'는 대학을 졸업한 지 얼마 안 되었다는 이유로 지구대 안에서 미국인들의 통역을 맡는다. 다행히 온갖 영어 욕설로 지구대 안을 쩌렁쩌렁 울리던 그들은 한국말에도 능통하다. '나'는 그들과 많은 이야기를 나누고, 어느 순간부터 두 명의 미국인은 분노와 적대의 대상이 아닌 연민과 연대의 대상으로 변화한다. 고등학교만 나온 그들은 먹고살기 위해 주한미군으로 근무했고, 제대한 후에는 미국의 한 자동차 공장의 조립 라인에서 일했으나 곧 구조 조정 당할 위기에 처한다. 그들은 피자 배달 일을 하기도 하는데, 그래봐야 대출 이자 갚기도 힘들다. 그들은 살기 위해 무작정 학원 강사를 꿈꾸며 한국에 돌아온 것이다. 한국은 무엇보다 "미국이라고 하면 환장하는" 나라이기 때문이다. 그러나 그들은 학원에서 college diploma가 없는 것이 발각되어 쫓겨나고, 그 괴로움에 술을 먹고 오토바이를 훔친 것이다.

이들의 말을 듣고, 특히 그들이 한때 피자 배달원이었다는 사실에 '나'는 묘한 동질감을 느낀다. 두 명의 미국인은 네이션 스테이트(Nation-State)의 시대인 근대에 가장 힘이 센 나라의 국민이지만, 계급적인 차원에서는 고통받는 전 세계 구십구 퍼센트의 사람들 중 하나였던 것이다. '나'는 지구대에서 풀려 나오면서 갑자기 스쿠터의 시동을 끈다. 이어서 소설은 "그리고 배달 박스에서 아직 온기가 남아 있는 피자와 차가운 콜라를 꺼냈다"는 문장으로 끝난다. 피자와 콜라를 들고 주인공이 향할 곳이 어디인지는 물을 필요도 없다. 배상민의 「어느 추운 날의 스쿠터」는 이 지구상의 그 누구도 그 어느 곳도 비껴갈 수 없는 신자유주의 광풍과 그 해결책으로서의 따뜻한 연대 가능성을 제기하고 있는 우리 시대의 드문 정치적 작품이다.

4. 최종심급으로서의 부끄러움

배상민의 소설은 단순하게 정치적이거나 사회적인 서사로만 볼 수 없는 또 하나의 층을 형성하는 경우가 많다. 그것은 문명 일반 혹은 인간 일반을 향한 비판적 시선이 느껴질 때이다. 이때 그의 소설은 인류학적 문제의식을 지니게 된다. 배상민 소설에는 인간의 모든 불행이 부끄러움의 인식으로부터 비롯되었다는 거시적인 시선이 존재한다. 배상민 버전의 창세기라고 할 수 있는 「아담의 배꼽」에서 카인의 부모가 에덴에서 쫓겨나 죄악의 땅인 콜로니로 오게 된 이유는 '그자'에게 어떤 일을 당했기 때문이다. 그자가 저지른 일은 다름 아닌 카인의 어머니에게 "그렇게 벌거벗고 다니면 부끄럽지 않냐고 물었"던 것이다. 이 물음은 엄청난 파급효과를 가져오는데, 그것을 정리하면 다음과 같다.

그 부끄럽지 않냐는 말이 우리를 부끄럽게 만들었다. 옷을 입지 않고도 부끄러워하지 않는 우리를 처음으로 돌아보게 됐지. 결국 우리는 부끄럽지 않기 위해 옷을 해 입었다. 하지만 그게 시작이었다. 부끄럽지 않기 위해 화장실을 만들고, 부끄럽지 않기 위해 나를 숨겨야 하는 어둠을 만들어냈다. 부끄러운 마음을 감추기 위해 하는 거짓말 같은 것들 말이다. 부끄럽지 않게 사는 건 참으로 피곤한 일이었어. 하지만 멈출 수가 없었다. 부끄러운 것들은 날마다 생겨났거든.

그래서 신께서 그자와 접촉하지 말라고 하신 거였다. 그걸 우리는 너무 늦게 깨달은 거지. 결정적인 일은 그 후에 일어났다. 신께서는 우리가 옷을 해 입는 걸 못마땅해하셨어. 다시 부끄러움 없는 자들로 돌아가길 원하셨던 거야. 하지만 이미 머릿속에 부끄러움이 가득했던 나는, 옷을 벗은 우리가 부끄럽지 않습니까? 하고 그분께 따져 묻고 말았다. (206~207쪽)

위의 인용에서 부끄러움은 다름 아닌 타인의 시선을 의식하면서 발생한다. 그리고 그 부끄러움으로 인해 옷, 화장실, 어둠, 거짓말 같은 것들, 통칭하자면 문명이 발생하게 되는 것이다. 문명의 항목들은 끊임없이 생겨나고, 궁극적으로 부끄러움은 인간의 삶을 억압하게 된다. 일반적으로 부끄러움이 인간을 인간답게 한다면, 배상민의 소설에서 인간은 바로 그 부끄러움 때문에 개만도 못한 존재가 된다.

「안녕 할리」는 부끄러움이 결코 신화적인 이야기가 아니라 지금의 현실에서도 지배 논리로 기능하는 모습을 훌륭하게 보여주고 있다. 이 작품의 '나'는 애완견 팔팔이가 어머니에게 성욕과 식욕을 제거당한 채 양육당하듯이, 철저하게 양육당한다. 「안녕 할리」에서 아파트에 사는 엄마들은 명문대 입학이라든가 대기업 입사 같은 바람에 온몸을 맡기는데, 엄마도 대표적인 인물이었던 것이다.

엄마의 요구대로 살아가던 '나'는 드디어 그 시선에서 벗어나, 즉 부끄러움의 압박에서 벗어나 자신의 삶을 살고자 한다. 회사를 그만두고 할리 데이비슨을 전문으로 수리하는 오토바이 가게를 연 것이다. 할리 데이비슨이 "형편없이 쪼그라든 나의 남성을 충분히 대신해줄 수 있을 거라는 믿음"을 주었기 때문이다. 그러나 오토바이 가게는 곧 망하고, '나'는 할리 데이비슨을 타고 퀵서비스 맨이 된다. 자신이 다니던 회사에 가게 되었을 때, '나'는 가능한 한 당당하게 가고자 하지만, 엄마들이 만들어놓은 '기준' 즉 퀵서비스 맨은 회사원보다 못하다는 생각 따위가 본능처럼 몸에 아로새겨져 있기에 한없이 움츠러든다.

그날 나는 퀵서비스 회사를 관두고 할리를 팔기로 결심했다. 애초에 애완견으로 태어난 개는 유전적으로 절대 야생의 들개가 될 수 없는 것처럼 나 역시 엄마가 정해놓은 길을 벗어나 홀로 살아가기 힘든 유전자를 타고난 것이 틀림없다고 생각했다. <u>그것에서 벗어났을 때 몸은 부끄러움이라는 경고 신호를 보낸다.</u> 나는 다시 엄마의 부끄럽지 않은 아들이 되기로 했다. 마음이 한결 홀가분했다. (35쪽, 밑줄은 필자)

그렇다면 모든 문제는 오직 엄마에게서 비롯된 것일까? 문제는 결코 그렇게 간단하지 않다. 어머니의 시선은 세상의 지배적 시선 중의 하나일 뿐이기 때문이다. IMF가 터지면서 "누가 굳이 사생활을 감시하거나 학원 스케줄을 짜주지 않아도 알아서 취업이라는 하나의 목표를 향해 목숨을 걸고 달려갔다. 어떻게 보면 IMF는 아파트 엄마들보다 더 확실한 선수들의 조련사이자 감독이었다"는 말처럼, 엄마가 아니더라도 학교나 IMF 같은 수많은 사회적 장치들이 나에게 수많은 부끄러움을 가르쳐줄 것이기 때문이다. "자신을 걸고 어떤 판단을 내린다는 것은 언제나 무척 어려운 일"이기에 다가오는 트럭을 아예 외면하고 죽음에 이르는 '나'의 마지막 모습은 부끄러움, 즉 세상의 기준에 자신을 맞춘 존재의 슬픈 비극을 극명하게 보여준다.

이 작품에서 '나'는 죽기 직전에 어머니의 뜻에 따라 철저한 양육을 받다가 집을 나간 할리를 길에서 만난다. 나'가 부끄러움에 굴복한 끝에 한없이 왜소해지다가 목숨마저 잃었다면, 할리는 부끄러움 따위에는 관심도 기울이지 않은 끝에 숭고한 대상이 된다. 엄마의 손길을 뿌리치고 집을 나간 할리는 살점이 덕지덕지 붙은 뼈다귀를 입에 물고 암컷으로 보이는 개 한 마리와 어슬렁어슬렁 사거리를 가로지른다. 이때 할리는 신호등 따위, 차량의 경적 소리 따위, 운전자들의 욕 따위에는 고개조차 돌리지 않는다. 이 순간 '나'는 할리를 "인격을 가진 그 무엇"으로 느낀다.

이때의 개 할리를 환생한 디오게네스라고 볼 수는 없을까? 디오게네스는 문명적인 것 전체에 대한 거부감을 바탕으로, 우리가 문화적인 것이라고 부르는 제도와 관습, 덕성 등을 모두 부정하였다.

그는 공공의 광장에서 배설은 물론이고 자위행위까지도 했다고 한다. 이러한 행동이 그가 살던 시대의 문화적 허위와 제도화된 가식에 대한 조롱이었음은 모두가 아는 사실이다. 그러고 보면 디오게네스가 속했던 견유학파의 유래가 된 희랍어 키니코스(kynicos)는 바로 '개 같다'는 의미를 지니고 있다. 신호등이나 경적 소리 따위는 안중에도 없이, 살점이 덕지덕지 붙은 뼈다귀를 입에 물고 암컷으로 보이는 개 한 마리와 어슬렁어슬렁 사거리를 가로지르는 할리야말로 진정한 21세기의 견유학파였던 것이다.

5. 동물성과 유머

이상으로 배상민의 소설이 정치적 문제의식을 드러낼 뿐만 아니라, 인류학적 시선에서 문명과 인간 일반의 문제에까지 깊이 관여되어 있음을 확인할 수 있었다. 배상민은 인간의 가장 큰 문제가 타인의 시선을 의식함으로써 발생하는 부끄러움이라고 생각한다. 작가가 부끄러움에 대하여 이토록 예민한 것은 지금의 사회가 자연스러운 인간의 본성을 상실하고 지나치게 획일화되고 위선적으로 되어가는 것에 대한 반동 때문일 것이다.

문명에 대한 반감은 인간을 동물과 같은 위치에 놓음으로써 해방적 힘을 얻게 된다. 앞에서 배상민 서사의 특징으로 '임신과 유산의 서사'를 이야기했는데, 남녀 간의 사랑을 임신이라는 측면에서 바라보는 것 역시 동물적 특징에 대한 강조와 맥락을 함께한다. 남녀 간의 성관계는 쾌락이나 유대감의 교류 같은 것과는 거리가 멀며, 그것은 무엇보다도 생명체의 유전자를 보존하는 행위인 것이다. 실제로 배상민은 인간의 성을 묘사할 때, 그것을 생명과학적 용어로 설명하고는 한다. 「미운 고릴라 새끼」에서 '나'는 단 한 번 보스의 여자와 관계를 맺은 후 아킬레스건이 끊기는 처벌을 당한다. 이때 '나'는 "유전자를 잇는 대가로 아킬레스건이 끊기고 말았다"고 스스로의 행위를 설명한다. 「유글레나」에서도 "수정도 없었던 걸로 했다"나 "수정할 수 없었다" 혹은 "형체도 갖추지 못하고 사라진 우리의 수정체를 생각"한다와 같은 표현을 통하여 생물학적인 층위에서 인간의 사랑을 바라보고 있음을 확인할 수 있다.

배상민의 천성처럼 거의 모든 작품에 묻어나는 유머들도 문명 혹은 인간의 가식이나 위선을 까발리는 경우가 많다. 아니 성공한 유머는 대부분 그러한 것들이다. 「안녕 할리」에서 모든 욕망이 거세된 채 수도승 같은 삶을 살던 팔팔이는 다비식에서 성철 스님의 사리와 맞먹는 숫자의 사리를 남긴다. 이를 두고 "당시 그 다비식을 지켜보던 스님들은 개에게도 불성이 있다는 말이 단순한 화두가 아니라 실체적인 진실이었다는 것에 충격을 받기도 했다"와 같은 진술을 할 때, 독자로서 웃음을 참기란 여간 어려운 일이 아니다. 이 웃음 속에는 가장 인간화된 강아지 팔팔이에 대한 조롱, 사리라는 유형의 물질에 집착하는 종교에 대한 야유 등이 적당한 비율로 혼합되어 있다.「어느 추운 날의 스쿠터」에서 미국을 극도로 싫어하여 '나'에게 반미의식을 심어주던 그녀는, '나'가 군대에 가자 원수를 사랑하라는 성경의 가르침에 따라 영어회화를 가르쳐주던 미국인 학원 강사를 사랑하게 되었다는 내용의 마지막 편지를 남긴다. 이러한 상황이 가져다주는 유머 속에도 어설프게 주의 자연하는 자들의 이념적 허위의식에 대한 야유와 조롱은 시퍼렇게 살아 있는 것이다.

  마지막으로 한 가지 오해에 대한 해명으로 이 글을 마치고자 한다. 문명에 대한 거부가 뚜렷한 맥락 속에서 전달되지 않을 경우, 그것은 하나의 반지성주의로 보일 수도 있기 때문이다. 그러나 배상민은 막연하게 동물성 일반을 찬양하는 것은 아니다. 그가 주장하는 동물은 고릴라가 아닌 보노보 원숭이이기 때문이다.「미운 고릴라 새끼」에서 보노보 원숭이는 때와 장소는 물론 암수도 가리지 않고 짝짓기를 한다. 그렇기에 보노보 원숭이는 자기 유전자 보존과 먹이를 놓고 경쟁하지 않으며, 서로 평화롭게 지낸다. 이에 반해 고릴라는 자신의 영역과 자신의 여자와 유전자를 지키기 위해 온 생애를 바친다. 이 작품에서 이야기하는 보노보 원숭이의 삶이란 인간이 가닿아야 할 영역이자 인간보다 진보된 동물성이라고 보아도 아무런 무리는 없을 것이다.

작가의 말

　결과적으로 보면, 여기에 실린 소설들은 내 힘들었던 시절의 기록이다. 소설을 발표하는 동안 나 역시 소설의 주인공들처럼 실직, 이별, 아픔을 차례대로 겪었다. 내가 쓴 소설의 주인공처럼 산다는 것은 끊임없이 기시감을 맞이하는 인생을 사는 것과 같았다.

　이 기시감은 내가 한 개인이라는 점에서 특수하고 동시에 내가 이 사회의 하류를 구성하는 일원이라는 점에서 보편적이다. 세상에는 나와 비슷한 일들을 겪는 사람들이 참 많을 것이다. 하지만 나는 오히려 외로웠다. 주위를 둘러보면 세상살이에 지친 하류들은 누렇게 뜬 얼굴로 오로지 자신의 길만 걸어가고 있었다. 내 눈에는 우리가 무엇엔가 내몰리는 좀비처럼 보였는데, 뒤에 무엇이 있는지 아무도 돌아보려고 하지 않는 것 같았다. 그래서 나는 이 소설들을 쓰기 시작했다. 우리 뒤에 무엇이 있는지 조금이라도 그려보고 싶었다.

그러나 결국 나는 자화상을 그리고 만 조급한 화가가 되고 말았다. 뒤에 무엇이 있는지는 아직 잘 모르겠다. 하지만 그 때문에 주저앉기보다는 조금 더 글 쓸 기력이 생긴 것을 위안 삼기로 했다. 어쨌거나 큰 수수께끼를 안고 산다는 것은 재미있는 일이다.

이 소설들을 하나의 책으로 묶어준 '자음과모음'에 감사한다. 해설을 맡아주신 이경재 선생님께도 특별한 감사를 전한다. 소설을 쓰는 동안 지켜봐주신 조동선 선생님께도 늘 감사 드린다. 그리고 요즘 건강이 약해지신 부모님께 두번째 책을 보내드릴 수 있어서 참 다행이다.

2013년 10월
배상민